坂口安吾
エンタメコレクション
ファルス篇

盗まれた手紙の話

七北数人 編

春陽堂書店

坂口安吾

エンタメコレクション

〈ファルス篇〉

盗まれた手紙の話

目次

総理大臣が貰った手紙の話

一

いつの頃だか知らないが、或る日総理大臣官邸へ書留の手紙がとどいた。大変分厚だ。危険と書いた道路の建札と同じぐらい大きな書体で、親展と朱肉で捺してあるのである。けれども、なんにも役に立たない。

こういう手紙を読むために一役ありついた役人がいて、つまらなそうな顔をしながら毎日手紙を読んでいる。この役人が開いてみると、ザッと次のような大意のことが書いてあった。

二

自分は住所姓名を打開けることをはばかるが、泥棒を業とする勤勉な市民である。

貴殿の施政方針には泥棒に関する事項がないから、貴殿が自分等の職業に対してどういう見解を所持しているか推察することが出来ないのだが、多数の教養ある人士が甚だこの誤解を犯し易いように、貴殿も亦、泥棒とは殺人犯や放火犯や強盗などと同様に安寧秩序を乱すやからであるとお考えであったなら、この際思い直す必要がある。

貴殿は誰かから、高利貸からでも、友人縁者からでも、借金されたことがあるであろうか。あれは良からぬことであるから、以後借金だけは堅く慎まれる方が宜しい。
なぜと言って、第一、借金をして、返せなかったらどうしますか。人は時々物を忘れるものだけれども、貸した金を忘れる人は却々居ないものであるし、忘れてもらうことを当にして金を借りるということは礼義の上からどうかと思う。借りた金というものは返さなければ穏当を欠くものである。

だから適々借りた金が返せないとなった時の不都合は凡そ愚劣で話にならない。貸した人の姿を見るとドキンとしてコソコソ姿を隠さなければならないし、寒中汗を流したり、一人前の発声器官を持ちながら吃ったりする。折悪しく風でもひけば悪夢の中まで借金取に追廻されて、玄関に人の跫音が聞えるたびに窒息し、腑甲斐ない親父を恨んでくれるな等と生れたばかりの赤ん坊にあやまっている。忽ち身体を弱くして、早死してしまうのである。

貴殿のような高位顕官ともなればはしたない町人共のような惨めな慌て方はしないであろうが、さりとて貴殿の心境が借金取の来襲にビクともしないからと言って、貴殿が総理大臣を拝命したのは帝国の安泰を保証するためであり、借金取にビクともしない為ではなかった。借金取の来襲にも悠々閑々たる心境など、ちっとも取柄はないのである。

且又金を貸した方の人物にしても、有余る金があるくせに、わずかばかりの貸金の期限が切れた瞬間から、破滅に瀕する大損害を蒙ったような幻覚を起し、はては犬畜生にも劣った精神陋劣佞奸邪智の曲者などと病的な考にとらわれる。徒に催促の手紙を書いて息を切らせ、静かなるべき散歩の途中に地団太ふみ、あいつのうちの郵便函へ蝮を投込んでくれようかなど妄念にとらわれて不眠症となる。忽ち身体を弱くして、早死してしまうのである。
どっちを見てもひとつも碌なことはない。これ皆々借金なる一事が平和なる庶民の生活に妥当を欠くためである。

然しながら、屡々庶民の生活には不時の急場というものがあり、無理算段の必要にせまられることがある。半生借金の魔手に悩まされ懊悩呻吟骨身に徹した人々は、そこで浅墓な考から、虎の子を抱いて賭場へ走り、競馬へ駈けつけ、かくて又、身を亡してしまうのである。賭博や競馬というものは順調に行って二度に一度当るのが最大限のものである。相手の数が増すに従い、何十ぺんに一度になるやら、何万べんに一度になるやら、率は下る一方である。かく明々白々なる事実を強いて忘却し、専ら偶然をたのみ、甚しきに至っては出発に先立って先祖の位牌にぬかずき神前に拍手打ちならして戦勝を祈願しお守を腹巻に縫いこんで女房よ笑顔で送れなどと言う。ただもう逆上して、一も二もなく虎の子をなくしてしまう。挙句の果てに賭場のあにいや予想屋にケチをつけてブン殴られ、鼻血を流し、前歯を折ってしまうのである。外套を質に入れてようやく汽車の切符を買い正宗の二合壜に酔っ払って我家へ帰り、みんな俺が悪かった、許してくれよ女房殿などと浪花節であやまっている。皆々愚劣の極である。

即ち斯様な場合に自分は泥棒を働く。又世人も泥棒を働かねばならない。泥棒は明朗健全なものである。盗んだ人士と盗まれた人士は全く面識がないから、適々路上ですれちがい電車に並んで腰かけても感情を害すようなことがない。どうぞお先になどと譲合ったり、風に吹飛ばされたカンカン帽をオットットなどと拾ってやる。

盗まれた金は諦めのつくものである。貸した金と違って返らないと分っているから忽ち忘れる覚悟もつき業務に精励する。病的なところがひとつもない。健康に害なく、風俗人情を悪化せしめず、世の安寧秩序を維持する力がある。

泥棒というものはただ必要の金銭を我物とすれば足るのであって、人を殺傷したり火をつけることには何の興味もないばかりか、却って常々そのような野蛮な破壊や煩瑣な出来事を厭うている。不快に感じているのである。

枕元に木刀などを用意して泥棒に飛びかかるのを趣味としている人士もあるが、自分は好ましく思わない。平和な世相を好んで悪化せしめる趣味は避けるように心掛けたいものである。

然し貴殿は旧来の偏見にとらわれて、他人の物を黙って失敬することを悪事也と判断せられるかも知れない。頭脳明晰な人士もこの偏見に限って疑らないのが奇妙であるが、そのために世人の生活はどれほど歪められ傷められているか知れないのである。

かりに次の如き場合を想像すれば、貴殿の判断が根柢的に誤っていることがお分りになろうと思う。

例えばかりに神奈川県を指定して、この県内に於ては掏摸（スリ）を公認する。

我々は京浜電車が蒲田を出て六郷の鉄橋に差しかかると突然用心しなければならなくなる。掏摸（スラ）れると、掏摸（スラ）れた方が馬鹿を見るだけだからである。

尤（もっと）も出鱈目（でたらめ）に掏摸（ス）ったり掏摸（スラ）れたりするのは、偶然をあてこんで馬券を買うのと同じようなものであるから、技能未熟のために現行を発見せられるやからは技能未熟のかどによって逮捕監禁し、一定期間厳重なる指導の下に掏摸の技術を習得せしめる必要がある。かりにも盗みを働くに当って看破せられ、他人の平静を乱し、煩瑣な手数をかけるようなことがあっては多々憎むべき点があるからである。

かくすれば人の心に油断がなくなる。掏摸（スラ）れるたびに修養をつみ、次第に隙がなくなってくる。掏摸（ス）る者は尚（なお）一そうの修錬を要し、敏活機敏、心の構え、狙い、早業、鋭利なる刃物の如く磨かれた人物が完成する、県民皆々油断なく、油断のならぬ人物となり、精神高く緊張してかりにも愚かしい人間は旅行者以外には見当らない。

県民皆々人の孤独なる静寂を乱すことの害悪を知り、慎しみ深く礼節正しくなるのである。公園のベンチにもたれ読書に耽（ふけ）る人のそばへ狎（な）れ狎れしく近寄って、ちょっと火を貸して下さいませんかなどと言う失礼な者は全くいなくなるのである。必要ならば掏摸（ス）るべきである。

他人の静寂を乱してはならない。

又かくすれば人の人相が変ってくる。特に眼付がただ者ならぬものとなる。昨今「飛行家の眼」と言って彼等の眼付の鋭さが人々の注意を惹くようになった。一瞬も油断のならぬ職業だから、自然眼付が鋭くなり、微塵も隙がなくなるのである。神奈川県民の眼付は然し一そう鋭くなり、油断のないものとなる。

眼光人の心を刺殺す如く底に意力をたたえているが、天下の豪傑の眼付と違って、どことなく冥想的で知的な翳を漂わしている。

自分はかねて我同胞の人相、特に生死不明の眼付に就いては我事ながら悲哀に感じ、多くの忿懣を懐いているが、試みに毎朝のラッシュ・アワー、これから一日の勤めに出掛けようとする人々が押しあいへしあいしている満員電車に乗ってみれば、この悲しみは忽ち納得ゆく筈である。いい若い者が朝っぱらから一列一体お通夜のような顔をしている。突然この人々の一団がお経のコーラスを始めても、ちっとも不思議はないのである。身体は全然隙だらけだし、足を踏まれると矢庭に牙をむいたような顔をして怒ったりするけれども、あれは心ある人間の為すべき顔付ではない。往来の犬や猫がああいう場合にああいう顔付をするのである。猛獣性と知的な鋭さは全くその性質を異にするものなのである。

すべて体位向上などいうことも早起してラジオ体操をせよとか日曜には喫茶店へ行かずハイキングをせよとか号令しても、なんにもならないものである。心に油断がなくなり、油断のならない心をもち、ヤと叫べばマと応じる神速機敏、微塵も隙というもののない緊張を常々身心に秘めていれば、動作は自ら静を生じ、静かなること林の如く、自然礼節を生じて茶道小笠原流などの奥妙にも達し、しかも全身電波の如く気魄（きはく）波打つ鋭利の人材となるのである。かくて自ら贅肉をそぎ、関節の動きは敏活柔軟となって、体位自然に向上する。

　即ち神奈川県に一足這入（はい）れば、満員の電車といえども人々は整然と立並び、電車の震動と共に規則正しく揺れ、立並ぶ林の如くであるけれども、ひとたび彼等の眼付を見れば四方八方油断も隙もないことが分る。静寂である。無心の如くである。けれども現に彼等を乗せて走りつつある電車よりも複雑なる機構に充（み）ち且又遥かに速力的な生命が充満している。

　即ち我々はこの県へ一足這入って、ここに人間が新らしく生れ変り、又人間の美も新らしく生れ変ったことに気付くのである。我々が現世に於て美人だの美男子だのと言ってるものは大西洋の豪華汽船の類いであるが、神奈川県に於て人間の美は、わが国の無敵駆逐艦とか戦艦という必要の装甲以外の無役（むえき）な一物も加えていない鋼鉄の浮城の姿となる。必要欠く可（べ）からざる物のみが自然に成した姿こそ真実の美である。真実の調和である。

　かりに又神奈川県の県知事とか横浜市長という名誉の椅子には、最も修養をつみ、技術は名人の誉（ほまれ）高く、如何なる名手といえどもこの人を掏摸（ス）るあたわず、如何ほど要心を怠らなくともこの人にかかっては掏摸（スラ）れてしまうという老練の巧者を据えるのが宜しかろう。物腰動作はおのずと高雅な礼節を生み、慇懃（いんぎん）を極め、動きにつれて生じる線は直線的な単純さで雅致に富んでいるのである。全身凜として気魄知識に充ちた紳士中の紳士であるに相違ないし、その眼付などふるいつきたいほど静寂を秘めた鋭い光焔をたたえている。

然るところ、ここに横浜市長を失脚せしめて自らとって変ろうとする政敵があり、これ又一方の旗頭で、油断のならない人物である。この並びたつ両巨豪が折しも議事堂のごった返す廊下や満員すしづめの食堂ですれ違い居並ぶ時は、両々火花を散らすその慇懃なる静寂、狙い、優美なる挨拶、壮観これに超ゆる観物は尠いのである。

泥棒の効果はかく偉大で、あくまで健全、且人性に自然であり、風俗人情を淳化し、体位を向上せしめるのである。

水泳だの野球だの角力などいう鍛練によって出来上ったあの筋肉を思い出してごらんなさい。あるべからざる所に徒に不当な肉塊がもりあがっている。あれを指して健全なる肉体であるとか、男性美の極致であるとか、まったくもって嘆かわしい。

井中の蛙大海を知らずというが、なるほど蛙は井戸を脱けでて海水浴に出掛けることが出来ないけれども、人間は猛獣狩に出掛けることも出来るし、猛獣映画を見物もでき、動物園へ行くことも出来るし、ライオン歯磨なども日々使用しているではないか。さすれば堂々山岳森林も睨み伏せる気魄をたたえたかの魁偉なるライオン虎の肉体を知らない筈はないのである。

貴殿如き人物に向って、小学生に物言うように一々解説するのは愉快なことではないけれども、拳闘の選手をライオンに並べましょう。百メートルの選手を競馬の馬に並べましょう。水泳選手を鮫にならべましょう。ああ、厭だ、厭だ。不手際な団子のような胸だの腕、二節の蓮根のような腿や脛。ただもう醜怪極まれり、極まれり。徒に肥大硬化した無役な肉塊にすぎなくて、鈍重晦渋面をそむけしむるのである。野獣のやわらかな曲線なく、竹藪だに睨み伏せる気魄なく、知識の鋭さなど影もとどめていない。

単的に言えば、あの肉塊は不自然畸形無智鈍感の見本であるが、あれを指して男性美の極致であるの健全なる肉体であるのとトンチンカンな御挨拶では、御愛嬌にもならないばかりか、不美を称揚する結果不当に人の世を醜化して世を乱し害う惧れがある。

人間の筋骨は心の容器があくまで滲みでていなければいけない。いくら筋骨逞しくてもライオンと格闘しては話にならないものであるし、二節の蓮根の足達者でも馬と並んで競馬場を一周すれば面目ないようなものではないか。だから人間はライオンや馬の真似はなるべく慎しむ方がいいし、自慢の種にはならないのである。人間の筋骨は馬やライオンの有り方に似る必要はないのである。人間は人間らしくなければならず、一にも二にも知的なものでなければならぬ。

自分はこの職業をやりだしてから精神も肉体も余程変った。ただ隙だらけの凡くら相手のことだから張合がなく、それだけ修練もつまないわけだが、油断がないと言うことは内臓諸器官を調整し直接容姿筋骨に好影響をもたらすものであることは、これだけの経験によっても証明することが出来るのである。

恋人女房子供といえども油断がならぬ。又、油断をしてはならないのである。どんな時でも芯からデレデレすることは全くもって不心得で、子供とあなどってオシッコの世話に浮身をやつしているといつのまに懐中の蟇口(がまぐち)が紛失するか知れないことを常々忘れてはならないのである。

かくすれば家庭生活も根柢的に変革され、豊富、快適なものとなる。

元来一般の家庭生活というものは、閾(しきい)をまたいで外へ出ても隙だらけ油断だらけの分際で、尚その上に女房子供と特殊地域を設定して、ここでは唯もう油断の仕放第、デレ放第に沈湎(ちんめん)し、いやが上にも厭世的に生きようという仕組なのである。押売などに顫(ふる)えあがってこれを三日分ぐらいの話題にし、こんなことを生甲斐にしてようやく露命をつないだり、一匹のなめくじ風情に悲鳴をあげて井戸端会議に持越している。所在なさに摑みあいの喧嘩はするし、女房子供の前でだけは世界で相当の人物のようなことも言うし、礼義節度というものは影も形もとどめていなくて、腹蔵なく油断しあい、いい気になって人たるものの本分を忘れている。精神見る影もなく弛緩して、身を亡してしまうのである。

然るに彼等は夜と共に戸を閉じ窓を閉じることを忘れない。且又これに鍵をかけ、ネジを差しこみ、閂(かんぬき)をかけることを怠ることがないのである。案ずるに、かく外界との交渉を遮断して益々油断に耽ろうという魂胆にまぎれもないが、ひとつには、即ちこれ泥棒を要心する為に外ならない。

然らば彼等は意識せずして女房子供以外の他人を信用せず、油断すべからざる所以を感知しているのである。折あらば秘かに金を盗もうとする人士の存在を知悉し、客席から猿臂をのばしてハムマーで運転手を殴ったりピストルをぶっぱなす人士の存在を疑っているわけではない。即ち彼等の認識は必ずしも根柢的に愚劣ではなく、時に正鵠を射ているものがあるのである。

まったくもって、人間というものは油断がならない。信用してはいけないのである。何を企らむか知れないのだし、凡そ彼等の企らみ得ない何物も在り得ないのである。人を殺す者もあれば火をつける者もある。盗みを働く者もあれば拾った金を届ける者まである。その上謝礼の金は要らないなど言う者まである。なにがなにやら、おさおさ油断はできないのである。

レストランのボーイなどにも油断は常に禁物である。変に狎れ狎れしいのがいたり年中ブスブスして愛嬌のないのがいたり色とりどり並んでいるから心易く心得て、忽ちコップをひっくり返しいい気になってテーブルを拭かせ料理の持参がおそいなどと喰ってかかっているけれども、危険この上もない話であるから慎しまねばならないのである。忽ち毒薬を盛られ、椅子の下へひっくり返って、すでにそれまでの人生である。又山だしの女中とあなどって、気が利かないとか大間抜けだとかこのデクノボーなど勝手なことを怒鳴りちらしているけれども、これ又慎しむ必要がある。山だしの女は殊の外復讐の念旺盛で、ただ一言の侮辱に対してすらめらめらと怒りをもやし、忽ち赤ん坊を殺害し、押入へ火をつけてしまうのである。常々平身低頭の下役に気を良くして腹蔵なく威張っていると、宴会の夜更けにビールの罎で後頭部を粉砕され、それまでの人生となってしまう。何食わぬ顔をしてバナナの皮をプラットホームへ投げすてておいて、人がひっくり返って線路へ落ちて電車にひかれてしまうのを待ちかまえている男もある。

人間は油断をしては敗北である。気をゆるめると、してやられる。鍵だの閂かけるだけではとても安心できないのである。各々の家は鋼鉄をもって作り、暗号仕掛の鍵をかけ、秘密の地下道によって警視庁や消防署や病院へ連絡しておかなければならないのである。

然るに彼等は夜が明けてラジオ体操が始まりおみおつけの匂いなど漂いはじめる頃になると、忽ち大事の心得をみんな忘れて元の木阿弥になってしまう。

朝っぱらから電車の中で隣人の肩にもたれてグウグウ眠り、余念もなく新聞を読み、三分たてば次のバスが発車するのに無我夢中で走って折から横手から疾走して来た自動車にひかれ、それまでの人生となってしまう。

会社へつけばオイ子供お茶をもてなど威張り返ってお湯がぬるいなど難癖をつけ忽ち生涯の禍根をつくり、さて又相好くずして恋人の手を握ったりセンチなシャンソン唄ったり、夜ともなれば虎となったり月を眺めて嘆息したり、全然筋道の立たない風に八方油断にふけっている。

人間らしい利巧なところが全くないではないか。だから矢庭に首をしめられ、ハムマーで殴られ、ピストルでやられてしまうのである。

人を見たら泥棒と思えと昔の人は流石(さすが)に見るところを見ている。女房子供、同盟国といえども決して油断があってはならないのである。全然信用してはならぬ。彼等の企らみ得ない何事も在り得ないからである。

女房がネクタイ締めてくれる時にはそれとなくアッパーカットの身構を忘れてはならない。恋人と腕を組んで歩く時にはポケットへ蟇口を入れておくのは危険である。貴殿の女房が丸まげに結い簪(かんざし)さしている時にはいかなる油断を見すましてこれを逆手に貴殿の脾腹(ひばら)や眼の玉をブスリとやるか知れないことを呉々(くれぐれ)も心得ていなければならぬ。

かくすれば常に心身高々と緊張し、女房の動作は楚々として敏活となり、ふて寝などすることもなく、自然冗漫な線をはぶいて洗煉され、修養と共に綽々(しゃくしゃく)たる余裕も身について、全く魅力に富んだ女となるのである。これ皆々泥棒の余徳である。

自分は健全な国家に於ては、その首長たる者は、一見しただけでふるいつきたいほどの魅力がなければならないものと信じている。何となれば、人の健全なる修養は、その肉体物腰に歴然表われる筈だからである。○○市長を見よ。その眼光、その慇懃なる物腰、山岳森林を睨み伏せる気魄を秘めた静かさ、綽々たる余裕、洗煉された動きの線、鋭い狙い、三歳の赤子といえどもふるいつきたくなる水々しさではないか。

自分は貴殿の容姿に就ては明らさまの批判を避けたい意向であるが、三思三省せられんことを希望する。云々。

三

国のことを心配するのは大臣だけではないのである。思わぬところで色々の人が心を痛めているのである。そこでつい思い余って、総理大臣へ手紙を書く。新聞雑誌は相手になって呉れないし、警察へ出頭して日頃の意見を開陳しても気違扱いするからである。

総理大臣が読んでくれればなんとかなるかも知れないが、これがさっきも言う通り、こういう手紙を読むために一役ありついた役人がいて、この男がつまらなそうな顔をしながら毎日手紙を読んでいる。

で、この男がつまらなそうな顔をしながら、この手紙を読んでしまった。そうして、アッアッアと背延びをしながら紙屑籠へ投げこんだから、どこの紳士だか知らないが、女房子供に気を配って油断なく書き上げた手紙であろうに、なんにもならなくなったのである。

天才になりそこなった男の話

東洋大学の学生だったころ、丁度学年試験の最中であったが、校門の前で電車から降りたところを自動車にはねとばされたことがあった。相当に運動神経が発達しているから、二三間空中に舞いあがり途中一回転のもんどりを打って落下したが、それでも左頭部をコンクリートへ叩きつけた。頭蓋骨に亀裂がはいって爾来二ケ年水薬を飲みつづけたが、当座は廃人になるんじゃないかと悩みつづけて憂鬱であった。

こんな話をきくと大概の人が御愁傷様でというような似たりよったりの顔付をするものだが、ところがここにたった一人、私がこの話をしかけると豆鉄砲をくらった鳩のように唖然として（これは喋っている私の方も唖然とした）つづいて羨望のあまり長大息を洩らした男があった。菱山修三という詩人である。

この詩人が外国語学校を卒業したとき、朝日新聞へ入社試験を受けにいった。ところがこの男学生時代というもの完全に新聞を読んだことがない。書斎と学校の他には何一つ知らないのである。丁度その年は満洲事変の勃発したばかりの頃で、街頭いたるところに襷掛けの中年婦人が千人針というものを勧誘している。四方八方が肉弾三勇士のレコードでまことに物状騒然たる有様である。そのうえ羅府のオリムピックでこれが又一景気だ。先生戦争の方だけは街の様子で、どうやら近いところでやっているなということを感づいていたらしい。

オリンピックの方は銀座の食堂の名前も知らないのだ。新聞を読んだことがなくて新聞社へ試験を受けに出向いたという、勝負は始めから判っているが、勿論美事に落第した。羅府といえばオリンピック、それにハリウッドでも思いだしておけばいいので、太平洋岸に面し気候温暖と書く奴は当節君一人だろうと私が大いに彼の迂闊をせめたところ、君そういう悲しい世の中かねえといって嘆いていたが、こういう不思議な先生だから私が自動車にひかれたというとギックリし、それからひどく羨ましがった。

★

この男の意見によると古来の天才というものは一列一体にその母親が不注意で、幼年時代に乳母車をひっくり返して頭を石に叩きつけるというようなことを例外なしにやっているものだという。つまり叩きつけた部分が音楽だとこれがモツァルトになりショパンになる。そこで先生私を天才なみに祝福した。

ところが世の中はよくできている。この詩人が四ケ月ほど前自動車にひかれた。なんでも夢のように歩いていて、しまったと思いながら自動車の曲る方へ自分も曲ってしまったのを覚えているというが、私のように運動神経が発達していないから、やられ方が至って地味でそのうえむごたらしい。いきなりつんのめって前頭部を強打した。前額は頭蓋骨でも一番頑強な部分だから砕けなかったが、これが左右とか後頭部なら完全に即死だった。そのうえ手と足を轢かれて全治一ケ月の重傷とある。ところが話はこれからさきが洵に愉快である。

先生病院のベッドの上で気がついたときの様子はというと、顔が二倍ぐらいに腫れあがっていて、人相は四谷お岩をむくましたようだった。斯様な状態に於て先生おもむろに意識恢復し、全般の記憶を綜合してどうやら自動車に轢き倒され文句なしに顔を強打したという穏かならぬ自らの境遇に気付いたとき、暗澹たる寂寥に胸を痛ましたであろうことは疑いのないところであるが、流石忽然として暗夜に一道の光明を見出すが如く例の天才——乳母車をひっくり返した幸運なてあいのことを思いださずにいなかった。傷の痛みのなかではあるが先生とみに勇気づいた。やがて顔の腫れもとれ、どうやら口がきけるようになった最初の朝、医者に向って先生が叫んだこの劃時代的な第一声というものは、勿論思いつめたその一つのことである。

「いや、別に（と少しびっくりした医者が答えた）頭は良くもならないでしょうが、併し悪くなることもないでしょう」

★

敵ながら天晴と言いたい穏当な名答。ところが先生みるみる悄気かえった。とうてい我々に理解のつきかねる深刻さをもって断頭台の人の如く顔色を改めたそうである。

「そのときのなさけない悲しさといったら、君々々」

と、私に当時を物語りながら追憶を新らたにした先生の有様は、そのときでさえ声涙ともにくだる底の身も世もあらぬものだった。

「病気を治すものは薬よりも気持です」と爾来意気全く消沈した先生に向って医者は熱心にさとした。

「とかく日本人は病室の壁ばかり睨んで、めいった気持を深めてしまうようです。西洋人は気がめいると、ちょっと立ち上って窓から外を眺めてきます。それだけのことでも大変な違いだと思いませんか」

ところが又この平凡な忠告がひどく先生に利いた。先生積年の人生観に革命を起したが如く意外の感動をもって共鳴したのである。その時から先生旺に立ち上って窓外の景色を眺め遂に美事に退院のはこびとなった。

「じっさいに君、病気は気の持ちようだよ。また僕達の人生もそうだよ、君」

並々ならぬ感動をこめて先生私に斯う語ると、これは冬の真夜中のことだったが、やにわに立ち上って窓の方へ歩いていった。

「外は良い月だよ。名月を見てくれたまえ、君」

そう言いながら雨戸を開けた。と、月がない。まっくらだ。左右をさぐり、先生とうとう縁の下の方まで探した。やっぱり月はない。

「ああ、今日は月が出ていないね。又、この次、月を見てくれたまえ」

先生こう悲しげに呟いて静かにもどってきた。

ラムネ氏のこと

上

小林秀雄と島木健作が小田原へ鮎釣りに来て、三好達治の家で鮎を肴に食事のうち、談たまたまラムネに及んで、ラムネの玉がチョロチョロと吹きあげられて蓋になるのを発明した奴が、あれ一つ発明しただけで往生を遂げてしまったとすれば、おかしな奴だと小林が言う。すると三好が居ずまいを正して我々を見渡しながら、ラムネの玉を発明した人の名前は分っているぜ、と言いだした。

ラムネは一般にレモネードの訛だと言われているが、そうじゃない。ラムネはラムネー氏なる人物が発明に及んだからラムネと言う。これはフランスの辞書にもちゃんと載っている事実なのだ、と自信満々たる断言なのである。早速ありあわせの辞書を調べたが、ラムネー氏は現れない。ラムネの玉にラムネー氏とは話が巧すぎるというので三人大笑したが、三好達治は憤然として、うちの字引が悪いのだ、プチ・ラルッスに載っているのを見たことがあると、決戦を後日に残して、いきまいている。

後日、このことを思い出して、プチ・ラルッスを調べてみたが、ラムネー氏は矢張り登場していなかった。

フェリシテ・ド・ラムネー氏というのは載っている。その肖像も載っているが、頭が異常に大きくて、眼光鋭く、悪魔の国へ通じる道を眺めつづけているようで、おかしな話だが、小林秀雄によく似ている。一七八二年生誕一八五四年永眠の哲学者で、絢爛にして強壮な思索の持主であったそうだ。然し、ラムネを発見したとは書いてない。

尤も、この哲学者が、その絢爛にして強壮な思索をラムネの玉にもこめたとすれば、ラムネの玉は益々もって愛嬌のある品物と言わねばならない。

全くもって我々の周囲にあるものは、大概、天然自然のままにあるものではないのだ。誰かしら、今ある如く置いた人、発明した人があったのである。我々は事もなくフグ料理に酔い痴れているが、あれが料理として通用するに至るまでの暗黒時代を想像すれば、そこにも一篇の大ドラマがある。幾十百の斯道の殉教者が血に血をついだ作品なのである。

その人の名は筑紫の浦の太郎兵衛であるかも知れず、玄海灘の頓兵衛であるかも知れぬ。とにかく、この怪物を食べてくれようと心をかため、忽ち十字架にかけられて天国へ急いだ人がある筈だが、そのとき、子孫を枕頭に集めて、爾来この怪物を食ってはならぬと遺言した太郎兵衛もあるかも知れぬが、おい、俺は今ここにこうして死ぬけれども、この肉の甘味だけは子々孫々忘れてはならぬ。

俺は不幸にして血をしぼるのを忘れたようだが、お前達は忘れず血をしぼって食うがいい。夢々勇気をくじいてはならぬ。

こう遺言して往生を遂げた頓兵衛がいたに相違ない。こうしてフグの胃袋に就て、肝臓に就て、又臓物の一つ一つに就て各々の訓戒を残し、自らは十字架にかかって果てた幾百十の頓兵衛がいたのだ。

中

私はしばらく信州の奈良原という鉱泉で暮したことがある。信越線小諸をすぎ、田中という小駅で下車して、地蔵峠を越え鹿沢（かざわ）温泉へ赴く途中、雷に見舞われ、密林の中へ逃げた。そこで偶然この鉱泉を見つけたのだ。海抜千百米（メートル）、戸数十五戸の山腹の密林にある小部落で、鉱泉宿が一軒ある。

私は雷が消えてから一応鹿沢へ赴いたが、そこが満員に近かったので、そこで僕を待ち合していた若園清太郎（せいたろう）をうながして、奈良原へ戻ったのである。

然（しか）し、この鉱泉で長逗留（ながとうりゅう）を試みるには、一応の覚悟がいる。どのような不思議な味の食物でも喉を通す勇気がなくては泊れない。尋常一様の味ではないのである。私は与えられた食物に就て不服を言わぬたちであるが、この鉱泉では悲鳴をあげた。若園清太郎に至っては、東京のカンヅメを取寄せるために、終日手紙を書き、東京と連絡するに寧日ない有様であった。

又、鯉と茸（きのこ）が嫌いでは、この鉱泉に泊られぬ。毎日毎晩、鯉と茸を食わせ、それ以外のものは稀にしか食わせてくれぬからである。さて、鯉はとにかくとして、茸に就ての話であるが、松茸ならば、誰しも驚く筈がない。この宿屋では、決して素性ある茸を食わせてくれぬ。現れた茸を睨むや、先ず腕組し、一応は呻ってもみて、植物辞典があるならば箸より先にそれを執ろうという気持に襲われる茸なのである。

この部落には茸とりの名人がいて、この名人がとってきた茸であるから、絶対に大丈夫なのだと宿屋の者は言うのである。夜になると、十五軒の部落の総人口が一日の疲れを休めにこの鉱泉へ集ってくるが、成程、茸とりの名人とよばれる人も、やってくる。六十ぐらい。朴訥な好々爺である。俺の茸は大丈夫だと自ら太鼓判を押している。それゆえ私も幾度となく茸に箸をふれようとしたが、植物辞典にふれないうちは安心ならぬという考えで、この恐怖を冒してまで、食慾に溺れる勇気がなかったのである。

ところが、現に私達が泊っているうちに、この名人が、自分の茸にあたって、往生を遂げてしまったのである。

それとなく臨終のさまを訊ねてみると、名人は必ずしも後悔してはいなかったという話であった。

こういうことも有るかも知れぬということを思い当った様子で、素直な往生であったという。そうして、この部落では、その翌日にもう人々が茸を食べていたのであった。

つまり、この村には、ラムネ氏がいなかった。絢爛にして強壮な思索の持主がいなかったのだ。名人は、ただ徒らに、静かな往生を遂げてしまった。然し乍ら、ラムネ氏は必ずしも常に一人とは限らない。こういう暗黒な長い時代にわたって、何人もの血と血のつながりの中に、ようやく一人のラムネ氏がひそみ、そうして、常にひそんでいるのかも知れぬ。ただ、確実に言えることは、私のように恐れて食わぬ者の中には、決してラムネ氏がひそんでいないということだ。

下

今から三百何十年前の話であるが、切支丹渡来のとき、来朝の伴天連達は日本語を勉強したり、日本人に外国語を教えたりする必要があった。そのために辞書も作ったし、対訳本も出版した。その時、「愛」という字の飜訳に、彼等はほとほと困却した。

不義はお家の御法度という不文律が、然し、その実際の力に於ては、如何なる法律も及びがたい威力を示していたのである。愛は直ちに不義を意味した。

勿論、恋の情熱がなかったわけではないのだが、そのシムボルは清姫であり、法界坊であり、終りを全うするためには、天の網島や鳥辺山へ駈けつけるより道がない。

愛は結合して生へ展開することがなく、死へつながるのが、せめてもの道だ。「生き、書き、愛せり」とアンリ・ベイル氏の墓碑銘にまつまでもなく、西洋一般の思想から言えば、愛は喜怒哀楽ともに生き生きとして、恐らく生存というものに最も激しく裏打されているべきものだ。然るに、日本の愛という言葉の中には、明るく清らかなものがない。

愛は直ちに不義であり、邪しまなもの、むしろ死によって裏打されている。

そこで伴天連は困却した。そうして、日本語の愛には西洋の愛撫の意をあて、恋には、邪悪な欲望という説明を与えた。さて、アモール（ラヴ）に相当する日本語として、「御大切」という単語をあみだしたのである。蓋し、愛という言葉のうちに清らかなものがないとすれば、この発明も亦、やむを得ないことではあった。

御大切とは、大切に思う、という意味なのである。余は汝を愛す、という西洋の意味を、余は汝を大切に思う、という日本語で訳したわけだ。

神の愛を「デウスの御大切」基督の愛を「キリシトの御大切」という風に言った。

私は然し、昔話をするつもりではないのである。今日も尚、恋といえば、邪悪な欲望、不義と見る考えが生きてはいないかと考える。昔話として笑ってすませるほど無邪気では有り得ない。

愛に邪悪しかなかった時代に人間の文学がなかったのは当然だ。勧善懲悪という公式から人間が現れてくる筈がない。然し、そういう時代にも、ともかく人間の立場から不当な公式に反抗を試みた文学はあったが、それは戯作者という名でよばれた。

戯作者のすべてがそのような人ではないが、小数の戯作者にそのような人もあった。

いわば、戯作者も亦、一人のラムネ氏ではあったのだ。チョロチョロと吹きあげられて蓋となるラムネ玉の発見は余りたあいもなく滑稽である。色恋のざれごとを男子一生の業とする戯作者も亦ラムネ氏に劣らぬ滑稽ではないか。然し乍ら、結果の大小は問題でない。フグに徹しラムネに徹する者のみが、とにかく、物のありかたを変えてきた。それだけでよかろう。

それならば、男子一生の業とするに足りるのである。

盗まれた手紙の話

あの人間は気違だから精神病院へぶちこめなんて、とんでもない。神様は人間をお裁きになるけれども、神様が神様をお裁きになったり、あの神様は気違だから精神病院へぶちこめなどと仰有(おっしゃ)ることはなかったのである。

一

ある朝、兜町(かぶとちょう)のさる仲買店の店先へドサリと投げこまれた郵便物の山の中で、ひときわ毛色の変った一通があった。たいへん分厚だ。けれども証券類や印刷物とは関係のない様子に見える。

ペン字のくせに一字一画ゆるがせにしない筆法極めて正確な楷書で、なにがし商店御中とある。で裏を返してみると、これまた奇妙である。

なにがし区なにがし町——といっても、つい先年まではさしずめ武蔵野などと言っていたあたりの、なにがし精神病院内、なんのなにがしと書いてある。

はて面妖なところから便りがとどいたものである。精神病院のお医者さんやら小使でも株をやらない筈(はず)はないが、爆撃機のお腹の中の爆弾ほどまるまるふとって重たいのが気にかかる。そこで勇士がひらいてみると、ザッと次のような大意のことが書いてあった。

二

自分は精神病院の入院患者ではあるけれども、必ずしも精神病者ではない。もとよりいったん精神病院の患者として入院したからには、曽て精神病者であったことは明白であるが、現在は既に全治している。

それにも拘らず、なにゆえ今もなお入院しているかと言えば、自分は公費患者であって、たとえ医師が自分の全快を認めても、引受人が現れない限りは、医師並びに自分の意志によっては法規により退院することが不可能なのである。

自分には母があったが入院中に死亡し、兄と姉があるけれども、この二人は自分の引受人となることを好まない立場にある。従而、自分は既に全快しながら、しかもなお精神病者として永遠に入院生活を続ける境遇に置かれているわけである。

然し、自分は既に精神病者ではないから、病院内に於ては、三分ぐらいは患者として、残りの七分はほぼ同室の患者達を看護する者の立場として、生活しているものである。又、患者達の懇話会の幹事をやり、その会報の編輯などもやっている。

一般に全快した公費患者は看護人に採用されるのが普通であるが、病院には予算があり、定員以上の看護人には給料を支払う能力がないから、自分などほぼ看護人と同じ仕事をしていながら、正式に看護人では有り得ないのである。それゆえ看護人ほどの自由はないが、医師や事務員の引上げた後なら、同僚即ち看護人の理解によって、非公式ではあるけれども外出できるし、縁日をぶらついてきたこともあった。

尚、前記のように、既に全快しながらしかも入院生活を続けなければならないのは、ひとり自分だけの不運ではなく、公費患者の大多数が概ねこの宿命を負うているものなのである。然らば精神病院に於て、つとに全快した患者達がどのような生活をしているかと言えば、こればっかりは貴殿いかほど聡明多才であろうとも、御想像もつかないであろう。

元来が公費患者というものは支給される食事だけでは栄養が充分でないから、栄養補給のために小遣を稼ぐ必要があるのである。そのために自分等は修養に費さねばならぬ貴重なる時間をさいて、封筒貼をやらなければならない。

とはいえ、そのような労務のかたわら、凡そ精神病院の入院患者ほど、自家の職業を病院内へ持越して、常に不断の修養につとめている者はないのである。

或る者はすでに一万二千枚の長篇小説を書きなお執筆をつづけているが、一万二千枚ともなれば机上に積まれた分量自体がすでに充分瞠目に価するもので、作者はことさら分量の大に恬然たる風を装っているが、過度に恬然としたがる風があるものだから、却って分量の大のみ専一に狙っているのではないかと疑う気持になる程だ。とはいえ、分量の大のみ専一に狙うにしても一万二千枚ともなれば、充分敬服に価するものである。

一般に精神病院の入院患者は自発的に宗教に親しみ、仏教たるとキリスト教たるとを問わず、各（おのおの）なにがしの意見を所有しているのが普通であるが、彼等が教理に就いて所信を吐露し論じ合う時ほど彼等の姿に品格と光輝を与えるものは先（ま）ずすくない。仏教に声聞（しょうもん）、縁覚（えんがく）という悟入の段階があるようだが、一般に精神病院の人々は、自分の観察によれば、各自縁覚的な境地を所有するところの熱心なる求道者のようである。

けれども中には特に非凡な宗教的境界に到入した人物もあり、彼は幾多思索の後、宗教の鍵はマホメットにありと信じるようになった。この男はすでに数年不便と不自由を忍んで独修書によってトルコ語とアラビヤ語の勉強に没入している。そうして昨今はトルコ語とアラビヤ語以外の言葉を用いなくなっているが、時々同室の人々に向ってコーランの教義を説き明すことがある。トルコ語やアラビヤ語のことであるから自分に内容は分らないが、宗教の本義は言葉の中には無いから、何物かが分るような気がするし、自分は彼が純粋な信仰から必然的にトルコ語やアラビヤ語に走らずにはいられなかった内部の熾烈（しれつ）深遠なものを疑ってはいない。

又或る男は――これは入院前園芸を業とし、特に温室栽培に専心従事していた男であるが、火力を用いず専ら太陽熱を利用して温室栽培をなす研究をすすめ、最近に至り、昼間太陽熱によって温めた水を管に通して夜間の暖房に利用することを略（ほぼ）完成した。この施設によれば全く燃料が不要であるから、農家の利益は甚大である。

又或る男は釣針の研究に没頭している。彼はあらゆる魚の習性に就いて該博なる智識を有しているが、目下彼の研究題目となっているのは、あらゆる魚釣に可能な唯一本の針の発明ということである。勿論鯨と目高を同一の針で釣ることができるかと皮肉な問いをなす者は言を弄ぶこと容易にして事を為すこと至難なる所以を知らざる愚者にすぎない。彼はこの発明のために、釣針よりも、先ず多くの魚の習性に就いて更に研究をすすめる必要があり、多くの魚を飼育する必要にせまられているが、それが全く不可能であるため、自暴自棄におちいり、「魚よ、なぜ水中に棲むか」という叫びをあげて泣き叫ぶ発作に襲われることがある。

ところで、然らば自分はどうかと言うと、自分は専門学校で国文学を学んだが、当時就職難であったため、ある私設鉄道の従業員となり、零細な日給で働いているうちに、やがて患者としてこの病院へ送られてきたもので、当年三十三才、すでに病院生活は足掛六年である。

自分がなぜこの病院へ送られて来たかというと、当時自分は東京近郊の小さい駅の改札をやっていたが、改札掛というものは専ら客の手と切符のみ見ている職業のようではあるが、案外乗客の顔も一々見ているものなのである。

然るに自分はある時自分の特異な能力を発見した。というのは、自分は乗客の手と切符のみ注目してパンチを入れながら、未だ一瞥も与えぬうちに乗客の顔がちゃんと分っていることに気付いたからである。で、自分はこれを確めるために自分の顔をあげてみる。と、まさしくふッと自分の前を掠（かす）めて行く乗客の顔が果して想像の通りなのである。しかも乗客は自分にそんな能力があることを知りもしないし、現にその能力の実験に供されていることなども気付かないから、自分の関心にも拘らず全然無関心な顔付であることが大変気の毒でもあるし、哀れなものにも見えるのである。

然し、これだけのことで済めば話は至極簡単で、自分はこの病院へ送られずに済んだ筈であった。

ところが、やがて、自分の能力は次第に分裂し、分裂が同時に生殖であるというアミーバ的発展過程をとりはじめた。

即ち、ある日、自分は一乗客の手によって、その日の天候の急変を予断した。というのは、ある乗客の手が自分に向ってそれを語っていたからで、数ある乗客の手のうちには、そのような予言を帯びた手のあることに気付いたのである。

又、或る乗客の手には火災や地震を予言しているものもあり、政治や相場の変動を物語っているものもあった。又、或る時自分は、或る乗客の手が自分に向って、直ちに池袋まで駈けつけ、豊島（としま）師範学校の前まで行き、そこで踵（きびす）をめぐらして戻って来なければならないという自分に課せられた宿命を暗示しているのを読んだ。やむを得ないことであるから、自分は駅長のところへ行き、二時間の外出を許してもらって、命じられた運命を果さなければならなかった。

自分はこのようにして乗客の手から次第に多くの予言を読むようになり、時には殺到する雑多な予言の応接に疲れて、視覚を厭うことがあった。

そのうち最後の時が来た。

第一の予言を読んだのはその日の朝で、この時乗客はランドセルを背負った小学校の女生徒であった。婦女子の生長は草花の如くすみやかで又妖艶なものであるから、もう年頃のことと思うが、自分の脳裡にとどまる幼顔の記憶によれば、近頃あまたの青年がその面影に胸を焼きとかく業務を怠りがちのことであろうと愚考している。自分はその可憐な手に株式市場の一混乱期を読んだのである。貴殿もとより六年前の大変動をお忘れの筈はないと思うが、それが歴然物語られていたのであった。

然るにその日の午後に至って、ここに卒然天地の処を変えるが底の第二暗示を読まなければならなかった。

この時の乗客は四十がらみの極めて貧相な洋服男で、恐らく銀座の雑踏で再会しても一目で見分けがつくと思うが、南洋系の縮毛にユダヤ系の鷲鼻をもち眼付は狡猾で手足の相は猿猴めき好色無恥であった。

自分はこの男の爬虫類の頭部めいた指頭から甚だ好ましからぬ思いと共に切符を受取るに際して、ここに図らざる宿命の指令を読んだ。即ちそれはお前の一生を決する時が近づいたと予告しており、朝の予告とつながる関係が物語られているうえに、自分の浮沈がそこに賭けられていることを明確に示したものであったのである。

宿昔青雲の志、蹉跎たり白髪の年というが、自分の如き凡人は半生に至らずして既に見すぼらしく貧苦にやつれ日夕諦らめに馴れた心を無二の友としている。三円の昇給にすら不馴れな心であるから、このような予告によって心に受けた震駭が異常なものであることは理の当然で、まるで眼を焼かれたような気持であった。

然しながら狐疑すべきところはないから、夕方六時に交替すると、自分は直ちに実行にかかった。

自分は当時兄の家に泊っていたが、兄は小さな盛り場に食料品店を開いている。

自分は兄が銭湯へでかけた隙に、店と奥にあるだけの現金を掻き集めて飛びだした。確信ある投機であるから悔いも怖れもないのであるが、自分の兄は天性吝嗇である上に苦労性で、或る時兄の蟇口から三十円抜取った曲者があるというので、当時自分の通学中の学校へ現れて自分の動勢を偵察し、自分は危く停学処分を食うところであった。おまけに三十円は一文も使わぬうちに取返されてしまったのである。

現金はザッと百七十円なにがしあった。自分は株というものに全然経験がないのであるが、裸一貫とか七転び八起きということが投機社会には特に言われることだそうで、裸一貫の自分には心強いことであったが、それにしても億万の結果を望む心にとって唯の百七十という数は決してゆとりを与えてくれるものではない。

更に資本が得たいと思って、まだ八時という宵のうちであったを幸い、十二時頃まで八方自動車を走らせて多くの知人を廻って歩いた。自動車代が二十何円かかったのに、自分の得た金は三円なにがしであった。

ここに自分は一生一代の失敗をした。というのは自分の修養の足らないせいで、思いだすだに自卑のため消える思いがするのであるが、自分は自動車をぐるぐる走廻したあげく、最後に新宿の酒場の前で車をとめた。これが一代の過失であった。

この酒場で自分はひとりの美女を見た。そうして一気に恋着した。

とは言うものの、このとき自分の第一感は言うまでもなく、今に残る印象によっても、この女はあらゆる点で妖婦と称(よ)ぶべき女であった。しかも一流の妖婦ではない。高邁(こうまい)な心なく、教養の閃(ひらめ)くものなく、ただ徒(いたずら)に虚栄のみ高くて金銭に汚く、本能的に多淫であって禽獣(きんじゅう)の快楽を一代の理想としている。世間には青春と美貌を持ちながら好んで金持の老人の相手をしたがる女があるが、この女がそのような一人であった。

試みにこのような女が年老いて容色衰えた場合を想像するに、その醜怪に堪えかねて嘔吐(おうと)を催す思いとなる。自分は生来の趣味として孤独の中に詩美を感じるものであるが、この種の妖婦が肉体の魅力を失い老醜のみの残骸となって世に捨てられた場合のみは、流石(さすが)の自分も跣足(はだし)となって逃げだしたい。支那の伝説に鴇(ホウ)という妖鳥がある。この妖鳥は雌のみで、雄がないと伝えられている。生来多淫で衆鳥と交ることを求めるので、鴇の栖(す)む山には他に鳥影がないという。支那では鴇を老妓にたとえ、又、老妓を鴇にたとえるのだが、自分はこの女を一目見て同時に鴇の化身を感じた。

もとより贅言を費すまでのことはなく、この種の女は内面の美に全然生来の色盲であるから、自分を一目見ただけで軽蔑した。自分のテーブルへ寄付こうともしなかった。けれども自分は恋着せずにはいられなかった。

底の見え透いた虚栄心も虫酸が走るし、認識不足の糞度胸やら毒だらけの肚の中が無性に不潔で腹が立ったが、横ッ面を殴りつけてやりたいほど、可愛らしさがこみあげるのである。

そこで自分は札びらを切った。とうとう女は自分のテーブルへやってきた。そうして益々軽蔑を露骨に見せて、そんなに呉れたいなら貰ってやるという手つきで、横の方を向きながら、帯の間へお札を突っこんでいる。

すでに自分はこの女を征服したも同然で、自分はせせら笑っている女に向ってその悪質な性格や多淫な心を罵倒しながら酒を飲んだ。虚栄の心に満たされることなく、愛する者には愛されず、呪咀に疲れて老人から老人を転々し、末は夜鷹に落ちるまでの女の径路を微細に描破予言しながら、ことごとく溜飲を下げて、札びらを切ったのである。

自分が気付いたのは翌日警察の中であった。そうして、そこから、直ちに精神病院へ送られてしまったのである。

今にして当時を想起すれば、心気忽ち痩せ果てて消ゆるが如き羞恥を感ぜずにはいられない。一代の繁栄を決すべき大事の瀬戸際に正体もなく酔い痴れてしまうとはこの上もない修養の不足で、省て慚愧に堪えざるところであり、精神病院へ送られて然るべきものであった。従而自分は入院ののち、一にも二にも修養に心を砕いた。

とはいえ何分不自由な身である。さきにもお話したように、与えられる食事では栄養の保持ができないから、毎日封筒を貼って小遣を稼がねばならない。最近は熟練したので数時間で十銭ぐらい稼げるけれども、二銭の餅菓子で栄養を補給したり、稀には一本一銭で売りにくるバットを吸ったり、そんなことをした上で書物を買うのは容易ならぬことでもあるし、又それを読み修養につとめる時間というものも決して充分ではないのである。

けれども自分は「奥義書」を読んだ。読み、且、思索を重ねた。自分は生来の鈍根で見得するところ甚だ浅薄な男であるが、それでもどうやら梵の本義をやや会得することが出来たようである。また数論哲学や勝論哲学、ミーマンサーとか瑜伽哲学など婆羅門秘奥の哲理に就いても思索を重ね、つづいて仏教の本義を会得したいと勉めているが、数年の思索の結果阿頼耶識も理解し得たつもりであるし、起信論の真如や龍樹の空観も略体得なし得たと信じている。最近は又、碧巌、無門関等について日夕坐禅に心掛け、いささか非心非仏の境地をのぞいた。

諸々の哲人に比すれば赤面の至であるが、ともかく一応の修養は積み得たと思う。すくなくとも、一代の繁栄を決すべき大事の際に、不覚にも酔い痴れてしまうような修養の不足は再び見ることが出来ない筈である。

さて然らば自分の特殊な能力は入院後どうであったかと言えば、病院は鉄道の駅ではないから自分はもとよりパンチを所有する筈がないし、かりにパンチがあったとしても患者を乗客に仕立てて切符を切るというわけにはいかない。

とはいえ自分は鉄格子の部屋の中に幽閉された身の上であるから、株式の予言が出来ても、どうにもならない次第なのである。必要は発明の母と言うが、予言の如き霊感でも亦その通りで、自分にその必要がなかったから、自分は長日月霊感を忘れた日々を送っていた。

然るに自分は昨今既に全快して常人と変りがないから、生憎病院の予算の都合で就職不可能ではあるけれども、実際は看護人同様の仕事をする身となっている。従而、公然と行うことは出来ないが、暗黙の了解によって外出も出来るのである。

それゆえ予言の能力も利用のできる見込がついてきたわけで、もとより天賦の能力であるから、自分にこのような意識が生じると共に、予言の能力も忽ち復活したのであった。

のみならず、今回の能力はすでに環境に順応してパンチも乗客も不要な様式で復活したばかりでなく、従前の能力は専ら乗客の手によって他動的に暗示を得たにすぎないのだが、復活した能力は何時如何なる場合でも与えられた課題に対して自発的に特異なる心境を誘導することにより自在に霊感を発揮し得るところまで進んでいた。

自分は昨年運動会の当日が生憎雨天であることを十日も先に予言して、当日の諸準備を延すようにと進言したにも拘らず、人々が耳を藉（か）さなかったがために、台所その他に大損をまねいたことがあり、又、病院内で起った一事務員の重要な失せ物（う）を霊感によって発見し、その後も屡々（しばしば）かかる場合に能力を発揮して、人々の心服を買っている。


然るところ、数日前、正確に申上げれば×月×日のことであるが、はからずも自分は重大な霊感を得て、ここに再び一代の浮沈を決する大事の秋（とき）が近づいたことの予告を受けた。

即ち×月×日の夕刻のことであったが、自分はそのとき毎日の習慣通り封筒貼をやりながら、ふと顔をあげて鉄格子の外を眺めたのである。

そこは病院の裏庭であったが、こんなところは庭掃除の小使かオチャッピーの看護婦共がキャッチボールでもする時でなければ殆（ほと）んど人影のない筈の所で、どこへ通う通路にも当らないから、まして此処（ここ）を急いで通らねばならないわけは一向なさそうな場所であるのに、今しも一人の若い医者が散歩というには忙しすぎる足どりで、せっせと横切って行くのである。

オヤオヤあれはたしか内科のなにがしさんだなと分ったが、と、それと同時に、自分は首を突延すだけでは足らなくなって、思わず立上っていたのである。

というのは、この年若いお医者さんはそんなこととは一向知らずせかせかと自分の視界から歩き去ろうとしているのに、彼の霊気は慌ただしく頻(しき)りに何事か自分に向って叫んでいる。
自分は窓際へ駈寄って鉄格子から覗(のぞ)いてみた。そうして自分は次の言葉をききとることが出来たのである。

即ち、株式市場に又不測の変動が近づこうとしている。そうして貴公の一代の浮沈を決する秋が再び近づいているのである。貴公もとより六年前の大失敗を銘記しているに相違ないが、そのために若干の修養も積むことが出来たわけで、貴公のためには又とない試煉でもあった。六年間の修養が決して徒爾(とじ)ではなかったことを神かけて示すべき日が近づいたのである。云々(うんぬん)。

鉄格子の内側の人物が二丈もある塀の外側へ出る感動というものは多感な少年が外国旅行に船出する歓喜によっても類推できない程であるから、この時自分の感動が異常なものであったことは先ず筆舌に尽しがたい。

自分は深甚な感動のために、勇壮快活になるよりも、むしろ著しく悲愴になり、陰気になった。心は更に浮立たず、忽然として沈みこみ、異様な悲哀がこみあげてきた。

自分は鉄道の従業員になった頃から、どういうわけだか涙が出なくなったのである。激しく感動することは人並に屢々あって、心も泣き、生理もたしかに泣いているのに、どういうわけだか涙が全く出てこない。この時も自分は泣いたが、涙は流れてこなかった。自分は心に堅く誓った。立上るべき秋が来た。六年の修養。言われる迄もなく、これを忘れてなるものではない。

　歌舞伎の愁嘆場のようなものが実際あったらおかしなものだが、そのとき自分は悄然と鉄格子から外を覗いて阿呆のようにぼんやりしていたものである。

　ところがここに、かねて自分と親交あった看護人なにがしという人があるが、この男が自分の背後へやって来て、自分の肩をそッと叩いた。そうして自分に、どうしたね、大きな霊感があったのじゃないかね、と言ったのである。

　看護人なにがしはキリスト教徒であった。尤も、キリスト教徒というものが日曜日毎に牧師の説教をきいたり教会へ寄進したりしなければならないとすると、なにがしはこの範疇にあてはまらないことになるが、いわば、なにがしはキリスト教徒の殉教的情熱を我物とした苦業者のひとりであった。彼の信条とする宗教は意識的に極度に思索が排斥されて、行が全てをなしている。彼に向って宗教論を吹きかけても、彼の返答をきだすことはできないのである。彼は徒に空論を拈弄する代りに、患者達の汚い便所を黙々と洗う。それが彼の宗教であり、この地味な然し偉大な苦業者の行なのである。

　自分は看護人なにがしの唐突な言葉をきいても敢て驚くことはなかった。このような掛値なしの行者には全てが分る筈である。思索という貧しい智慧の実によって積む修養と全てを行に代えた人の修養はすでに雲泥の違いがあるし、又このように地味な行者は地味な奇蹟を持つものである。自分は敢て驚くよりも、やっぱり分る人には分るものだなという一種の安堵を覚えたものだ。

　自分は彼の問いに答えて、君の賢察の通り大きな霊感があったのだと言おうとしたが、また感動がこみあげてきて、声がでない始末である。

　そこで自分は言葉の代りに彼の手を執り、力をこめて握りしめたが、これまた感動がこみあげて、力がいっかな加わらない。とはいえ彼には通じるから、なにがしは頷(うなず)いて、立去った。

　自分は看護人なにがしの友情によって、若干の自由――然しこの大いなる不自由の中では莫大な自由――便宜を受けることが時々あった。先にもお話したように、自分が時に外出することが出来たのも、主としてなにがしの友情のせいであったのである。然らば自分の外出がどのようにして行われるかと言えば、概ね夜の十時過ぎ、十一時前後、全病院がまったく寝静った後に於て行われるのが通例で、理由の第一は自分が患者であるためよりも、看護人の夜間無断外出が既に抑々(そもそも)規則を犯すものであるからに外ならない。

　而(しこう)して、かかる深夜の外出で、自分に許された享楽が何物であるかと言えば、自分等は草深い田舎の道、特に畑の細い径を近道して、町はずれの、但(ただ)し自分等の側から言えば町の入口のおでん屋で十銭の泡盛を飲むことなのである。

　さて霊感に対処すべくあれこれ手段をねってみたが、鉄格子に幽閉された身の上では全くもってどうすることも出来ない。

何はともあれ外出するのが第一だから、全てを看護人なにがしに打開けて腹蔵なく相談するのが先決条件にきまっている。

で、自分は看護人なにがしに霊感の重大なことを囁いて、猶予すべき場合でないから、早速今夜おでん屋へ走って細かく相談したいむね申入れた。

もとより彼は諾いて、生憎その日は夜になると猛烈な豪雨になったけれども、荏苒時を空費するほど此の際危険なことはないから、十時すぎ、全病院の熟睡を待って、自分等は豪雨の中へ走りでた。

自分は夜を迎えても未だ亢奮が持続していて、愈々おでん屋へ向って走りでるという時には、又もや矢庭にこみあげてきた感動で相当混乱したらしい。窓を打つ豪雨の音をきいただけでも容易ならぬ荒天がすでに分明の筈であるのに、晴天の夜と同じように下駄をはき、番傘を探しだして、さて出掛けようとしたものである。

なにがしは自分の手から番傘をとりあげて、下駄を脱ぐように命じた。それから彼の身支度と同様に着物の裾を股までまくらせ、そこで二人は跣足になって豪雨の中へ駈けだした。

下駄などはいていようものなら何べん転がることになったか知れないし、手とか足とか骨折したかも知れなかった。番傘などは怪我するためにわざわざ刃物を持つようなものだ。何と言っても一寸先も見えない暗夜で、畑の小径は平常無事に通れたことが不思議なぐらいデコボコである。辷り放題に辷った。事前にこれを察知したのは流石に修養のたまもので充分敬服に堪えないが、それでも自分は何べんとなくひっくり返った。けれども激しい亢奮でむやみに胸が一杯だから、実のところ、自分は唯もう走るという無限の動作を意識しつづけていたのみで、転んだことが記憶になかった。

おでん屋へ到着してのち看護人なにがしにおや転んだようだねと言われ、泥まみれの手足や着物を指摘されて、成程そうかと納得した有様である。

なにがしはおでん屋の盥を借りて自分のからだを洗わせてから、着物を洗濯してくれた。この親切は先にも説明した通りひとえに彼の殉教的情熱によって一貫された犠牲精神の発露であって、非凡な修養を物語る適例である。即ち彼はそれが可能なことであるなら将に死せんとする者と自分の命を取換えることも敢て辞せない人である。

斯様にして彼と自分は慎重討議を重ねたのち、ここに即ち貴殿に宛てて手紙を差上げることとなったのである。

貴殿もとより充分御賢察のことと思うが、精神病院の公費患者である自分に金のないのは言うまでもなく、看護人なにがしは手当を加えて毎月三十円なにがしを貰っているにすぎないのである。

自分に予言の能力はあるが、生憎これを活用すべき資力に欠けていることを、ここに率直に打開けて申さねばならない。

即ち自分は貴殿の資力を利用してこの霊感を活用したいと思うのである。とはいえ自分は儲けの割前をいただくに当って、霊力と資力の割合に就いて、極めて謙遜な主張を持つにすぎないことを先ずあらかじめ明瞭に申上げたい。

自分は儲けの一割とも又一分とも申上げない。

差当って自分の熱望しているものは先ず自由、即ち鉄格子外の生活なのである。而して自由を我物とするには三百円の金がいる。即ち自分の求める所の割前はただそれだけに過ぎないのである。

又、看護人なにがしに就いて言えば、彼は常にその一貫せる殉教的情熱によって専ら犠牲的精神の示すところを生きる人で、求むる何物をも持たない人、特に一文の金銭も求めていないが、礼儀として、自分と同額を与えていただけば満足である。

就いてはここにいささか内密な話があるのだが、先程申上げておいた通り、六年前自分が不覚の泥酔によってこの病院へ送られる前夜新宿の酒場で見かけた妖婦があった。ありていに申上げれば、自分はまだこの女のことを忘れてはいない。のみならず、思いだしては胸に苦痛を覚える次第で、朝、昼、夜自分は毎日思いだすのが習いである。

自分は自由を我物として、早速新宿の酒場へ駈けつけ六年間の愛慾を金によって復讐したいと考えている。公衆の面前でこそその浅薄な気位を持ちこたえてはいるものの、裏面に於ては、金のためには犬鶏の真似(まね)も辞さない筈の女である。かように復讐を遂げ終って、自分はここに六年間の試煉を終ることになる。

就いては復讐の費用として、特に自分にだけ金二百円の増額をお願いしたいと思うのである。即ち自分の求めるところは合計五百円のわけである。

而して右の分前は貴殿の儲けが何億円であろうとも不変であることを誓約する。

自分等は×月×日午後十一時より十二時のあいだ、なにがし区なにがし町のなにがしおでん屋に於て貴殿をお待ち致している。なにがしおでん屋の所在は地図を同封致すから、それによって辿(たど)られたい。

尚自分等は当日どのような風雨であろうとも貴殿をお待ち致しているが、自分は細かい碁盤縞の浴衣に鉄ぶちの近眼鏡をかけた五尺五寸三分の痩せた男であり、看護人なにがしの当夜の着衣は明かでないが、なにがしは年齢三十六才、ずんぐりと太った五尺二寸ほどの色浅黒い男である。

然し尚念のため、目印として自分の胸に樫(かし)の葉をつけているから、それに向って話しかけていただきたい。若(も)し又豪雨で着衣を洗わねばならないような場合には、裸体のこととて胸に樫の葉のさしようもないが、そのような場合には左手に樫の葉をつまみながら泡盛を飲んでいるから、そのような様子の男に話しかけていただきたい。

最後に蛇足ながら申添えるが、貴殿が巨富を得られて後に始めて割前をいただくもので、当日報酬をいただく意志のないことを一言お断り申しておく。云々。

三

以上が手紙の大意であるが、これが小型の原稿用紙に、ペンでもって、一字一画ゆるがせにしない正しい楷書で最後まで乱れを見せず清書してある。

僕が大意を写しただけで丁度三十枚あるのだから、もとの手紙がどんなに尨大なものであったか充分御理会のことと思う。

これだけ長文の手紙の中で、文字の書誤って直したところがたった六箇所あるだけである。ところで書誤った六字というのは丁重無類な桝形に塗りつぶしてあり、その上にお役所の文書と同じようにはんこを捺して、それから訂正の文字が加えてあった。

そう言えば手紙の最後の署名にも、又封筒の裏面にも、日付の下になんのなにがしとあり、やっぱりはんこが捺してある。

兜町の豪傑連も驚いた。

そのうちに兜町全体がひっくりかえした蜂の巣のようにわんわん唸る時がきて、もはや一人も気違の手紙のことを思いだす者がなくなっていた。手紙はなにがし商店の誰かの机のどこかしらに投げだされていた筈である。

ところが一日の騒ぎが終って、さて人々が気がつくと、どうしたことだか手紙がどこにも見当らない。

　草を分けても探しださねばならないような手紙ではなかったから、それっきり手紙のことはみんなが忘れてしまったのである。

　気の毒なのは手紙を書いた御人（ごじん）である。考えてもみなさい。封筒を貼って一日に十銭稼いで、二銭の餅菓子で栄養を補給したり、たまには一本一銭のバットを吸ったり、さてそのうえで婆羅門の秘巻を買ったり、あげくの果には一杯十銭の泡盛も飲んで、それがみんな一日十銭の稼ぎの中から割出すのだから、又そのうえに何十枚の原稿用紙、べたべた貼った切手の値段ときた日には、それだけでもう何百日の稼ぎに当るか分らない。血が滲んでいるなどというのは、こういう時に使わなければならないのである。

　手紙の書写にしたところで、筆耕のまる一日の仕事というのが四五十枚のものだというのに、第一どんな几帳面な筆耕でも一字一画筆法正しい楷書で書くという者はない。

　思うに手紙を書きあげるまでまるまる数日かかった筈で、荏苒日を空（むな）しくすべからずなどと言って豪雨の最中おでん屋へ駈けつけているほどだから、その翌日には早速手紙の執筆にとりかかったに相違ない。手紙の中には、この重大な霊感あっておでん屋へ駈けつけた日の記憶すべき月日が記してあるのだが、それが丁度数日前の月日に当っているのでも這般（しゃはん）の苦吟が分るのである。

　その数日というものは全く手紙にかかりきりで、封筒も貼れなかったに相違ない。さすれば栄養の補給もできず、バットにありつくこともできない。かえすがえすも気の毒なことばかりである。

全くもって株屋の心臓ぐらいお話にならないものはないのである。ここにひとつの教訓を胆に銘じる必要があるが、全くの話が、金もないのに夢株屋へなど手紙をだすものではないのである。

四

然しいかほど霊気のこもった手紙でも、相手にされないからというので羽が生えて飛んで帰るということはない。

盗んだ男がいたのである。

「いやア。こんちはア」とこう言いながら、四十五六の年配で鼻ひげなども生やしたくせに、御用聞と同じような笑い方して、左様、丁度その日の午頃(ひるごろ)であったが、なにがし商店の店先へ顔をだした男がある。

深川区なにがし町なにがし番地オペラ劇場主人なんとかの草石という雅号を刷った大型の名刺を所持に及んでいる、何のためだか知らないが、こうやって時々なにがし商店の店先へ顔をだすのである。それから勝手に店内へ上りこんで、自分の小屋へしょっちゅうかかる浪花節（なにわぶし）の口調でもって時局や外交問題などを一席弁じ、いつのまにやら又消えている。この先生が手紙のことを小耳にはさんで、これこそ天の与えたものだとソッと懐中へ忍ばせてしまった。

さて人気のないところへ来て、何十枚かのこの手紙を笑い声ひとつ立てずに読み切ったのがこの先生で、再び手紙を懐中深くおさめてから、株屋なんてえものはこれでお金が儲かるのだから不思議だね。それにしても運てえものはやっぱり頭の問題だよ、などと呟（つぶや）いている。つまり相手が気違だから笑いごとではないのである。正気の易者の予言などおかしくって信用できるものじゃない。こういう先生の言いぶんであった。

手紙の文面から判断しても、流石に修養があるだけに、この気違は却々（なかなか）きっぷの良いところがあり、謙遜の美徳など心得ている。内密な話であるがと切出して自分だけ二百円余計稼いでいるあたり充分呼吸をのみこんでいて駈引は相当達者なものであるが、それにしても女を口説く資本（モトデ）だけで沢山だという心掛はこれまた至極さっぱりしていて見上げたものだし、二百円の金を握って六年前の新宿さして駈けつけようという心根もほろりとするほど味がある。

同じ目印をつけるにしても、カーネーションの花をさすとか、左の手に大根を握っているとか、そういうことは言わないで樫の葉というのが渋い。

先ず試みに明日の予想でもさせてみて、充分予言の実力を験（ため）したうえで大きな勝負にかかるから、こっちの方は悪くいっても二日か三日の閑をつぶしただけの損で、なに、それだって、くだらぬ寄席で欠伸するよりましなぐらいのものである。

さてここにたったひとつの心配といえば、この気違が泡盛飲むということだが、こればっかりはいかさま婆羅門の秘巻によって修養つんだ御人であろうが、なんのはずみで暴れだすか知れたものではないのである。

気違は怪力無双であるというから突然ポカリと張りとばされて相当こたえることであろうが、それにしても二つか三つ殴られるうちには逃出すことが出来るであろう。

五

×月×日の夜がきて、深川オペラ劇場主人は指定のおでん屋へ出掛けて行った。

いかさま町も愈これが外れである。そこの裏からもうひろびろとなだらかな起伏を流した畑になる。小便するのに裏口あけて一足でると、頭の上で玉蜀黍がガサガサと鳴り、畑は一面虫の声で、どこまで続いているやら分らず、遠方に黒い森影が見える。

屋台店にようやく毛の生えたようなおでん屋は、それでも羽目板にハゲチョロのペンキなど塗り、一押し押すと圧れるぐらい小意気な角度に傾いている。

まさしく居る。――おりから星の降るような明るい夜で着物の洗濯する必要がなかったから、なるほど胸に樫の葉をさした御人が、泡盛のコップをひとつずつ前へ並べて、ただ黙然と居並んでいる。

いや、どうも。深川オペラ劇場主人はことのほか初対面の挨拶にかけては自信があって、にっこり笑えば鼻ひげまでにこにこ笑うという程だから、婦人選挙権獲得同盟の会長さんでも怖くはないと言うのだが、この時ばかりはほとほと勝手が分らない。

こっちも泡盛のみながら先ずおもむろにという手もあるが、ここのところで一手違えばポカリとくるのが目に見えているところである。

「失礼ですが」と、ものの四尺ほど離れたところで——もっと離れていたいのだが、これ以上離れるためには外へ出るより仕方がない。で、彼は先ず何よりこれが大事だから、にっこり笑って、それから声をだそうとした。

と、鉄ぶちの眼鏡の奥からこれを黙然と観察していた樫の葉の御人が、一足先にすッと立って、西洋の貴族ならこうもあろうかと思われるような、首をいくらか斜にして、首から上の部分だけで極めてやわらかくお辞儀をした。

「お待ち致しておりました」

樫の葉の御人は静かな声だがハッキリ言った。

動作は極めて落付いたもので、お辞儀にしても首ぐらいしか動かさないのに、不思議にやんわりとした優美な線を描きだし、品が良く、充分礼儀を失っていない。

待人を迎える顔付なども、田舎の人のスットンキョウな喜びようもしていなければ、都会風に無理をしたお愛想笑いもしていない。どちらかと言えば利巧な人よりも利巧なぐらい冷静で、どことなく憂いの翳をほのかに秘めた幽かな笑いを浮べている。これが美女の顔であったら、まさしく古今の名画に残る笑いのひとつで、憂愁に神秘を重ね、なにかほのぼのとした人の世の悲哀の相を漂わした笑いなのである。

愈勝手の分らないことばかりである。第一この御人の顔付はげっそり痩せ細っていて、なるほど栄養の補給が余程足りないことなども、充分納得できるけれども、ひとつには高邁深遠な精神が無駄な肉をそぎとったような痩せ方で、何かこう西洋のお偉い人の、エマヌエル・カントとかエドガア・アラン・ポオとかいう、そういった哲人詩人の味のある華車で聡明で刃物のような顔付である。

深川オペラ劇場主人は人の顔付を判断して咄嗟にこっちの言葉使をきめてしまう男であったが、この時ばかりはてんで訳が分らないので、ただもう盲めっぽうに、いと丁重にお辞儀している。

余所目にも深川オペラ劇場主人があんまり面喰っているものだから、樫の葉の御人がにっこりと笑って、口を切った。

「失礼ですが、この御用件の方でしょうね」

樫の葉の御人はこう言いながら、胸にさした樫の葉をつまみとり、これを深川オペラ劇場主人の鼻先へヒラヒラさせて、ネ、これでしょうねと頑是ない子供に物を言うように、目の中へにっこり笑いこむような親しい笑いをしてみせる。

深川オペラ劇場主人はことごとく恐縮して、額や首筋をハンカチで拭き、それから扇子をとりだした。

「いや、どうも。これは甚だおそく参上致しまして」と彼は吃った。「このたびは御手紙をいただきまして、実はもう早速お住居の方へ参上致さねばならない所でありましたが、却って御迷惑かと遠慮仕りましたような次第で、まことにもって御親切御丁寧なる御手紙で、一同ただもう感激致しております」

「こちらこそ突然失礼千万な手紙を差上げて恐縮に存じております」

と、樫の葉の御人は一礼したが、まだ指先に樫の葉をヒラヒラさせて、時々自分の頬へ当てたり、かざしたりしている。

「ではお掛け下さいませんか。こちらの方は手紙にも申上げておきました同僚のなにがし君です。幸い、ほかにお客もありませんし、夜もおそいようですから、失礼ですが早速用談にうつらせていただきたいと存じますが」

「これはどうも恐入ります。わたくしから左様お願い致そうかと存じておりましたところで。実のところ、席を変えて一献差上げなどしながら充分に御高説拝聴させていただきたいと斯様申上げたい所ではありますが、生憎のお時間で。いずれ又改めて新宿へなとお供させていただくことに致しまして、本日のところは。おい、泡盛を三つ。それから何か肴を。なに、何でも出来るものでいいが、栄養の豊富なものを三人前」

と、深川オペラ劇場主人は坐直して、腹にひとつ力を入れた。今しがた夕めし食ってきた筈であったが、さっきから、どうも奇妙にお腹のすいた感じである。笑いごとではない。気違に押切られては目も当てられない話なのである。

六

「遠路わざわざ御足労下さいまして心苦しいほどに存じております。失礼ですが、あなたがなにがし商店の御主人でしょうか」

「左様。わたくしが経営致しております。まだ駈出しのことで、とても一流とは参りませんが、爾今宜しく御後援、御助力のほどお願い申上げます。御手紙拝読致しました時は、この、何と申しますか、深く感動致しまして、これは容易ならぬ大事であると斯様に考えて店の者にはまだ秘密に致してあります。わたくし実は丁度この一週間ほど前から痔を悪く致しましてな。好物の酒も控えねばならず、歩行にも一寸不自由で、乗物に揺られますのが又苦痛というわけで、然し今宵は一代の繁栄を決する大事の秋で人まかせには致しかねるところから、こうして出向きましたような次第で。充分にお相手もできず、不調法は特にお許しを願っておきます」

「では早速お話致しますが、先程なにがし君とも相談して僕達の考えをまとめたばかりの所ですが、先日差上げた手紙には、予言の場所、方法などに就いては申上げてありませんでしたね」

「なるほど。たしか、そのようでしたな」

「あの手紙にも申上げてある通り、予言はあなたの御指図に順って、すぐこの場ででも、また何処ででも出来ますが、霊者にも気組の相違というものがあって、気組によって霊感の感度にも深浅の有ることは疑い得ない事実です。哲学者の思索、詩人のインスピレーションでも、その時の気組や調子によって、思索の結果や作品の出来に深浅上下があることと丁度同じ理窟になります。このように申しますと、何か僕の霊感が怪しげなものに聞えますが、そういう不安は有るべきものではないのです。つまり霊者とは申しましても、人間であってみれば、その日の調子や気組によって出来不出来はまぬかれないもので、たとえば気組の劣った日は、あすの天候を予言するにしましても、さしずめ新聞の天気予報と同じように晴雨の別を感じるぐらいに過ぎないものです。調子も高く気組の張った時の予言は、何時何分頃にポツポツ来て、何時何分頃に霽れまを見るが又何時何分にはドシャ降りになってしまう、然し何時何分頃には小やみになって何時何分に又ドシャ降りにもどるけれども結局何時何分ごろには上ってしまう、僕自身それまで細かく知りたい意志は微塵もないのに、目のあたりパノラマに向っているように次々と勝手に分ってしまうのです。気組の高い日というものは万事がそうで、もとより株の予言にしても例外なく同じことです」

「成程成程」

「僕は今ここにこうして極めて平凡に日常普通の心持であなたと話しておりますね。勿論このような日常普通の心持には、武人が戦場に望むような気組というものがある筈のものではありません。では、このような日常普通の心持から予言が出来ないものかと言えば、こうしてお話しているような手軽さではいきかねるかも知れませんが、もとより霊者にとって霊力は偶発的ではありませんから、今でも、ちょっと気組を改めて特定の精神状態を誘導することによって、直ちに霊感を呼ぶことは決して不可能ではありません。然しながらそれは唯一応の霊感で、明日の天候は晴れであるとか雨であるとか、その程度の大ざっぱな予言しか出来る筈がないのです。真に怖るべき予言、よくもここまで分るものだと僕自身驚くような高度の霊感は、唯一応の霊感とは全然異質に見えるほど照見無礙玄妙千里を走るが如き概がありますます。全身全霊ただ電気とでも申しましょうか、その時は僕の全部が眺める目、眺める鏡、眺める機械で、同時に僕の全部が又そっくりひとつの動く絵で、即ち次々と展開する未来図のパノラマに外ならぬのです。いわば活動写真を写す技師が僕であり、幕に映る活動写真が僕であり、それを眺める見物人が僕であります。すべてが渾然として一分の隙もなく、唯ひとつの僕という霊気、あるいは電気なのですね」

「いかにもいかにも」

「宿縁と申しましょうか、このたび縁あって——仏教では縁というものに理外の理、宿命的な義理を与えて尠からぬ重要なものに扱っていますね。こうしてあなたにお目にかかり膝つき合せて語合うことが出来まして、又、あなたの御援助によって一生の大事を決することもできるという、これは深い縁であろうと思うのですが、従而、このたびのことに就いては、自分の気組というものも普段のものではないのです」

「いかさま。そうでしょうとも」

「けれども気組と申しましても、たとえば詩人が机に向って俺は傑作を書いてみせるぞといくら一人力んでみても、気組だけでは雞の卵のように易々傑作を生みだすわけにはいきません。気組の力を生かしてそれを傑作にまで発展せしめるには、それに気合というものが重って調子が合い、全てがひとつのパノラマとなって走りださねばなりません。然らば気合とは何か、即ち気合とはある特定のコンディションから生れる所の「ハズミ」であります。即ち気組というものは発動機のようなもので、これには油がなければならず、又これを動かす人の手が加わらなければ動かない、それがつまり「ハズミ」であります。では特定のコンディションとはどのようなものかと言えば、これは気組の質によって各相違のあることで一概には言えませんが、平たく言えば、気組という発動機にハズミをつけ、霊感を呼びだすに最も都合の良い環境、条件ということであります」

「なるほど」

「このたびあなたの鴻大無辺な善意によって御援助を得ることとなり、いわば廃人と申すべき身でありながら万億の富を睨んで一代の興敗を一気に決することができるという、下郎変じて一躍大将となりかねない稀有の機会を与えていただくことが出来まして、さて僕のひたすら祈り希うところは、この感動と気組に最上の気合を与え、最善の結果を得て鴻恩に報いたいということ、唯これのみであります。もとより先程から幾たびとなく申すようではありますが、単に一応の霊感を呼びだすだけのことでしたなら、この場所で今すぐにでも結構できることとですが、僕の立場と致しましては、このような大事の際にそれでは甚しく不本意なことでありますし、また、あなたの立場と致しましても、決して御満足ではなかろうと思うのであります」

「いかさま。これは色々と御高配をいただきまして、わたくし、ただもう感激致しておりますが、御言葉の通り、霊感にも様々と深浅上下の品々がありまするものでしたならば、一世一代の大事の際でもありまするし、深い品、上の位をいただきたいと云うことが、これはもう掛値なしの人情と申しましょう。そこで、霊感を呼びだすに都合の良い気合のかかった環境、たしかそのようなお言葉でしたな。わたくし、この哲学というものに不案内でとんと物分りの悪い方でありまするが、気合のかかった環境と申しまするると、つまりこの下世話におみきあがらぬ神はないなど申しましてな。待てしばし天下とるまで膝枕チョイチョイなどと、これは官員さんが羽振をきかせた頃の唄で、天下の政治は待合の四畳半できまるものだなどと申しておりますが、これが即ち政治の気合というもの。霊感の気合の方は下世話の噂にないことで、わたくし共俗人とんと推量致しかねますが、やっぱりこの天下の政治と同じような筋でしょうかな」

「さて、それが問題なのです。つまりですね。詩人は如何なる時又如何なる環境に於ても詩をつくることが出来るでしょう。これは分りきったことですね。けれども至高のインスピレーションによって傑作を創りうる時は一生のうちにも数えるほどしかありません。霊感の場合が又これと略同様なものです。即ち、如何なる時又如何なる場合に於ても一応の霊感を呼びだすことは出来ますが、至高の気合によって高度の霊感を呼びだすことが出来るのは一生のうちにも数えるほどしかありません。且又、詩人のインスピレーションと同じことで、至高の気合がどこに在るかということは分る筈がないのです。どこぞこの街角の喫茶店に詩人のインスピレーションが転っているなど言えば、これはおかしな話ではありませんか」

「いかにも」

「然しですね。今度の場合に限って、このおかしな予想が案外不可能ではないのです。というのは、予言の対象が明確なうえ、予言の結果が一生の浮沈に関する重大な意味を持ち、従而、僕の気組が異常に高く、触るるもの全てを切る妖刀の如く冴えていて、多くのハズミを要せずに動きだすことが分るからです」

「成程成程」

「然らばその環境条件とは何かと言えば、即ち僕が直接株式市場へ出掛けることに外なりません。触るるもの全てを切るが如くに冴えているこの高い気組のことですから、直接株式市場の熱気奔騰する雰囲気中に身を置くや否や、全身全霊あげて忽ち火閃となり、霊感の奔流と化して走るだろうということが最も容易に想像することが出来るのです」

「ウムウム」

「然しながら、生憎ここに重大な障碍に気付かなければならないのですが、既に手紙でくわしくお話致してありますように、つとに全快しているとは言いながら表向きは患者として幽閉されている身の上で、僕には白昼公然たる外出の自由がないのです。従而、白昼公然株式市場へ赴くことも出来ません。それゆえ僕が株式市場へ赴くためには何等かの手段を施さねばならないわけであり、ここに手段というものが唯二つしかないのです。如何ように工夫を凝らしてみても、唯二つあるのみであります」

「…………」

「その第一は過激な方法で、即ち直ちにこの場から逃亡して明朝株式市場へ現れるという手段なのですが、これはいささか穏当を欠いて種々不都合がともない、先ず差当ってなにがし君の首が危いことにもなり、又、僕とても見付かり次第病院へ逆戻りというわけですし、事の成就を見ないうちに見付かるようなことがあれば、元の木阿弥ということになります」

「成程成程」

「そこで第二の方法ですが、要するに可能な手段はこのひとつで、事の成就をはかるためにはこの方法をとる以外には全く仕方がないのです。それはつまり明朝あなたが先ず病院へ訪ねて来て下さるのです。それから院長にお会いになって、あなたの職業身分など披瀝(ひれき)されて、責任をもって僕の引受人となることを声明していただくのですね。肉親でないから不可だという話がでるかも知れませんが、その時はつまり、退院後は店員として監督使用するものであるから父兄同然であって、保護に万全を期するむね断乎主張していただけば面倒はありません。その日直ちに僕は退院することが出来ます。そうして何ひとつ憂なく全霊をあげて予言に集中することが出来るわけです」

七

なんとまあ話の運びの巧い奴だと、深川オペラ劇場主人はたまりかねて、つい泡盛を一杯ぐいと飲みほした。

気違などというものは案外みんなお喋りが達者なのかも知れないが、日本の外交がから下手だなど噂になるのは、これはもう外交官がみんな正気のためである。

だが気違のお談議に感心してはいられない。どこの間抜を探したって、わざわざ気違の引受人となり、月給払って、断乎保護に当る馬鹿者がいる筈がないではないか。
要するに問題というのはここの所で、気違に言いくるめられて、ぼんやり帰る奴はない。
愈これは――と、そこで彼は考えた。どうやら愈ポカリとやられる段取へ段々近づいて来たようだが、ここまでくれば、もはやどうにも仕方がない。一か八か当って砕けるまでである。

ポカリと来たら跣足になってうしろも見ずにサッサと逃げだすことであるが、こうと知ったら――だから人は見栄外聞をはるものではないのである。気違に会うのだから浴衣がけで沢山だのに、セコハンながらパナマ帽やら絽の夏羽織はまだいいとして、買いたての桐の下駄など何の因果ではいてきたのか分らない。

それにつけても、ここに薄気味悪いのが看護人なにがしであった。

成程手紙にある通り、身の丈は五尺二寸ぐらい、色浅黒く、ずんぐり太っているのであるが、この御人唖や聾ではない筈だが、さっきから唯の一言も喋らない。尤も樫の葉の御人がのべつ幕なしに喋り通しているから、これまた仕方がないかも知れんが、さて然らば、ここにこの御人の十七吋もあるような大きな頸は曲げることが出来ないのかという心配が起ってくる。

というのは、深川オペラ劇場主人がこのおでん屋へ罷り出てから相当時間もたっているのに、この御人の十七吋もある頸は唯の一度も曲ったためしがないのである。従而、顔の位置が一度も動いたためしがないし、扨て又顔の表情がビクリと動いた気配もない。で、この御人の視線がまっすぐ向いてる先の方へ辿って行くと、深川オペラ劇場主人の肩の上を素通りして壁に突当る筈であったが、そこに裸体画でもかかっていてそれを睨んでいるというなら、もうすこし色つやの良い目の色をしてもらいたい。この御人の目の玉ときては、大きくまるまるとむかれているのに、どろんと濁って、第一ちっとも動かない。

動物園へ遊びに行くと、昼間の梟と木菟がこういう具合にジッと止っているものだが、あれだって見た恰好は決して気持のいいものでないが、昼間は物が見えないのだと分っているし、金網の中にいるものだから、オヤ愛嬌のある先生だなどと大きなことを言いながら眺めている。この御人ときては、そうはいかない。

こんなにジッと動かないのに、キリスト教の犠牲精神というもので便所の掃除もするというし浴衣の洗濯もしたというから、魔法使のようなものだ。

樫の葉の御人は痩せ衰えて吹けば飛びそうに見えるからポカリときても大して痛くはなさそうだし、第一物腰が貴族的で応待なども人並以上にやわらかだから、ポカリとくる時ヒラリと体もかわせそうだが、木菟の先生の一撃ときてはノックバットで張り飛ばされるようであろう。第一如何なる瞬間に如何なる角度からポカリとくるのか到底見当つかないのである。

木菟の先生は看護人だというのであるが、素人の見たところでは樫の葉の御人の方がどう睨んでも真人間に近い様子に見えるから、精神病院などいう所は何が何やら分らない。この調子では、お医者さんだの院長先生という人はどんな顔しているだろう。大きな椅子にドッカリと河馬（かば）のようにふんぞり返って、黙って坐っているかも知れん。

　樫の葉の御人だけでも重荷のところへ木菟の先生が控えているから、どう考えても一つ二つはやられることに極（きま）ったが、手ぶらで帰る馬鹿はないから、深川オペラ劇場主人はここで又にっこり笑って、さて、一膝のりだした。

八

「いや、お話はよく相分りました。実はわたくし、昨夜大きな金の茶釜を丸呑みにした夢を見ましてな。なに、なんのたあいもなく呑みこんでしまったのですな。これは夢見が良いなどと今朝から喜んでおりましたところで。だんだんお話を伺いまするると、わたくしには何から何まで夢のような有難いことばかりで、やっぱりこれは正夢であったなどと、実は先程からこのように考えながらお話を伺っておりました。只今わたくしの店に、左様、丁度何人になりまするかな。いやもう働きのないのがウジャウジャとおりましてな。生憎店をまかせても宜しいような、心棒になってくれる腕達者が一人として見当りません。最近はお蔭様で店の信用が一段とつきまして、でまアここが発展の機会だなどと考えておりました折柄で、なんとかして眼識もあり修養も積んだ人物を支配人格に迎えたいものだなどと日夜このことばかり悩みぬいておりました。あなたのような霊力もあり修養も積まれた御方に来て働いていただくことが出来るなどとは、まさしく日頃信仰いたしまする棘ぬき地蔵の御利益で、願ってもないことであります。月給なども出来るだけは致しまするが、然しこの月給などというものはどのみちほんの些細(ささい)なもので、これは霊感の大小によりまして、その都度配当を差上ることに致そうと斯様考えております。で、店へ来て働いていただくに当りまして、この、霊力ある御方を俗人の分際で試験致すなど申上げては、こやつ陽気の加減で少々のぼせが来ているようだなと定めし御心外のことかと存じまするが、なんと申しましてもわたくし共俗人眼識がありませんので、一応試験のようなことを致さなくては人の値打が分りません。いやはや、思うだに笑止の次第で、話が逆でありまするが、なんに致せこれが俗人社会の慣例で、こう致さなくては我々人が使えぬという生れつき無力無能に出来ております」

「御尤(ごもっとも)のことです。就職試験というわけですね。然し、手紙にも申上げてある筈ですが、僕は学校で経済を学んだこともなく、特に株に就いては全くの門外漢で、ただ霊感の能力をお貸(かし)してこれを活用していただく以外には手腕もなく才能もない男なのです」

「いえ、もとよりそれだけで結構で。経済やら株のことやら齧(かじ)ってみてもおいそれとお金の儲かるものではありません。この節株や経済に明るい人間など掃溜へ入れてお釣のくるほどありますが、こういうてあいはわたくし共の商売にはカラ役に立たないという先生達で。もう私共に多少なりとも霊感の能力がありましたなら、日本中の金気をみんな吸いとることも易々たるもので、まして六年間御修錬の霊感ときては、アメリカの金気も物の数ではありません。で、この霊感の威力を試験するなど申上げては愈奇怪で、霊の尊厳をわきまえぬ不埒(ふらち)な奴とお腹立でもありましょうが、わたくし共俗人こう致さねば宝石も砂利も見分けがつかないという愚かな生れで、ただもう面目次第もないことであります。で、甚だ申しかねるところではありまするが、ひとつ、こういうことに致させていただきたいと存じます。つまり、この、先程のお話に一応の霊感というのがありましたな。あれでもって、何か二三日先のことを極く大ざっぱに予言していただく。わたくし、その結果を見まして——いや、もう、外れる筈のものではありませんが、ここが俗人の浅間敷いところで、こうして充分納得させていただきましたうえで、早速とる物もとりあえず病院へ駈けつけまして、河馬の先生、イヤ、院長の先生にお目にかかり、直ちに退院していただくことに致しましょう。その節は病院の支払など何万円でも充分に用意して参ることに致します」

「お話は良く分りました。勿論、あなたは僕の霊力を御存じないのですから極めて至当な話で、気を悪くする筈はないのです。却って霊力を納得していただく好機会を得たわけで、喜んでいる次第ですが、では、何か、明日の天候でも予言しましょう」

「さ、それが——」

と、深川オペラ劇場主人は、ここで又、一膝ぐいと乗りだした。

案じるよりは生むが易いとはこのことである。然しここで余りにやにやしたりすると、ポカリとやられることになる。

深川オペラ劇場主人はふところから何やら紙をとりだした。

「実はわたくし、先日お手紙をいただきました折に、いやもう、これが俗人のなさけないところで、とにかく一応試験というものをさせていただき、霊力を納得させていただいたうえ、御共力願うことに致そうと斯様に考えましてな。今宵こちらへ参上致すにも、実はこうして用意して参ったようなわけであります。これは丁度明日から行われまするなにがし競馬の登録馬の出馬表で、ここにこう馬の名前が幾つも書いてありますが、この勝馬をひとつずつ予言していただきたいと存じましてな。大変御手数で恐入りますが、この一応の霊感で極く大ざっぱなところを予言していただくにはこれが丁度手頃かと考えましたわけで、そこでこうして用意して参ったような次第であります」

「それは好都合でした。二つの一つを予言するのも百の一つを予言するのも、霊感の場合は結局同じ労力です。では、その勝馬をちょっと予言しましょう」

と、樫の葉の御人は極めて気軽に出馬表をとりあげた。

気違の予言などというものは、色々と奇怪な作法を伴うものかと思ったのに、これは又、至極あっさりしたものであった。

九

樫の葉の御人は出馬表を前へひろげて、さて鉛筆の芯が気になるという風に、鼻先へかざして眺めたり、五六字書いたり消したりしていたが、突然いとも無造作に第一競馬第二競馬とヒョイヒョイ点を打ちながら勝馬の印をつけはじめた。予想屋と同じぐらい無造作である。却って予想を終った後に膝の上へ掌を組んで一分間ほどしんみりと目を閉じている。霊感を頭の抽斗(ひきだし)というような所へしまっているのに相違ない。目を開けて、出馬表を深川オペラ劇場主人に手渡した。

あんまりアッサリしているので、深川オペラ劇場主人は拍子が抜けて言葉がでない。鮒(ふな)のような目付をして、出馬表を敬々(うやうや)しく押しいただいている。

「では後日迎えに来ていただく時をお待ち致しております。いつでも退院できるように荷物をまとめておきますが、四五枚の着換と二十冊の書籍だけで行李ひとつに足りないほどの荷物ですけど、ぶらさげて歩くわけにはいきませんので、円タクを用意して来て下さるようにお願いします」

と、樫の葉の御人は立上った。すでに綿密な引越の計画も立てている。さてそこで、一段と声を落して、こう言った。

「就きましては、退院の支度があるものですから、二十円拝借させていただきたく存じます。厚かましいお願いですが、いわば只今の予言代ということにして――何十倍も儲かりますよ。フッフッフッフ」

いや、どうも、深川オペラ劇場主人は冷水を浴びたようにぞッとした。樫の葉の御人の眼が薄気味悪い笑いと共にギラリと光ったからである。

これが気違の目というものであろう。それでなければ殺人鬼の目の光である。あまつさえ、こっちの心の裏側をみんな見抜いているような気持の悪い笑い方をする。

どうにもこれは仕方がない。で、深川オペラ劇場主人は十円札を二枚とりだした。

「あなたの二十円はわずか一日の小遣にも当らないことでしょう。ところが僕の二十円は丁度半年の食費に当っているのです。公費患者に給与する食事は一貫目いくらの残飯ですからね。ところが僕達はこの残飯の又残飯を一銭一銭と買って腹の足しにすることがあるのです。犬や豚の食物を僕等は金で買って食べなければならないのですよ」

などと言いながら、然し、樫の葉の御人は十円札を大切にするという風が一向にないのである。蟇口へも入れなければ、袂の中へおさめようともしない。手にぶらさげて、さっきまで撮んでいた樫の葉と同じようにヒラヒラさせている。

「豚や犬にも劣った廃人の願いをききとどけて、このような遠方までわざわざ御足労下さいました温いお心は、棺に這入ってのちも忘れるものではありません。厚く御礼申上げます」と、樫の葉の御人は丁重なる挨拶を残し、いまだに十円札を手にヒラヒラとさせながら、裏口から畑の中へ消えこんだ。

すると木菟の先生もこれにつづいて、これはとうとう最後まで一言も喋らなければお辞儀も致さず、十七吋もある頸を黙々と振り向けて、これもまっくらな畑の中へガサガサと消えこんでしまったのである。

十

なにがし競馬で深川オペラ劇場主人が大儲でもしてくれれば、芽出度し芽出度しということになり、尚その上に、兜町には二人づれの不思議な旦那が現れて、日本国中の金という金をみんな二人のふところへ収めることになったかも知れなかった。

生憎そうはいかなかった。

僕は悲劇が嫌いのたちだが、どうも事実というものは枉（ま）げることが出来ないのである。

なにがし競馬で深川オペラ劇場主人は一日地団太踏んでいた。流れる汗を拭くのも忘れて埃（ほこり）をかぶっているものだから、汚い顔をして、人波をわけて走ってみたり、立止って唸ってみたりしている。

東京帰りの汽車に乗っても正宗の壜を鷲掴みにして地団太踏んでいるのである。近所の人々は気が気じゃない。これはどうもとんだ悪相の気違と乗合して困ってしまったなどとぼやいている。

まったくもって、巧々(うまうま)ペテンにかかったのである。とはいうものの、さて熟々(つらつら)ふりかえってみるに、はなから臭いと思わないのが不思議であった。

抑々(そもそも)気違の弁説があんなに爽やかな筈がない。なんとかかんとか奇天烈(きてれつ)な風に持廻りながら思うつぼへ話を運んで行くのであるが、あのへんの条理整然として、気違の業ではないのである。

顔付だって利巧そうで、知らずに会えば、気違どころか文士の先生ぐらいには踏んでしまうところである。

そこは連中心得たもので、さてこそここに木菟の先生という妙ちきりんな相棒を並べておく。先生が目の玉むいて黙然とおさまりこんでいるものだから、樫の葉の御人の弁説も正気のものとは聞けなくなってしまうのである。

第一考えてみるまでもない。気違が深夜病院を脱けだして、泡盛を飲んでいるなんて、こんな奇怪な出来事が文明国の首都に於て行われる筈がないのである。

それにしても手数のかかった方法で騙(かた)りを働く悪人共があったものだ。探偵小説によると、前もって犯行の期日を予告して仕事にかかり危険を冒すことを無上の趣味とする泥棒氏などがあるそうだが、樫の葉の御人・木菟の先生もこのでんで、先ず何十枚の手紙から始まっておでん屋に於ける会見となり手間をかけて散々人を嘲弄したうえ騙るのが趣味であるとしてみると、なんとも始末に終えないほど後味の悪い話である。

ポカリと来ては大変だと野だいこも及ばないほどへいつくばって、せっせと御機嫌とった様子を思いだし、それが奴等の笑いの種になっているのを考えると、わッという唯一声の悲鳴と共に風となって消え失せる嘆きを感じてしまうのである。

あの界隈の与太者共に相違ないが、被害はたった二十両でも、やられ方があくどくて、うっとうしくて我慢がならない。

深川の顔役ともあろう者が——それほどでもないが、深川の旦那ともあろう者が——これもどうも、それほどでもない。とにかく顔にかかわるではないか。

そこで翌日、深川オペラ劇場主人は日当一日五円ずつ仕事のあとでは充分に振舞い酒という約束で二人の暴力団を雇い入れ、先ず精神病院へやってきた。

「旦那」

暴力団の一人が精神病院の受付から浮かぬ顔付で戻って来て、自動車の中の深川オペラ劇場主人に報告した。

「どうも与太者じゃアなさそうなんで。そういう名前の気違がほんとうに入院していますとよ」

「そんな話があるものか」

「然しねエ。ちゃんと名簿にそういう名前があるんでさア。相当古株の気違だって言ってましたぜ」

「それじゃア、なんだ。与太者が名前をかたってるんだ。してみるてえと、これはなんだな。与太者というのは此処の小使か看護人か看護婦の兄とか弟という奴に違いねえ。とにかく真物のキ的にいっぺん会ってみようじゃないか」

「ようがしょう。然しねエ、旦那。間違って入院させられねえように気をつけておくんなさいよ」

と、三人は精神病院へ上りこんだ。

待つほどに、ガチャンガチャンと奥の方からいくつも錠をあけたてする音が近づいてきて、やがて、和服の上に割烹着のような白いものをつけ、左の手にバイブルをぶらさげた看護人を先登にして疑惑の中の怪人物が現れてきた。

これを見ると深川オペラ劇場主人は胆をつぶして、突然うろうろと鉄格子のはまった窓を見廻したりしたのは、なろうことならそこを破って逃げたい気持であったのである。

和服の上に割烹着のような白いものをつけ左の手にバイブルをぶらさげた御人はまさしく

木菟の先生であった。

木菟の先生のうしろから静々と現れたのは、まぎれもなく樫の葉の御人なのである。

樫の葉の御人は感極った面持であった。六年前から涙がでないそうであるから、成程泣いてはいないけれども、悄然(しょうぜん)としてむしろ甚だ悲しげである。例の如く若干首を傾けて貴族の如く一礼をなし、さて、顫(ふる)えを帯びた細い声で感動のために澱(よど)みながら、泌々(しみじみ)と挨拶の言葉をのべた。

「先夜は大変失礼を致しました。悪印象をお与えしたのではないかと毎日心配していたのです。お待ちかねはしていましたが、ほんとに来て下さるかどうかと、それのみ案じつづけていたのでした。それゆえ、荷物もつくっていない始末なのです。余りの感動のために感想すら浮かばない有様ですが、愈裟婆へ出ることが出来るのですね。それにしても、運送屋さんを二人まで連れて来ていただくほどの荷物がある筈はありませんのに」

と、樫の葉の御人は腹掛に印半纏(しるしばんてん)の暴力団を眺め、蒼ざめた顔に侘びしげな、けれどもまぶしげな笑いを浮かべた。

十一

「虎八に鮫六」

「ヘエ」

まだ太陽がようやく地平線の森の頭にかかっている頃であったが、深川オペラ劇場主人は、なにがし区なにがし町、つまり例の病院からひろびろと畑つづきのおでん屋で、もはやしたたか泡盛に酩酊(めいてい)に及んでいるのである。

「なア。虎八に鮫六」

「ヘエ」

「キ的と正気の区別というものがお前達に分るかな」

「はアてね」

「気違てえものは、泌々修養をつんだものだなア」

「そうかも知れないねエ」

「第一礼儀正しいやな。挨拶の口上なんてえものも、水際立ったものだな」

「全く驚いたものですねエ。だから見ねえ。看護人が挨拶しないのは、あれは気違と区別をつける為ですぜ」

「俺が十六の年だったたな。高等小学校を卒業して、日本橋のいわしやの小僧になって始めて上京する時のことだ。俺の生れたのは東北の田舎で、うちは水呑百姓だったたな。おふくろが信玄袋を担いで停車場まで送ってくれて、三里もある畑の道をおふくろと二人で歩いたものだ。そのとき、おふくろがこう言ったぜ」

「オヤ。なるほどねエ」

「東京てえところは世智辛いところで、生馬の目を抜くてえところだから、人を見たら泥棒と思えと言うのだな。泥棒てえものは見たところ愛嬌があって、目から鼻へ抜けるように利巧で、弁説が巧みで、お世辞のいいものだと言ったな」

「田舎の人は律儀で口不調法だというから、色々と東京を心配しますねエ」

「おふくろてえものはいいものだなア。なア、運送屋の先生。然し、なんだぜ。流石におふくろほどの人でも、気違てえものが目から鼻へ抜けるほど利巧で、弁説が爽やかで、礼儀正しくて、修養をつんだものだとは知らなかったんだな。こいつばかりはお釈迦様でも御存知ないや」

「まったく世の中は宏大でがすねエ」

「虎八に鮫六」

「ヘエ」

「お前達おふくろが有るだろうな」

「ヘエ。たしかひとり、そういうものが有ったようでしたねエ」

犬小屋のようなおでん屋は、蒸気の釜のように暑い。けれども、裏戸と表戸を開け放しておくと、畑の風がまっすぐおでん屋を吹きぬけて、そのときは涼しいのである。

太陽が赤々と地平線へ落ちようとしている。風の中の熱気がいくらか衰えて、畑の匂いがだんだん激しくこもってきた。

「一昔前のことだったな。俺が三十五の年だ。東京で一人前に身を立てて、錦を飾るとまではいかねえが、くにへ帰ったと思いねエ。そのときは何だぜ。東京中の名物という名物はみんなトランクへつめたものだったな。お盆の頃だから、丁度夏の盛りだ。うちへつく。田舎はいつも変っていねえな。露天風呂でひと風呂あびる。夕めしだ。するてえと、おふくろが、うまい物は東京で食い飽いてることだろうからと言って、小供の頃俺が大好物だった雑炊をな、茄子、かぼちゃ、キャベツ、季節の野菜をごちゃ煮にしたものだ。これを拵えて祝ってくれたぜ。おふくろは有難いものだなア。大きな茶碗をとりあげて、さて一箸つけようとするてえと、思わず胸がつまってきてポロリと涙が雑炊の上へこぼれてしまったものだったな」

「オヤ。しんみりとしたいい話ですねエ」

深川オペラ劇場主人は追憶のために胸がつまってきたようである。彼はフラフラと立上って裏戸をくぐって、先ず玉蜀黍に小便をかけ、それからガサガサと畑の中へ消えこんだ。

「モシモシ。旦那」

虎八と鮫六は慌ててあとを追いかけたが、深川オペラ劇場主人は振向きもしない。畑の遥かまんなかへフラフラと泳いで行って、突然ばったりひっくりかえってポロポロと涙を流した。

「虎八に鮫六」

「いけないねエ。旦那。百姓に見つかるてえと、鍬でもって脳天どやされますがねエ」

「俺もくにへ帰って百姓がしたくなったぜ。東京は泌々世智辛くて厭だねえ、運送屋の先生。ポロリと涙が雑炊の上へこぼれたものだと思いねえ。そこで俺は雑炊と一緒に泌々涙を食ったものだ。するてえと、どうだ。不思議にポロリと又ひとしずくこぼれたな」

「いけないねエ、旦那。センチになっちゃア」

深川オペラ劇場主人は畑の枝豆の中へ顔を突っこんで泣いていたが、やがてそのままぐっすりと睡ってしまった。

「こんなところで睡ってしまっちゃいけないよ。ねエ、旦那」

虎八と鮫六は深川オペラ劇場主人の手を引っぱったが、もはやグニャグニャと手応えもない。正体もなく熟睡に及んでいるのである。

そこで虎八と鮫六はあきらめて、おでん屋へ戻ってきた。旦那が熟睡したものだから、虎八と鮫六は泡盛をやめて、上酒の燗をつけさせた。特別大きな皿にしこたま冷やっこをつくらせ、一貫目もある氷を一本ドッカと入れて、こう、深川のおにいさんという者はこうして豆腐を食うものだなどと威張りながら、上々の御機嫌で飲み直しはじめた。

とっぷり夜が落ちていた。

すでに武蔵野の田園は暗闇のはるか底へ沈み落ち、深川オペラ劇場主人の熟睡も暗闇のはるか底へ沈み落ちたが、虎八と鮫六は枝豆畑の旦那のことなどとっくの昔に忘れている。黒髪のむすぼほれたる思いをばとけて寝た夜のなどと柄にない声で唄って、おい、運送屋の先生、一献いきましょうなどと差しつ差されつしているのである。

風博士

諸君は、東京市某区某町某番地なる風博士の邸宅を御存じであろう乎？　御存じない。それは大変残念である。そして諸君は偉大なる風博士を御存知であろうか？　御存知ない。それは大変残念である。では偉大なる風博士が自殺したことも御存じないであろうか？　ない。嗚乎。では諸君は遺書だけが発見されて、偉大なる風博士自体は杳として紛失したことも御存知ないであろうか？　ない。嗟乎。では諸君は僕が其筋の嫌疑のために並々ならぬ困難を感じていることも御存知ないのであろうか？　於戯。では諸君は僕が偉大なる風博士の愛弟子であったことも御存じあるまい。しかし警察は知っていたのである。そして其筋の計算に由れば、偉大なる風博士は僕と共謀のうえ遺書を捏造して自殺を装い、かくてかの憎むべき蛸博士の名誉毀損をたくらんだに相違あるまいと睨んだのである。諸君、これは明らかに誤解である。何となれば偉大なる風博士は自殺したからである。果して自殺した乎？　然り、偉大なる風博士は紛失したのである。諸君は軽率に真理を疑っていいのであろうか？　なぜならそれは、諸君の生涯に様々な不運を齎らすに相違ないからである。真理は信ぜらるべき性質のものであるから、諸君は偉大なる風博士の死を信じなければならない。そして諸君は、かの憎むべき蛸博士の――あ、諸君はかの憎むべき蛸博士を御存知であろうか？　御存じない。噫吁、それは大変残念である。では諸君は、まず悲痛なる風博士の遺書を一読しなければなるまい。

風博士の遺書

諸君、彼は禿頭はげあたまである。然り、彼は禿頭である。禿頭以外の何物でも、断じてこれある筈はずはない。彼は鬘かつらを以て之これの隠蔽をなしおるのである。ああこれ実に何たる滑稽！　然り何たる滑稽である。ああ何たる滑稽である。かりに諸君、一撃を加えて彼の毛髪を強奪せりと想像し給え。突如諸君は気絶せんとするのである。而して諸君は気絶以外の何物にも遭遇することは不可能である。即ち諸君は、猥褻わいせつ名状すべからざる無毛赤色の突起体に深く心魄しんぱくを打たるるであろう。異様なる臭気は諸氏の余生に消えざる歎きを与えるに相違ない。忌憚きたんなく言えば、彼こそ憎むべき蛸である、人間の仮面を被かぶり、内にあらゆる悪計を蔵カクすところの蛸は即ち彼に外ならぬのである。

諸君、余を指して誣告ぶこくの誹そしりを止やめ給え、何となれば、真理に誓って彼は禿頭である。尚疑わんとせば諸君よ、巴里パリ府モンマルトル Bis 三番地、Perruquier ショオブ氏に訊き給え。今を距へだてること四十八年前のことなり、二人の日本人留学生によって鬘の購あがなわれたることを記憶せざるや。一人は禿頭にして肥満すること豚児の如く愚昧ぐまいの相を漂わし、その友人は黒髪明眸めいぼうの美青年なりき、と。黒髪明眸なる友人こそ即ち余である。見給え諸君、ここに至って彼は果然四十八年以前より禿げていたのである。於戯ああ実に慨嘆の至いたりに堪えんではない乎！　高尚なること槲の木の如き諸君よ、諸君は何故彼如き陋劣漢を地上より埋没せしめんと願わざる乎。彼は鬘を以てその禿頭を瞞着せんとするのである。

　諸君、彼は余の憎むべき論敵である。単なる論敵であるか？　否否否。千辺否。余の生活の全てに於て彼は又余の憎むべき仇敵である。実に憎むべきであるか？　然り実に憎むべきである！　諸君、彼の教養たるや浅薄至極でありますぞ。かりに諸君、聡明なること世界地図の如き諸君よ、諸君は学識深遠なる蛸の存在を認容することが出来るであろうか？　否否否、万辺否。余はここに敢て彼の無学を公開せんとするものである。

　諸君は南欧の小部落バスクを認識せらるるであろうか？　仏蘭西、西班牙両国の国境をなすピレネエ山脈を、やや仏蘭西に降る時、諸君は小部落バスクに逢着するのである。この珍奇なる部落は、人種、風俗、言語に於て西欧の全人種に隔絶し、実に地球の半廻転を試みてのち、極東じゃぽん国にいたって初めて著しき類似を見出すのである。これ余の研究完成することなくしては、地球の怪談として深く諸氏の心胆を寒からしめたに相違ない。而して諸君安んぜよ、余の研究は完成し、世界平和に偉大なる貢献を与えたのである。見給え、源義経は成吉思可汗となったのである。成吉思可汗は欧洲を侵略し、西班牙に至ってその消息を失うたのである。然り、義経及びその一党はピレネエ山中最も気候の温順なる所に老後の隠栖をトしたのである。之即ちバスク開闢の歴史である。しかるに嗚乎、かの無礼なる蛸博士は不遜千万にも余の偉大なる業績に異論を説えたのである。彼は曰く、蒙古の欧洲侵略は成吉思可汗の後継者太宗の事蹟にかかり、成吉思可汗の死後十年の後に当る、と。実に何たる愚論浅識であろうか。失われたる歴史に於て、単なる十年が何である乎！　実にこれ歴史の幽玄を冒瀆するも甚しいではないか。

さて諸君、彼の悪徳を列挙するは余の甚だ不本意とするところである。なんとなれば、その犯行は奇想天外にして識者の常識を肯んぜしめず、むしろ余に対して誣告の誹を発せしむる憾みあるからである。たとえば諸君、頃日余の戸口にBananaの皮を撒布し余の殺害を企てたのも彼の方寸に相違ない。愉快にも余は臀部及び肩胛骨に軽微なる打撲傷を受けしのみにて脳震盪の被害を蒙るにはいたらなかったのであるが、余の告訴に対し世人は挙げて余を罵倒したのである。諸君はよく余の悲しみを計りうるであろう乎。

賢明にして正大なること太平洋の如き諸君よ、諸君はこの悲痛なる椿事をも黙殺するであろう乎。即ち彼は余の妻を寝取ったのである！　而して諸君、再び明敏なること触鬚の如き諸君よ、余の妻は麗わしきこと高山植物の如く、実に単なる植物ではなかったのである。ああ三度冷静なること扇風機の如き諸君よ、かの憎むべき蛸博士は何等の愛なくして余の妻を奪ったのである。何となれば諸君、ああ諸君永遠に蛸なる動物に戦慄せよ、即ち余の妻はバスク生れの女性であった。彼の女は余の研究を助くること、疑いもなく地の塩であったのである。蛸博士はこの点に深く目をつけたのである。ああ、千慮の一失である。然り、千慮の一失である。余は不覚にも、蛸博士の禿頭なる事実を余の妻に教えておかなかったのである。

そしてそのために不幸なる彼の女はついに蛸博士に籠絡せられたのである。

　ここに於てか諸君、余は奮然蹶起したのである。打倒蛸！　蛸博士を葬れ、然り、懲膺せよ憎むべき悪徳漢！　然り然り。故に余は日夜その方策を錬ったのである。諸君はすでに、正当なる攻撃は一つとして彼の詭計に敵し難い故以を了解せられたに違いない。而して今や、唯一策を地上に見出すのみである。然り、ただ一策である。故に余は深く決意をかため、鳥打帽に面体を隠してのち、夜陰に乗じて彼の邸宅に忍び入ったのである。長夜にわたって余は、錠前に関する凡そあらゆる研究書を読破しておいたのである。そのために、余は空気の如く彼の寝室に侵入することができたのである。そして諸君、余は何のためらいもなくかの憎むべき鬘を余の掌中に収めたのである。諸君、目前に露出する無毛赤色の怪物を認めた時に、余は実に万感胸にせまり、溢れ出る涙を禁じ難かったのである。諸君よ、翌日の夜明けを期して、かの憎むべき蛸はついに蛸自体の正体を遺憾なく曝露するに至るであろう！　余は躍る胸に鬘をひそめて、再び影の如く忍び出たのである。

　しかるに諸君、ああ諸君、おお諸君。余は敗北したのである。悪略神の如しとは之か、ああ蛸は曲者の中の曲者である。誰かよく彼の神謀遠慮を予測しうるであろう乎。翌日彼の禿頭は再び鬘に隠されていたのである。実に諸君、彼は秘かに別の鬘を貯蔵していたのである。余は負けたり矣。刀折れ矢尽きたり矣。余の力を以ってして、彼の悪略に及ばざることすでに明白なり矣。諸氏よ、誰人かよく蛸を懲す勇士はなきや。蛸博士を葬れ！　彼を平和なる地上より抹殺せよ！　諸君は正義を愛さざる乎！　ああ止むを得ん次第である。しからば余の方より消え去ることにきめた。ああ悲しいかな。

　諸君は偉大なる風博士の遺書を読んで、どんなに深い感動を催されたであろうか？　そしてどんなに劇しい怒りを覚えられたであろうか？　僕にはよくお察しすることが出来るのである。偉大なる風博士はかくて自殺したのである。然り、偉大なる風博士は果して死んだのである。極めて不可解な方法によって、そして屍体を残さない方法によって、それが行われたために、一部の人々はこれを怪しいと睨んだのである。ああ僕は大変残念である。それ故僕は、唯一の目撃者として、偉大なる風博士の臨終をつぶさに述べたいと思うのである。

　偉大なる博士は甚だ周章て者であったのである。たとえば今、部屋の西南端に当る長椅子に腰懸けて一冊の書に読み耽っていると仮定するのである。次の瞬間に、偉大なる博士は東北端の肱掛椅子に埋もれて、実にあわただしく頁をくっているのである。又偉大なる博士は水を呑む場合に、突如コップを呑み込んでいるのである。諸君はその時、実にあわただしい後悔と一緒に黄昏に似た沈黙がこの書斎に閉じ籠もるのを認められるに相違ない。順って、このあわただしい風潮は、この部屋にある全ての物質を感化せしめずにはおかなかったのである。たとえば、時計はいそがしく十三時を打ち、礼節正しい来客がもじもじして腰を下そうとしない時に椅子は劇しい癇癪を鳴らし、物体の描く陰影は突如太陽に向って走り出すのである。全てこれらの狼狽(ろうばい)は極めて直線的な突風を描いて交錯するために、部屋の中には何本もの飛ぶ矢に似た真空が閃光を散らして騒いでいる習慣であった。時には部屋の中央に一陣の竜巻が彼自身も亦(また)周章てふためいて湧き起ることもあったのである。その刹那偉大なる博士は屢々(しばしば)この竜巻に巻きこまれて、拳を振りながら忙がしく宙返りを打つのであった。

　さて、事件の起った日は、丁度偉大なる博士の結婚式に相当していた。花嫁は当年十七歳の大変美くしい少女であった。偉大なる博士が彼の女に目をつけたのは流石(さすが)に偉大なる見識と言わねばならない。何となればこの少女は、街頭に立って花を売りながら、三日というもの一本の花も売れなかったにかかわらず、主として雲を眺め、時たまネオンサインを眺めたにすぎぬほど悲劇に対して無邪気であった。偉大なる博士ならびに偉大なる博士等の描く旋風に対照して、これ程ふさわしい少女は稀(まれ)にしか見当らないのである。僕はこの幸福な結婚式を祝福して牧師の役をつとめ、同時に食卓給仕人となる約束であった。僕は僕の書斎に祭壇をつくり、花嫁と向き合せに端坐して偉大なる博士の来場を待ち構えていたのである。そのうちに夜が明け放たれたのである。流石(さすが)に花嫁は驚くような軽率はしなかったけれど、僕は内心穏かではなかったのである。もしも偉大なる博士は間違えて外(ほか)の人に結婚を申し込んでいるのかも知れない。そしてその時どんな恥をかいて、地球一面にあわただしい旋風を巻き起すかも知れないのである。僕は花嫁に理由を述べ、自動車をいそがせて恩師の書斎へ駈けつけた。そして僕は深く安心したのである。その時偉大なる博士は西南端の長椅子に埋もれて、飽くことなく一書を貪り読んでいた。そして、今、東北端の肱掛椅子から移転したばかりに相違ない証拠には、一陣の突風が東北から西南にかけて目に沁み渡る多くの矢を描きながら走っていたのである。

「先生約束の時間がすぎました」

僕はなるべく偉大なる博士を脅かさないように、特に静粛なポオズをとって口上を述べたのであるが、結果に於てそれは偉大なる博士を脅かすに充分であった。なぜなら偉大なる博士は色は褪せていたけれど燕尾服を身にまとい、そのうえ膝頭にはシルクハットを載せて、大変立派なチューリップを胸のボタンにはさんでいたからである。つまり偉大なる博士は深く結婚式を期待し、同時に深く結婚式を失念したに相違ない色々の条件を明示していた。

「POPOPO！」

偉大なる博士はシルクハットを被り直したのである。そして数秒の間疑わしげに僕の顔を凝視めていたが、やがて失念していたものをありありと思い出した深い感動が表れたのであった。

「TATATATAH！」

已にその瞬間、僕は鋭い叫び声をきいたのみで、偉大なる博士の姿は蹴飛ばされた扉の向う側に見失っていた。僕はびっくりして追跡したのである、そして奇蹟の起ったのは即ち丁度この瞬間であった。偉大なる博士の姿は突然消え失せたのである。

諸君、開いた形跡のない戸口から、人間は絶対に出入しがたいものである。順って偉大なる博士は外へ出なかったに相違ないのである。そして偉大なる博士は邸宅の内部にも居なかったのである。僕は階段の途中に凝縮して、まだ響き残っているそのあわただしい跫音を耳にしながら、ただ一陣の突風が階段の下に舞い狂うのを見たのみであった。

諸君、偉大なる博士は風となったのである。果して風となったか？　然り、風となったのである。何となればその姿が消え去せたではないか。姿見えざるは之即ち風である乎？　然り、之即ち風である。何となれば姿が見えないではない乎。これ風以外の何物でもあり得ない。風である。然り風である風である風である。諸氏は尚、この明白なる事実を疑るのであろうか？　それは大変残念である。それでは僕は、さらに動かすべからざる科学的根拠を附け加えよう。この日、かの憎むべき蛸博士は、恰もこの同じ瞬間に於て、インフルエンザに犯されたのである。

村のひと騒ぎ

その村に二軒の由緒正しい豪家があった。生憎二軒も——いや、二軒しか、なかったのだ。ところが、寒川家の婚礼という朝、寒原家の女隠居が永眠した。やむなく死んだのであって、誰のもくろみでもなかったのである。ことわっておくが、この平和な村落では誰一人として仲の悪いという者がなく、慧眼な読者が軽率にも想像されたに相違ないように、寒川家と寒原家とは不和であるという不穏な考えは明らかに誤解であることを納得されたい。

寒原家の当主というのは四十二三の極めて気の弱い男であった。この宿命的な弱気男は母親が息を引きとるとたんに、今日は此の村にとってどういう陽気な一日であるかという気懸りな一事を考えて、よほど狼狽しなければならなかった。つまり、ひどく担ぎやの寒川家の頑固じじいを思い泛べてゴツンと息をのんだのである。

「お峯や……」と、そこで彼は長いこと思案してから急に斯う弱々しい声で女房に呼びかけたが、彼の顔色や肩のぐあいや変なふうにびくついている唇をみると、彼もよほどの決意を堅めたということが分るのである。「お前はこういうことに大変くわしいと思うのだが、あのねえ、お峯や、高貴な方には一日ばかり発喪をおくらすということも間々あるように言われとるが……」

ところが、めざとい女房は夫の魂胆をひどく悪く観察してしまった。とはいうものの、勿論それは半分図星であったには違いない。寒原半左右衛門はだらしのない呑み助であった。ことに他家の振舞酒をのむことが趣味にかなっていた。おまけに、凡そ能のない此の男だが金輪際たった一つの得意があって、村の衆に怪しげな手踊を披露する此の重大な一事にほかならなかったのだ。全身にまばゆい喝采を浴びたこの幸福な瞬間がなかったとしたら、彼はとうの昔に首でもくくって――いや、これは失礼。極めて小数の人達しか知らない悪い言葉を私はうっかり用いたのである。

「おや、この人は変なことをお言いだよ」と、そこでお峯は怖い顔で半左右衛門を睨みつけた。「胸に手を当ててごらん！　わたしたちは高貴な身分どころではありませんからね！」

弱気な半左右衛門が脆くもぺしゃんこになったのは言うまでもない。

事の起りに就ては医者が悪いという意見が専ら村に行われている。勿論彼の腕前に就ての批難ではない。彼の注射は早くから評判が高かったので、どんなに熱の高い病人でも譫言や悪夢のなかで注射の針を逃げまわっていた。だから、その方面の間違いは決して起る筈がなかったのだ。問題は彼の口である。即ち、前段で述べたような会話がまだ寒原家の一室で取り交わされている時分に、この宿命的な不幸はもはや村一面に流布していた。もし彼の口さえなかったとしたら――弱気な、そのうえ酒と踊に異常な情熱をもった諦らめの悪い半左右衛門は、思い出してはねちねちと拗ねて、短い秋の一日ぐらいはどうなったか知れたものではない。

さて、事の意外に驚いたのは、まず森林寺の坊主であった。今宵の祝宴に狙いをつけた最大の野心家はこの坊主であったかも知れない。言うまでもなく此奴は呆れた酒好きであった。

おまけに、坊主というものは宴席で誰よりも幅の利く身分であって、「てへへん、これは結構な般若湯でげす。やれやれ、わしどもの口には二度と這入るまい因果な奴でな」なぞと言うことに由って、一升や二升のお土産は貰える習慣のものである。ところへ寒川家のおやじときては実際気前が良かったのだ。ところが一朝通夜ときたひには——鋭い読者はもはや充分見抜かれたに相違あるまいが、寒原半左右衛門ときては近在稀れなけちん棒であった。拙！　ところで不可解至極な通念によれば、坊主というものは此の際婚礼をおいて通夜へ廻らねばならないという信じ難い束縛のもとに置かれている！　こうして、森林寺の坊主が唐突として厭世的煩悶に陥ったことには充分理由があったのである。

　生れつき煩悶には不慣れな性質だったので、肥満した彼の身体は内心の動揺をうまく押えたり隠したりできなかった。つまり彼の逞ましい腕はいきなり彼の胸倉を叩いたり、あまり勝手が違いすぎて施す方法がなかったので、舌を出したりしたのである。が、劇しい努力の結果として会心の解決が彼を突然雀躍りさせた。身体がいっぺんに軽くなった思いがした。そこで彼は大急ぎで小僧を呼び入れたのだ。

「頓珍や。これや。もそっと前へ坐れや。よろこべよ。今夜はお前に一人前の大役を授けるぞよ。（と斯う言ったとき、坊主は思わず嬉しさにニタニタと相好を崩した。）わしは今夜は大切な用向きがあってな、昼うちだけ寒原さんへお勤めに行くよってな、お前は今夜わしの代役でお通夜の主僧とおいでなすったぞよ。ありゃありゃ、どうじゃな、てへへん、嬉しくて有難くってこったえらんところだろうが……」

と、斯う言われた小僧は当年十四歳であった。勿論生れた時から数えてのことで、小僧になってから十四年も劫を経たわけではなかったのである。勘の素早い小僧はむっとした。それから、前垂れで頬っぺたをこすりながら、ひどく深刻な、むつかしい顔付をしたのである。そして、

「わたしは、まだろくすっぽ、経文を知らんですがねえ……」と言った。

「なになに、ええわ、本を読みなされ」

「字が読めんです」

「この大とんちきめ！」と坊主は思わず怒鳴ったが、大事の前で軽率な怒りから身を亡してはならないのである。そこで今度は教訓的な真面目な顔をこしらえた。「小僧というものはな、習わん経文も読まねばならんもんだぞよ。うへん、ま、仕方がないわ。知っとるだけの経文を休み休み繰り返しておきなされ。ＷＡＨ！　こうしていられん！　ＷＡＨ！　これよ。衣をもてよ」と斯う叫ぶとあたふたと着代えをして、「頓珍や、よろこべよ、今夜はお前も結構な御馳走をおよばれじゃよ。夕食の仕度はいらんぞよ」と大事な言葉を言い残して慌ただしく出掛けて行った。と、そのとたんに、殆んど入れ違いといっていい宿命的な瞬間に、五十がらみの村の男――権十と呼ばれる村の顔役が泡をくらって跳び込んできた。

「和尚さんはどうしたあ！　大変なことができちゃったい！　ＷＡＷＡＷＡ！　村は一大事

じゃよ。和尚さんてば。水をくれえ。お茶がええ。……」
そこで小僧は和尚のたくらみに恨(うらみ)骨髄に徹していたので、和尚の運(めぐ)らした不埒(ふらち)な魂胆を権十に洩(も)らしたのである。と、権十は和尚が不在の理由をきき、愕然として顔色を変えたが、すこしも早く、ＯＨ！　そうだ、という凄い見幕を見せると、わっ！　とも言わず和尚のあとを追いはじめた――と、この出来事はここのところで有耶無耶(うやむや)になって、話はべつに村の一方の恐慌(パニック)へ飛ぶのである。

まだ朝の十時頃のことであった。わが帝国の山奥に散在する此等の村で、丁度この刻限がどんなに平穏な人生を暗示するかということは想像しただけでも気持のいいものである。とはいえ季節が秋だったので、山もそれから山ふところの段々畑も黄色かったり赤ちゃけていたり、うそ寒い空の中へ冷たい枯枝を叩き込んでいたりした。いわば荒涼とした眺めであったが、それにも拘(かかわ)らず田舎はいつも長閑(のどか)なものだ。時雨(しぐれ)が遠方の山から落葉を鳴らして走り過ぎて行くかと思うと、低迷したどす黒い雲が急にわれて、濃厚な蒼空がその裂け目からのぞいたりした。鈍い陽射しが濡れた山腹の一部分だけさっと照らしているうちに、もう又時雨が山の奥から慌てふためいて駈け出してくる。丁度そういう時刻だった。わが勤勉な百兵衛は平楽山の段々畑の頂上から三段目を世話していた。すると、突然谷底の窪地から一つの黒い塊が湧きあがってきて導火線を這うように驀地(まっしぐら)にせりあがってきたが、音もたてずに百兵衛の腰へしがみつくと二人は全く一つになって畑の中へめり込んでいた。そのはずみに百兵衛は脾腹を強たか蹴りあげられて、秋のさなかへあっさり悶絶しようとしたが、すると異様な人物は、「とっつぁんや、苦しかったらじっと我慢しなよ。人は苦しくない時に我慢ということの出来んもんじゃからな。村は一大事じゃぞ！」と斯う言って苦悶の百兵衛を慰めたので、これが倅の勘兵衛であることが分った。

このような、いわば革命を暗示するような悲痛な動揺が、已に収穫の終った藁屋根の下でも、樵小屋の前でも、山峡いの路上でも電波のように移っていった。実際その瞬間に、ああ此の村はどうなるのだと思わせたに違いない。村全体が一つの重々しい合唱となって丁度地底から響くように、「斯うしちゃあ、いられねえ。斯うしちゃあ、いられねえ」と呻いた。それから、村そのものが一つの動揺となって、居たり立ったり空間の一ケ所を穴ぽこのように視凝めたり、埋葬のようにゆるぎだしたり、じりじりと苛立ちはじめたりした。そこで、感じ易い神経をもった山の狸や杜の鴉がどんなに勝手の違った思いをしたかということは、彼等が顔色を変えて巣をとびだすと突然夢中に走りはじめたことでも分るのである。

全く、同情ある読者諸兄は彼等の心情に一掬の泪を惜しまないであろうが、彼等は今や一年に一度の、いや、恐らく一生に一度かも知れたものではない山海の珍味を失おうとしているのだ。成程これは残酷だ！　若しも彼等がお通夜帰りに婚礼を訪れたとしたら、担ぎやの頑固じじいは家の子郎党に棍棒を握らせて鏖殺しにするまでは腹の虫がおさまらないに相違ない。といって、婚礼帰りのほろ酔いで寒原の神聖を汚したとなると、歇私的里のお峯は悪魔を宿して、初七日を過ぎないうちに借金の催促となり、やがて一聯隊(れんたい)の執達吏が雪ぢかい寒村へおしよせるに違いない。

　誰言うとなく、学校へ集まれという真剣な声が村の一方にあがった。これは金言のように素晴らしい思いつきの言葉だった。自分一人の心臓を（いや、胃袋だ！）おさえきれずにいた幾百万の（とは言え本当は人口二百三十六名である）村人は、血走った眼に時雨の糸が殴り込むのを決して構おうとせずに、息をつめて知識の殿堂へ殺到した。遠い山からそれを見ると、勤勉な蟻(あり)——物を考えたり声を出したりしないところの、あの怱忙(そうぼう)な行列に酷似していた。この適例によってみれば、屢々(しばしば)人に強要されるところの時間正しさ(ポンクチュアルテ)と呼ばれるものは、全く一に無類の緊張に由るほかは厳守しがたい美徳の一つであることが分るのである。八方の山陰や谷底から現れた此等の小粒な斑点は実際五分とたたぬうちに一つ残らず校門へ吸い込まれたではないか！　村には今わずかに一人の人影を探し出すことも出来ない。そして荒涼たる秋が残った。

　扨(さ)て、この日は丁度日曜日であった。ところで、日曜日といえば、絶対的に、あるいは必死的にさえ学校へ顔出しを憎むところの誠実な先生達が、やはり必死の意気ごみで駈けつけたというのは！　これは何んとしたことなのだ。

　村人は雨天体操場に集合した。そして一瞬場内が蒼白になると、職員室で密議を凝らしていた村の顔役と教員がブロンズのデスマスクを顔にして黄昏をともないながら入場した。まず演壇へ登ったのは言うまでもなく校長である。彼は劇しい心痛のせいか、全くのぼせていたし、そのうえ細まかく顫えていた。というのは、一つは勿論生れつきではあったが、一つには生憎寒川家には学齢期の児童がなかったのに比べて、寒原家には大概の組に子供がいた。この密接な関係からして、先生達は勿論通夜へ！　然り！　出席する余儀ない立場にあったのである。

「諸君！　何たることである！（と、斯う言う時に彼は早くも力一杯卓子を叩きつけた、が、あまり力がはいりすぎて、とたんに彼は茫然として自分自身の口を噤んだ）然り！　何たることである！（そして彼は水をのんだ）実に何たることではないか！　彼女は死んだ！　驚いたではないか！　驚いた！　ほんとうに驚いたか！　本当に驚いた！（と、斯ういう言葉に驚いたのは彼自身であった。彼は片側の重立ち連へ救いをもとめる眼差を投げた。しかし彼等は校長の言葉にもはや充分興奮しはじめていたので、彼の視線を寧ろ怪訝な表情でもって見返した。校長は苛々して、併し今度は悲痛な情熱をしぼると、眼さえ瞑って絶叫しはじめた――）親愛なる諸君！　そもそも人間は婚礼の日に死んでいいか！　否否否！　しかるに彼女は死んだ！　呆れかえったではないか！　呆れた！　かりに諸君！　諸君は婚礼の日に死にたいと思うであろうか！　断然否！　余は如何なる日にも死にたいとは思わんのである！　しかるに彼女は死んだ！　殆んど奇怪ではないか！　奇怪である！　余はなさけない！　余は営々として育英事業に尽瘁することここに三十有余年、此の如きは真にはじめてのことではないか！　実にはじめてのことである！　しかりとせば諸君！　蓋し三十有余年目の奇怪事ではないか！　三十有余年前に果して此の如き事があったか！　分らない！　しからば諸君！　開闢以来の奇怪事かも知れんではないか！　WAH！　諸君！　日本が危い！　うっかりすると日本は危険だ！」

　と、斯う言われた時に満場の聴衆はドキンとした。それよりもドキンとしたのは校長自身であった。彼は自分の結論に痛々しく感激して劇しく胸をかきむしっていたが、突然身をひるがえして演壇を落下すると、ハラハラと涕泣して椅子に崩れた。生憎偉大な校長は当面の大事には何の名案も与えぬうちに感激しすぎたのである。つづいてざわざわと群衆の頭がゆれはじめた。まったく、たかだか二百三十六名で未曽有の国難をしょいきることは心細いに違いない。荷の勝ちすぎた熱情は長続きのしないものだ。彼等の情熱はどうやら当面の村難へ舞い戻ったのである。

　そこで、芸術家の頭をした一人の青年訓導が、沈着を一人で引受けた足どりで演壇へ登った。この騒動に落付きということ、それだけでも已に甚大な驚異であるから、彼の姿を見ただけで、もう人々は重みのある心強さを感じた。

「みなさん！　（と、彼は先ず柔らかい言葉を用いた）今回の突然の出来事が未曽有の大事であることは偉大な校長先生のお話によって良くお分りのことと思います。が、婚礼の当日お態さんが亡くなられた不思議な出来事は已にしっかりした事実であって、婚礼とお通夜と、生憎この二つは今更どうすることも出来ない。そこで、当面の問題として婚礼もよしお通夜もよしという便利な手段を考案しなければならんのである。（と斯う言ったとき満場は殆んど夢心持で同感の動揺を起した）私は斯う考えるのである、諸君！（と、今度はきつい言葉を用いた）婚礼は男女に関する儀式であって、これは別に問題はないが、本日の亡者はお熊さんと呼ばれ、寒原半左右衛門の母であり、かつまた故一左右衛門の妻であった事実からしても、私はこれを女と判断したいのである。とすれば、我が国の淳良な風俗によっても、これは必ず女が通夜に行かねばならん！　亡者が女であるならば、何故女が通夜に行かねばならんか？何んとなれば、彼女が男であるならば男が行かねばならんからである。かつ又彼女が男であるならば男が行ったに相違ないではないか！　しかるに彼女は女であった。故に女が行かねばならんのである！　つまり、わが村の婦人はお通夜へ、わが村の男子は婚礼へ、行かねばならんのである！」

と、斯う結んで彼が降壇するときに、満場の男子は嬉しさのあまり思わず額をたたいたりして発狂するところであった。が、まだ降りきらないうちに、数名の女教員が一斉に壇上へ殺到した。彼女等は口々に男性を罵りながら、自分一人が演説しようとして、壇上で激しい揉み合いをはじめた。満場の男女は総立ちになって、今にも殺伐な事件が起りそうに見えたのである。もしも賢明な医者が現れなかったとしたら、このおさまりは果してどうなったか知れたものではない。

医者――この事件の口火を切った医者――あの男は、軽率な口がわざわいして此の日は国賊のように言われていたが、決して悪い人間ではなかったのである。注射――もちろん其(そ)れもある。併し概してこの場合には、注射それ自身の問題であって、彼自身としては毫(ごう)も殺人の意志はなかった。してみれば彼に全く落度はない。実際彼は善人であった。そして、医学の方では諦めていたが、医学以外のことでは村のために一肌ぬぎたい切実な良心を持っていたのだ。――そこで此の好人物は両手を挙げて騒然たる会場を制しながら壇上へ登った。と、つづいて、くねくねした物慣れた手つきで摑み合いの女教員を引き分けたのである。と、この深刻な手つきは、流石(さすが)の女傑たちも唖然として力を落してしまうほど、精神的魅力に富んでいた。そこで彼は踊るような腰つきで斯う演説をはじめた。

「みなさん！　しずまりたまえ！　不肖医学士が演壇に登りましたぞ！　医学士が登壇したからしずまれ！　安心なさい！　（と斯う叫んだが、実は本当の医学士ではなかったのである）みなさんは医学を尊敬しなければなりません。何んとなれば医学は偉大であるからである。それ故医学者を尊敬しなければならんのである。みなさんは素人であるから、素人は偉くない。不肖は医学士であるから、不肖の言葉は信頼しなければならん。そこで（と、彼は一段声を張りあげた）医学の証明するところによれば、寒原家の亡者は一日ぶん生き返ったのである！（と、斯う言われた聴衆は彼の言葉を突瑳(とっさ)に理解することができなかった）諸君！　偉大極まる医学によれば、人には往々仮死ということが行われると定められてある。今朝お熊さんは死んだ。これは事実である。今、お熊さんは生き返った。これも事実である。明日、お熊さんは死ぬのである。これまた事実以外の何物でもあり得ない。諸君、医学は偉大であるから医学を疑ぐってはならない。だから医学者を尊敬しなければならん。亡者は一日ぶん生き返った！お通夜は明晩まで延期しなければならんのである！」

おそらく我が国で医学の偉大さを最も痛切に味った者は、この時の村人たちに違いない。すすりなく者もあった。よろめく者もあった。校長は、「おお、偉大な、尊敬すべき……」と斯う叫んだまま、医者の手に嚙みついて慟哭した。そこで、喜びに熱狂した群衆はお熊さんの蘇生を知らせに寒原家へ練りだした——が、この珍らしい医学的現象の結果、寒原半左右衛門は果してどうなったか？

「お峯や——」と、一方、それから十分ののちだが、寒原半左右衛門は門のざわめきに吃驚して女房に言いかけた。「今時分からお通夜の衆が来られたわけではあるまいな。晩飯を出すとなると——わしは別にかまいはしないけれど、ねえ、お峯や……」

「わたしゃ知りませんよ！　わたしゃ此家の御主人様ではございませんからね！　出そうと出すまいと、あんたの胸一つですよ！」

と、斯う言っているうちに、騒がしいざわめきは庭一杯にぎっしりつまっていたのである。「万歳」という声もあった。「お目出度う」と言うものもあった。中には、「偉大なる医学」とか「我等の医学士」なぞという理解に苦しむ言葉もあった。まったく、この村の歴史に於て医学が偉大であったためしは嘗てなかったことである。半左右衛門は極度に狼狽した。うっかりすると婚礼と通夜と取り違われたことかも知れない。なんにせよ、薄気味悪い出来事である。そこで彼はおどおどして玄関へ出て行ったが、衝立から首を延ばしたとたんに、不可解至極な歓声にまき込まれてぼんやりした。

「わしはハッキリ分らんのだが……」と半左右衛門は泣きほろめいて手近かの男に哀訴した。「いったい、生きたとかお目出度いとか、つまり何かね、わしが斯うして生きているのがお目出度いということかね？　そんならわしは、わしははっきり言うが、お目出度いことはない！」

「へえ、まったくで。（と一人が答えた）旦那の生きてることなんざ、お目出度くもありませんや。ありがたいことには、旦那、隠居が生き返ったと斯ういうわけでね。医学は偉大でげす。ねえ、先生！」

「然り！」と、偉大な医学者は進み出た。「当家の隠居は一日ぶん生き返ったのである。偉大な医学を信頼しなければならん！　それ故偉大な医学士を信頼しなければならんのである！」

「婆さんが生き返ったと？」と、半左右衛門は吃驚して斯う訊いたが、「あ！　婆さんが生きた！」と、今度は突然雀躍りした。「婆さんが一日生きた！　ありがたい。通夜は明晩にきまったよ。婆さんが一日ぶん生き返ったとよ！」

「知りませんよ！」とこの時お峯は不機嫌な顔を突き出した。「お前さん方はなんという呑んだくれの極悪人の気狂いどもだろう！　うちの婆さんは朝から仏間に冷たくなって寝ているんだよ！」

「それが素人考えというもんだ！」人々は一斉にいきりたって怒鳴った。「医学というものは偉大なものだ！　素人に分らんからして偉大なものだ！」

「お峯や、心をしっかり持たなければならんよ」と、半左右衛門も斯う女房をたしなめた。「なにせ医学というもんはたいしたものでな。わしらに理解のつくことでない。偉い先生のお言葉には順わねばならんもんじゃ」

と、この言葉は成程語気は弱かったが、いつもに似ない頑強な攻勢を窺うことができたのである。恐らく彼は嬉しまぎれに後の祟も忘れているに違いない。してみると此の場はお峯の敗北である。そこでお峯は棄鉢の捨科白を叩きつけるという最も一般的な敗北の公式に順って、自分の末路を次のように結んだ。

「何んだい、藪医者の奴が！　注射で人を殺した偉い先生があるもんかね！」

「いやいや、そういうもんでないぞ。（と。見給え、半左右衛門はなおも攻勢をつづけるのである！）偉い先生のことだから患者は死ぬだけのことで助かったというもんでないか！　これが素人であってみい、どうなることか知れたもんでないぞ」

とたんにお峯は鬼となって部屋の奥へ消え失せた。――半左右衛門の後日の立場は全く痛々しいものに違いない。熱狂した群衆の中にさえ半左右衛門に同情を寄せて、ないない気の毒な思いをした者も二三人はあったのだ。ところが半左右衛門自身ときては、益々有頂天になりつつあった。彼は嬉しさのあまり身体の自由がきかなくなって、滑りすぎる車のように、実にだらしなく好機嫌になったのである。彼は揉み手をしながら、村の衆に斯う挨拶を述べた。

「わしもな、ないない一日ぶんがとこ何んとかしたいと考えとったが、医学ちゅうものがこれほど偉大のもんだとは！　なにせ学問のないわしのことでな。まさかに生き返るとは思いよらないことじゃった。なんとお目出度い話じゃやら……」

「旦那は孝行者じゃからな。そうあろう……」と、木訥（ぼくとつ）な一人が感激に目をうるませて叫んだ。「何よりお目出度い！　これよりお目出度いことはない！　旦那、まず何よりも祝いの酒だよ！」

酒！　驚いた！　迂闊（うかつ）にも程があるというものだ！　吃驚した群衆は慌てふためいて叫んだ。

「祝盃だ！　隠居の誕生日！　酒！　酒々々々々！」

「しかし……」と、半左右衛門は明らかにうろたえた。それから彼はひどくむっ！　として、

「しかし、婆さんは死んどるわな！」と言った。

「おや！　素人の旦那が！　旦那は何かね。自分の母親を一日早く殺そうという魂胆かね！」

と、例の木訥な農夫は殆んど怒りを表わして斯う詰（なじ）った。すると駐在所の巡査は、群衆の陰から肩を聳（そび）やかして、佩刀（はいとう）をガチャガチャいわせたのだ。半左右衛門はしどろもどろとなっ

たのである。

「わしは別に殺しはせんよ。婆さんは今朝から死んどるというのに。……」

「おや！　誰が言いましたかね！」

「医者が――」

「えへん！」

と咳払いをして医者は空を仰いだ。半左右衛門は口をおさえて、頰に泪を流したのである。進退全く谷まったのだ。突然、しかし必死の顔をあげると、彼は物凄い形相で慌ただしく群衆を物色しはじめた。そして三河屋の次郎助を見つけると断末魔の声で、

「次郎助や、一番安いのを一升だけ……」

だが、大変耳の悪い群衆は、次郎助へ斯う親切にとりついでやった。

「いい酒を一樽だとよ！」

諸君、誠実な煩悶にはきっといい報があるものだ。斯うして、誠実な村人は一日に二度の大酒盛にありつくことができたのである。が、寒原半左右衛門といえども決して大損はしなかった。その夜のまばゆい宴席で、彼は得意の手踊を披露することができた。昼の鬱憤を晴らして、類いのない幸福に浸ることができたのである。

東京で蒼白い神経の枯木と化していた私はゆくりなく此の出来事をきいて、思わず卒倒し

てしまうほど感激した。全く、こんな豊かな感激と緑なす生命に溢れた物語を私は知らない。私はこの話をききながら、私の心に爽やかな窓が展くのを知った。そして私は其の窓を通って、蒼空のような夢のさなかへ彷徨うてゆく私の心を眺めた。生きるということは、そして、大変な心痛のなかに生き通すということは、こんなふうに楽しいことなのだ！　そして、ハアリキンの服のように限りない色彩に掩われているものである。私は生き方を変えなければならない。そこで私は私の憂鬱を捨てきってしまうために、道々興奮に呻きながら旅に出た。リュックサックにコニャックをつめて。そして山奥の平和な村へ。

だが私は、目的の段々畑で、案山子のように退屈した農夫たちを見ただけだった。私達の見飽いた人間、あの怖ろしい悲劇役者がいたのである。村全体がおさまりのない欠伸の形に拡がっていた。

そこで諸君は考える。それが本当の人生だ。あの物語はあり得ない、あれは嘘にちがいないと。断じて！　断々乎として！　あれは確かに本当の出来事だ！　私達の慎しみ深い心の袋、つまりは、罪障深い良心と呼ばれるものに訊き合わしても、——いや、これは失礼！　私自身の悪徳を神聖な諸兄に強いたことは大変私の間違いであったが。で、とにかく、私は異常に落胆して私の古巣へ帰ったのだが。それ以来というものは、あれとこれと、どちらが本当の人生であるかというに、頭の悪い私には未だにとんと見当がつかないでいる。ああ。

古都

一

京都に住もうと思ったのは、京都という町に特に意味があるためではなかった。東京にいることが、ただ、やりきれなくなったのだ。住みなれた下宿の一室にいることも厭で、鵜殿（うどの）新一の家へ書きかけの小説を持込み、そこで仕事をつづけたりしていた。京都へ行こうと思ったのは、鵜殿の家で、ふと手を休めて、物思いに耽（ふけ）った時であった。

「いつ行く？」

「すぐ、これから」

鵜殿はトランクを探しだした。小さなトランクではあったが、千枚ばかりの原稿用紙だけが荷物で、大きすぎるくらいであった。いらない、と言ったが、金に困った時、これを売ってもいくらかになるだろうから、と無理に持たされた。

書きかけの長篇ができ次第、竹村書房から出版することになっていたので、京都行きを伝えるために電話をかけたが、不在であった。その晩は尾崎士郎の家へ一泊し、翌日、竹村書房の大江もそこへ来てくれて、送別の宴をはろうというわけで、尾崎さん夫妻が、大江と僕を両国橋の袂（たもと）の猪を食わせる家へ案内してくれた。自動車が東京駅の前を走る時、警戒の憲兵が物々しかった。君が京都から帰る頃は、この辺の景色も全然変っているだろう、と、尾崎士郎が感慨をこめて言ったが、昭和十二年早春。宇垣内閣流産のさなかであった。

僕が猪を食ったのは、この時が始めてであった。尾崎士郎も二度目で、彼は二三日前に始めて食って、味が忘れかねて案内してくれたのである。少し臭味があるが、特に気にかかる程ではない。驚くほどアッサリしていて、いくら食ってももたれることがない、という註釈づきであった。

飾窓に大きな猪が三匹ぶらさがっていた。その横に猿もぶらさがっていたが、恨みをこめ、いかにも悲しく死にましたという形相で、とても食う気持にはなれない。猪の方は、のんびりしたものである。ただ、まるまるとふとり、今や夢見中で、夢の中では鉢巻をしめてステテコを踊っている様子であった。豚や牛では、とても、こうはいかないだろう。牛などは、生きている眼も神経質だ。猪という奴は、屍体を目の前に一杯傾けても、化けて出られるような気持には金輪際襲われる心配がない。無限に食った。大丈夫だ。もたれない、と尾崎士郎がけしかける。

そこを出たのは八時前で、まだ終列車には間があったので、大江と二人、女のところへ一言別れを告げに行った。黙って行く方が良くはないか、と大江が言うが、僕はハッキリ別れた方がいいと思った。大江と女は東京駅まで送って来た。女とは、それまでに、もう、別れたようなものではあったが、気持の上のつながりは、まだ、いくらかあった。

「君は送ってくれない方がいいよ」と僕は女に言った。「プラットフォームで汽車の出る時間待つぐらい厭な時間はないぜ」

　けれども、女は送ってきた。

「気軽に一言さよならを言うつもりだったんだが、大江の言う通り、会わない方が良かったのだ。どうせ最後だ。二度と君と会う筈はないのだから、暗い時間を出来るだけ少くしなければならない筈だったのに」

「分ってるのよ。二度と会えないと思うし、会わないつもりでいるけど、別れる時ぐらい甘いことを一言だけ言って。また、会おうって、一言だけ言ってよ」

　僕は、それには、返事ができなかった。

「君も、どこか、知らない土地へ旅行したまえ。たったひとりで、出掛けるのだ。そうすれば、みんな、変る。人はみんな、自分と一緒に、自分の不幸まで部屋の中へ閉じこめておくのだ。僕なんかが君にとって何でもなくなる日が有る筈だというのに、その日をつくるために努力しないとすれば、君の生き方も悪いのだ。ほんとの幸福というものはこの世にないかも知れないが、多少の幸福はきっとある。然し、今、ここには無いのだ。特に、プラットフォームで、出発を見送るなんて、やりきれないことじゃないか」

　然し、女は去らなかった。プラットフォームに突立って、大江にも話しかけず、ただ、黙って、僕の顔をみつめていた。その眼は、怒っているように、睨むようにすら、見えた。汽車が動きだすと、女は二三歩追いかけて、身体を大切になさいね、身体全体がただその一言の言葉だけであるように、叫んだ。不覚にも、僕は、涙が流れた。大江は品川まで送ってくれた。

二

隠岐和一(おきわいち)の別宅は、嵯峨にあった。その別宅には隠岐の妹が病を養っていて、僕の逗留には向かなかったので、伏見に部屋を探してくれた。計理士の事務所の二階で、八畳と四畳半で七円なのだ。火薬庫の前だから特に安いのかと思ったら、伏見という所は何でも安い所であった。然し、この二階には、そう長くいなかった。そうして、語るべきこともない。

引越した晩、隠岐と僕は食事がてら、弁当仕出屋を物色にでかけた。伏見稲荷のすぐ近所で、仕出屋はいくらもある。然し、どれも薄汚くて、これと定めるには迷うのだ。京阪電車の稲荷駅を出た所に、弁当仕出の看板がでている。手の指す方へ露路を這入(はい)ると、まず石段を降りるようになり、溝(どぶ)が年中溢(あふ)れ、陽の目を見ないような暗い家がたてこんでいる。露路は袋小路で、突き当って曲ると、弁当仕出屋と曖昧旅館が並び、それが、どんづまりになっている。こんな汚い暗い露路へ客がくることがあるのだろうか。家はいくらか傾いた感じで、壁はくずれ、羽目板ははげて、家の中はまっくらだ。客ばかりではない。人が一人迷いこむことすら有り得ないような所であった。

「これはひどすぎる」

隠岐は笑った。僕も一応は笑ったが、然し、これでも良かったのだ。むしろ、これが丁度手頃だとすら思えた。ただ命をつなぐだけ、それでいい。汚いにしても、普通の弁当仕出屋と趣きが違っている。仕出屋として汚いのではないのだ。溝の溢れた袋小路。昼も光のないような家。いつも窓がとじ、壁は落ち、傾いている。溝からか、悪臭がたちこめ、人の住む所として、すでに根柢的に、最後を思わせる汚さと暗さであった。ただ命をつなぐだけなら、俺にはこの方がいいのだ。光は俺自身が持つより仕方がない……僕はそう思った、そうして、戸をあけて這入ろうとしたが、戸は軋むばかりで開かず、人の気配もなかった。弁当のことは宿の人に頼むことにして、僕達は稲荷の通りへでて、酒をのんで別れた。

ところが、宿主の計理士が頼んでくれた弁当屋がこの家で、それればかりではなく、三ケ月ぐらいの後、この宿を出なければ、ならなくなったとき、計理士が代りに探してくれた部屋が、この弁当屋の二階の一室であったのである。こうして、僕は、人生の最後の袋小路に住むことになった。僕は気取って言うのではない。僕と隠岐が始めてこの袋小路へ迷いこんだとき、二人が一様にそう感じて、なぜともなく笑いだした露路なのだった。

伏見稲荷の近辺は、京都でも一番物価の安い所だ。伏見稲荷は稲荷の本家本元だから、ふだんの日でも相当に参詣者はある。京阪電車の稲荷駅から神社までは、参詣者相手の店が立並び、特色のあるものと言えば伏見人形、それに雞肉の料理店が大部分を占めている。ところが、この雞肉が安いのだ。安い筈だ。半ば公然と兎の肉を売っているのだ。この参道の小料理屋では、酒一本が十五銭で、料理もそれに応じている。この辺は、京都のゴミの溜りのようなものであって、新京極辺で働いている酒場の女も、気のきかない女に限って、みんなここに住んでいる。それに、一陽来復を希(ねが)う人生の落武者が稲荷のまわりにしがない生計を営んでオミクジばかり睨んでいるし、せまい参道に人の流れの絶え間がなくとも、流れの景気に浮かされている一人の人間もいないのだ。

然し、僕の住む弁当屋は、その中でも頭抜けていた。弁当は一食十三銭で、労働者でも満腹し、僕は一日二食であった。酒は一本十二銭。それも正味ほぼ一合で、仕入れは一樽四十円であったから、儲けというものがいくらもない。僕は毎晩好きなだけ酒をのみ、満腹し、二十円ぐらいで生きていられるのであった。

この弁当屋で僕はまる一年余暮した。その一年間、東京を着て出たままのドテラと、その下着の二枚の浴衣だけで通したと言えば、不思議であろうか。微塵(みじん)も誇張ではないのである。夏になればドテラをぬぎ、春は浴衣なしで、ドテラをじかに着ている。多少の寒暑は何を着ても同じものだ。そうして、時々は酒をのみに出掛けもしたし、祇園のお茶屋へも行った。そういう店で、とりわけ厭がられもしなかったのだ。つまり、京都には僕のような貧書生が沢山おり、三分の二人前ぐらいには通用する。それは絵描きの卵なのだ。ぼうぼうたる頭を風にまかせ、その日のお天気に一生をまかせたような顔をして、暮している人々はあの連中を絵師さんだの先生とよび、とても大雅堂なみにはもてないけれども、とにかく人間なみにはしてくれる。警察の刑事まで、そうだった。だから僕も絵師さんとよばれ、二ケ月ぐらい顔もそらず洗わなくとも平気なような、手数の省ける生活を営むことが出来たのである。

三

弁当屋は看板に㊉食堂と書いてあるが、又、上田食堂とも言った。上田というのは主婦の姓で、亭主の姓は浅川であった。これだけでも分るように、亭主は尻に敷かれている。二人には子供がなく、主婦の姉の子を養女にして、これがアサ子十七歳、三人家族で、使用人はない。

この夫婦が冗談でなく正真正銘の夫婦であることを信じるまでには、いくつかの疑念を通る必要があった。夫婦は四十三、齢と同じぐらいに老けて、然し、美人であった。髪の毛がちぢれて赤く、ちょん髷(まげ)ぐらいに小さく結んで、年中親爺(おやじ)をどなりつけながら、駻馬(かんば)のような鼻息である。文楽の人形の男の町人の身振りは、手を盛んに動かし、首をふり、話の壺でポンと膝をたたいたりして賑(にぎや)かなこと夥(おびただ)しいが、この主婦が女のくせにそれと同じ身振りである。気の強いこと夥しいくせに、「うちはなア、気が弱いよってに、そないなこと、ようできん」という科白(せりふ)を五人前ぐらい使用する。本人は本気でそう言っているのだから、薄気味悪くなるのである。五尺四寸ぐらいもあって、然し、すらりと、姿は綺麗だ。けれども、痩せている胸のあたりは、どうしても、女の感じではなかった。

一方、親爺の方は、五尺に足らないところへ、もう腰が曲っている。まだ六十だというのに七十から七十四五としか思われぬ。皺の中に小さな赤黒い顔があって、抜け残った大きな歯が二三枚牙のように飛び出している。歩く時には腰が曲っていないのだが先ず一服という時には海老のようにちぢんでしまう。部屋にぐったり坐っているとき、例えば煙草だとか、煙管だとか、同じ部屋の中のものを取りに行く時が特にひどくて、立上って、歩いて行くということがない。必ず這って行くのである。這いながら、うう、うう、うう、と唸って行く。品物を取りあげると、今度はそのまま尻の方を先にして元の場所へ這い戻るのだが、やっぱり、うう、うう、うう、と唸りで調子をとりながら戻ってくるのだ。年中帯をだらしなく巻き、電車の踏切のあたりで、垂れかけた帯をしめ直し、トラホームの目をこすり、ついでに袖の先で洟をこすっているのだ。

世の常の結婚ではないのである。世の常の結婚でないとすれば、この二人が、どのようにして結ばれたのであろうか。多少の恋心というものがなくて、あの女がどうして一緒になる筈があろう。けれども、二人の結婚について、僕は殆んど知っていない。訊いてもみなかったのだ。ただ、問わず語りに訊いたところでは、主婦は昔どこか売店の売子をしていて、親爺がこれに熱をあげて、口説き落したのだと言う。売子の頃はいくつぐらいだったのか、それも訊いてみなかったが、騙されたのですがな、と主婦は言う。親爺は昔札つきの道楽者で、たらしこまれたのだと言うのだが、ほんとはどうだか分りやしない。だが、親爺は、聖護院八ツ橋の子供であった。京都の名物の数あるうちでも、八ツ橋は横綱であろう。聖護院八ツ橋は正真正銘の元祖なのだが、親爺はそこの長男で、然し、妾腹であった。だから、この女と一緒になると、つぐべき家を正妻の子供にゆずる意味で、自ら家出したのだという。立派なぼんぼんであったのだ。然し、今、その面影は微塵もなく、誰の見る目も、最も家柄の悪いうちの出来損った子供の成れの果だとしか思わない。

親爺は食事毎に一本ずつの酒をのむ。それだけが生き甲斐という様子であった。その次に、碁が好きだ。ところで、好きこそ物の上手なれ、という諺もあるが、又、下手の横好き、という言葉もあり、然し、これぐらい好きなくせに、これぐらい、下手だというのも話の外だ。ただ、生き死にの原則だけ知っているに過ぎないのだ。もとより、上達の見込みもない。僕も碁はいくらか好きで（このあとで熱中していくらか強くなったのだが、この時はまだそんなに好きではなかった）田舎初段に井目置く手並であったが、親爺を相手にすると、井目風鈴で百のコミをだしても、勝つ。つまり、親爺の石は大方全滅してしまうのだ。馬鹿馬鹿しくて二度とやる気になる訳がなさそうなものではあったが、外の遊びというものに興を持ちきれない僕は、ただ気を紛らすための理由だけで、こんな碁でも、結構、たのしかった。親爺の乞うにまかせて、相手になっていたのである。

親爺も手並が違いすぎて、いくらか、気になったのであろう。やがて、関という人を客に招くようになった。関さんは四十三歳。ここの主婦と同年である。昔は伏見で酒屋であったが、失敗して、今は稲荷のアパートの一室にくすぶっている。酒の取引のことで、親爺の古い知己であった。碁は僕と親爺の中間で、まず、僕に六七目の手並であったが、それでも親爺に勝ること数百倍だ。

関さんは失業中だから、喜び勇んで、毎晩くる。食堂は店をしめるのが二時で、関さんの碁も、それまで頑張る。関さんは単純極る人で、自分の慾に溺れるばかり、思いやりがとんとないから、下手な親爺と打つよりは、あくまで僕とやりたがる。僕はほとほと困却し、親爺はふくれる。僕も弱って、ここに一策を案出した。これは至極の名案であったが、後には、自縄自縛、自らを墓穴へうずめる大悪計ともなったのである。

親爺にすすめて、碁会所を開かせることにしたのであった。幸い食堂の二階広間があいたままになっており、ここは僕の二階と別棟だから、大勢の客が来てもうるさくない。碁会所には必ず初心者も現れるから、その相手には親爺があつらえ向きである。次に関さんを碁会所の番人にする。碁席は同時に関さんの寝室ともなり、給金はないけれども、食事を給する。関さんはその奥さんが林長二郎の家政婦で、乏しい月給をさいて衣食住を仕給されているのだから、丁度よい。次には、僕で、十秒ばかり歩くだけで、好きな時に、適時に碁を打つことができる。三方目出度し目出度しである。

碁会所は警察の許可もいらなかった。関さんの勇み立つこと。僕も乗気で、下手な字で看板を書いてやろうと思ったら、日頃は大ケチの親爺まで、無理に僕の手を押しとどめ、看板屋へ自ら頼みにでかけるという打込み方であった。この看板屋が又、絵心があるというのか、袋小路のどん底の傾いて化け物の現れそうな碁席であったが、白塗りに赤字でぬき、華車（きゃしゃ）な書体で、美術倶楽部と間違えそうな看板だった。親爺は満悦、袋小路の入口へぶらさげ、停留場を降りると、誰の目にもつくのである。

然しながらヘボ三人では碁席の維持ができにくい。そこで初段の人を雇ってきた。さて、蓋をあけてみると、この初段が大悪評だ。別の初段に変えてみると、これも悪評、あれも悪評。そのうち常連の顔ぶれも極ってみると、みんな僕以下の下手ばかりで、先生などはいらないから、ただ碁を打てばいいのだと言う。常連会議一決して、先生をお払い箱にしてしまった。

けれども、一日に一人や二人は強い人も来るのである。みんな常連がヘボだから、二度と来なくなってしまう。京都では、僕のような風体の者が絵師さん、つまり先生で、親爺は先生と呼ぶ。親爺は物覚えの悪い男で、僕の所へ速達が来ても、え、坂口はん、きいたことのない名前やなあ、と言う。だから年中お客の名前をトンチンカンに呼び違え、陰では符牒でよんであるのだ。だから、僕はこの家では名無し男で、常に先生であり、ただ先生で、先生以外の何者でもなかった。結局碁会所の常連達にも、僕はただの先生で、名前がなく、先生以外の何者でも有り得ないことになってしまった。

　みんな先生と言うものだから、知らない人は碁の先生だと思ってしまう。知らないお客は大概僕より遥に強い連中だから、僕も慌てた。そのうちに、あの碁会所はヘボ倶楽部だ。大変な先生がいるというような噂がたち、ヘボ倶楽部とは巧いことを言いやがる、と一同感心、カラカラと大笑したが、気がついてみると、とにかく、自分のことである。これだけ常連が揃っているのだから誰か一人ぐらい世間並なのがいそうなものだが、と顔見合せ、そういうことになってみると、常連の中では、とにかく僕が一番強いし一番若い。先生、しっかり頼うまっせ、というようなわけで、僕も大志をかため島という二段の先生について修業を重ねることとなった。寝ては夢、さめては幻、毎日毎日、ただ、碁であった。部屋の中には忽ち碁の書物が積み重り、新聞の切抜が散乱し、道を歩く時には碁のカードを読んでいる。碁会所へ来るので顔見知りの特高の刑事に、ヤア、大変な勉強ですな、と四条通りで肩を叩かれる。散歩といえば、古本屋で碁の本を探すだけで、京都中の碁の古本は、あらかた僕が買占めたようなものだ。その代り、二ケ月ぐらいたつと、とにかく、田舎初段に三目ぐらいで打てるようになった。近所にチヌの浦孤舟という浪花節の師匠がいて、この近辺では一番強く、ヘボ倶楽部を吹聴した発頭人であったが、まもなく再び碁会所へ現れるようになり、僕も互先で打つようになった。

　東京を捨てたとき胸に燃していた僕の光は、もう、なかった。いや、この袋小路の弁当屋へ始めて住むことになった時でも、まだ、僕の胸には光るものが燃えていた筈だったのだ。隣りの二階は女給の宿で赤い着物がブラ下り、その下は窓の毀れた物置きで、その一隅に糸くり車のブンブン廻る工場があった。裏手は古物商の裏庭で、ガラクタが積み重り、二六時中拡声器のラジオが鳴りつづけ、夫婦喧嘩の声が絶えない。それでも北側の窓からは、青々と比叡の山々が見えるのだ。だが、僕には、もう、一筋の光も射してこない暗い一室があるだけだった。机の上の原稿用紙に埃がたまり、空虚な身体を運んできて、冷めたい寝床へもぐりこむ。後悔すらもなく、ただ、酒をのむと、誰かれの差別もなく、怒りたくなるばかりであった。

　毎晩十二時に碁をやめる。常連の中の呑み助は、これから階下で車座を組んで十二銭の酒をのむ。山口という巡査上りの別荘番は、アル中で、頭から絶え間もなく血がふきだし、それを紙で拭きとっては、コップ酒を呷っている。祇園乙の検番の杉本老人は色話にだけ割込んできて、あとは端唄を唸っている。脳病のインチキ薬を売っている二人組の一方は印絆纏、一方は羽織袴で、戸の開く音に必ずギクリとするのであるが、喧嘩の相手か刑事を怖れているのであろう。これも稲荷山を商売に四柱推命という占をやる男は、常連の誰彼の差別もなく卦を立ててみては、あれも悪い、これも悪いで、とても気の毒で正直に教えてあげられん、と言うのだが、成程多分そうだろうと僕も思わずにいられなかった。この占者は茶色の髭を生やして、まだ三十だというのに五十五六の顔をしていた。やっぱり参詣の人を相手に茶店の二階を借りて可視線燈という治療をやっている老人は、人殺しの眼付をしているし、水兵あがりの按摩がいて、片目は見えるのであるが、この男の猥談には杉本老人も顔をそむけてしまうのだった。百鬼夜行なのだ。けれども、百鬼夜行の統領が僕だった。関さんは一同から杯を貰い、お愛想を言うかと思うと、絡んだり厭味を言ったり、親爺だけはたった一人黙っていて、海老のようにグッタリまるくなっている。そういう中に主婦だけが、軍雞（しゃも）のようなキイキイ声で、ポンと膝を叩いたり、煙管を握った手を振り廻して、誰にも劣らず喋っている。

たらふく飲み、たらふく睡り、二十円ぐらいで生きていられるのであった。考えるということさえなければ、なんという虚しい平和であろうか。しかも、僕は、考えることを何より怖れ、考える代りに、酒をのんだ。いわば、二十円の生活に魂を売り、余分の金を握る度に、百鬼の中から一鬼を選んで率（ひ）き従えて、女を買いに行くのであった。

この連中のましな所は、とにかく、主婦を口説かなかったというだけだ。え、おっさん。早く死んだらどうかいな。あとは引受けるよってに。こういう露骨な冗談を、僕は毎日一度はきいた。誰かしら、それを言いだすのであった。親爺は牙をむきだして、ヒヒヒヒと笑う。必ずしも、腹を立ててはいないのだ。いや、諦めてしまったのだ。然し、諦めきれるであろうか！　とはいえ、今は、この冗談がこの食堂の時候見舞のようなものだ。棺桶に片足つっこんでおいてからに、ほんまにしぶとい奴っちゃないか。却々（なかなか）、いきおらんで。この冗談がユーモアとして通用し、笑い痴(し)れているのである。之(これ)は、たしかに冗談だった。然し、又、たしかに、冗談ではなかったのだ。なぜなら、主婦は、亭主の死を如何に激しく希いつづけていただろうか。彼女の祈願は、ただ、それのみではなかったか。

稲荷の山へ見廻りに来て、その足でここへ立寄る香具師(やし)の親分があった。すると主婦は化粧を始め、親分は奥の茶の間へドッカと坐って、酒をのみだすのであった。親分が酔う頃になると、子分はみんな帰ってしまう。すると親爺も、主婦の目配せで追い払われて、二階の碁席へ、例の通り、うう、うう、うう、と唸りながら這込んでくる。額に青筋を立て、押黙って、異常な速度で、碁を打ちはじめる。ああ、又、変な客が来ているのだな。人々は忽ち悟るのであったが、何人(なんぴと)が曽(かつ)て親爺に同情を寄せたであろうか。一片の感傷を知り、一本の眉をしかめる人すらもなかったのだ。否、むしろ、その宿命が当然だ、と、人々は思い込んでいたのであろう。

四

これは碁客ではないけれども、伏見で石屋を営んでいる五十三四の小肥りの男は、一月に必ず一度飲みに来て十五六時間飲み通すのがきまりであったが、それは、まるで、親爺がまだ死なないことを確めに来るようだった。

四柱推命の占師が関さんに頼まれて卦を立てた。僕の所へ来て、関さんの卦ばかりはどこを取上げて慰めてやる所もない。天性の敗残者で、これから益々落目になる一方だと言うのであった。これ以上落目になるとは、どんなことだろう。だが、僕も、それが事実だと思わずにいられなかった。

碁会所の常連全部見渡しても、関さんだけが頭抜けて無邪気な男であった。だが、どん底の生活では、無邪気な奴ほど救われない。関さんは、碁会所の常連達の悪評の的であった。常連の一人に相馬という友禅の板場職人がいて、山本宣治の葬式の先頭に赤旗を担いだ男で、勇み肌の正義感から時々逆上的な喧嘩をしたが、凡(およ)そ憎めない男がいた。無邪気な点では関さんと甲乙なく、僕の言うことは大概理解してくれたのだが、関さんとだけは打解けてくれなかった。

関さんは商売よりも自分の楽しむ方がまず先だ。お客が来ると大喜びで、お茶のサービスもそこそこに一戦挑む。忽ち夢中になってしまう。敗北するや口惜しがること夥しく、今のは怪我敗(けがま)けだ、ほんとは俺の方が強いのだといきりたつし、勝てば忽ち気を良くして、あんたは下手だと大威張りである。万事が露骨で角がある。おまけに勝負に夢中だから、お客が後から詰めかけて来ても、お茶も注がず、座布団すらも出してやらない。常連はそれでもなんとか自分でするが、知らないお客は、いつまでたっても一人ぽっちでボンヤリしている。関さんが手頃な相手を物色してくれないからである。勢い常連の数がふえない。

席料は一日十銭、会員は一ケ月一円だった。安いといえば大安だが、稲荷界隈では何から何まで安いのだ。結局常連の会費だけが収入で、一ケ月二十四五円の上りしかなかったようだ。上り高が増さないから、親爺と主婦は大ぼやきだ。関さんが三杯目の御飯を盛ると横目で睨み、二杯目ぐらいの御飯しか御櫃の中へ置かなかったり、関さんは身体の動かん商売やさかいに等と頻りにチクチク何か言う。すると常連が一勢に呼応して、サービスが悪い、勝っても負けても態度が悪どい、井戸端会議の騒しさだ。どん底には辛抱だの思いやりはないのである。我儘で、唯我独尊、一杯の茶のサービスが人格にかかわる問題だった。

関さんは忽ち拗ねて、今度は、座布団をだし、お茶を注ぐのを専一にやりだし、決して碁の相手にならぬという一人ストライキをやりだした。相手のないお客が、関さん、どうや、と言っても、いいえ、わたしはあきまへん。お茶を注がんならんさかい。これがわたしの役目どす。こういう風に答える。そうして、青筋をたてて、ふくれている。益々お客の評判が悪い。

先生が色々と言うてくらはるよってに辛抱もしてみましたけど……関さんは僕の所へやってきて、もう、とても我慢がならないからほかの口を探してくるというのであった。そうして、前後二度、ほんとに勤め口を見つけだして姿を消した。然し、二度ながら、四日目には、もう、戻って来たのだ。主婦が僕の部屋へやってくる。朝のうちだ。僕をゆり起して、ほんまに先生、お休みのところを済んまへんこっちゃけれども……とブリブリしながら、ふと二階に物音がするから上ってみたところが、関さんが戻っていて、掃除をしたり、碁盤をふいたりしている、と言うのであった。いいじゃないか。戻って来たのなら、おいておやり。僕は布団を被ってしまう。午頃起きて階下へ行くと、関さんは甲斐甲斐しく襷などかけ、調理場の土間にバケツの水をジャアジャアぶちまけて洗い流し、ついでに便所の掃除までしている。ふだんなら、碁席の掃除まで怠けて、拭掃除など決してやらぬ人なのだ。

一度は伏見の呉服屋へ番頭につとめていたのだそうだ。番頭も大袈裟だ。多分、下男とか風呂番ぐらいの所だろうが、関さんの話のままに取次ぐとこうなのである。そこの娘が女学校の五年生だが、いくらか白痴で、然し素敵な美人だそうだが、関さんに色目を使って仕方がない。これが女中だとか、娘にしても出戻り娘とか何とか薹のたった女ならとにかくとして、四十三にもなって、女学生の主家の娘と通じることは良心が許さぬ。ある晩、娘が誰よりもおそく風呂にはいって、折から関さんが何も知らずに風呂の戸をあけると、裸体の娘がおいでおいでをしていた。あんまり露骨なる情感に堪えられなくなって、逃げだして来たのだと言う。

二度目は友禅の小工場主の私宅であった。そこの主人は四十がらみの未亡人だが、お経の用でもなく若い坊主を繁々家へ引込むという噂の女で、関さんに今夜忍んでこいという目配せをした。まさかに、と思っていると、そこが便所への通路でもないのに、夜更けに関さんの部屋の廊下を往復する。勤めて二日目というのに何が何でも早すぎるとその晩は行かずにいると、翌日、未亡人の態度が突然変って出て行けがしにするので、いたたまれなくなって戻って来た、と言うのであった。

関さんの話は万事がこうだ。もとより当にはなりはしない。けれども、常連の一人一人をつかまえて、一々この話をきかせている。無論、僕にも、親爺にも、主婦にもだ。関はん、えらい又、色男のことやないかいな、と冷やかされても、ヘッヘッヘ、いや、どうも、と喜んでいる。作り話だろうとでも言いだす人があろうものなら、青筋を立ててしまうのである。いいえ、そんなことあらしまへん。坐り直して、顫えながら相手を睨み、ほんなら、行って、きいてみておいでやす。誰が一々呉服屋へ行って、あなたの家の白痴の娘が……ときかれるものか。恰も、生存の根柢を疑られ、おびやかされたという激怒であった。

然し、碁会所にしてみれば、こんなに厭がられ、出て行けがしにされながらも、結局、関さんがなければならぬ人だったのだ。何人が誇りなくして生き得ようか。関さんとても、誇りはあった。しかも、あらゆる人々が、関さんの誇りを一々つぶしているのである。そうして、あらゆる人々が関さんに求める所は、要するに、自分と対等の位置に立つな、碁会所の奴隷になれと言うことだった。その報酬は、ただ寝室と、十三銭の定食のその残飯だ。碁会所の番人の志願者はいくらも有るが、関さんの条件では有り得ない。だから、食堂の親爺も主婦も、関さんが戻った当座は、むっとした顔をしながら、食事のお菜に御馳走し、御飯も鱈腹たべさすのだった。

碁席を別にして、この家の二階は二間あった。僕がその一室へ越して間もなく、いつからだか確かな記憶はないのだが、ノンビリさんと称(よ)ばれる若者が他の一室へやってきた。主婦の姉の三男だかで、和歌山の人、二十六歳の洋服の職人だった。

僕が名無しの先生で通るように、この男もノンビリさんで通用して、僕は姓名を全然知らない。東京で洋服の修業をしたが、病気で帰郷し、一年ぐらいブラブラし、まだ本復はしていなかったが、母親と㊉の主婦が手紙で打合せ、京都で勤め口を探すために、ていよく故郷を追い出されたのだ。

ノンビリさんと称ばれるけれども、凡そノンビリしていやしない。いつもオドオドし、喋りだすと口角に泡をため、顔に汗ばむのであった。坐職のせいか、両足が極度に細く、ガニ股で、居ても立っても歩いても、常に当惑しているという様子であった。生れて以来、人に好かれたことがなく、常に厄介者に扱われて育ち上った様子でもあった。

二人の姉妹が手紙の上でどういう相談をしたのであろうか。いわば、㊉の主婦ですら、一杯食わされたという感じであった。つまり、就職が定まり次第、本人が下宿代を支払うのは分りきった話であるが、それまでは生家の方から口前を入れるからという約束であったに相違ない。ところが、当の本人が布団と一緒に送られてきて、それから後は梨の礫(つぶて)、ついぞ一文の送金もない。三ケ月たち、四ケ月たち、就職口もないのであった。

尤も、途中に、三週間ぐらいだけ、就職したことがあった。忽ち、追い出されて来たのである。この追い出され方が、又、奇想天外、ほかの誰でもとても斯うは出来ないのである。その店に職人の仲間が五人いたが、中に一人の腕ききがいて、仕事の腕がいいばかりでなく、倉庫から店の服地を持出して売飛ばし酒色に代えるに妙を得ていた。夜業が終ると、職人一同が揃って出掛けて一杯やったり何かするが、半分ぐらいは例の腕ききが支払い、あとの所は代り番こぐらいに奢り合う。ノンビリさんだけは、支払ったことがないのである。わしが払おう思うとるうちに誰かしらん払うてしまうさかいに、とか、わしはつきあいに馴れんさかいに、どないして払うていいのやら分らへん等と言訳しているのであったが、大体、金の有る筈のない関さんを自分の方から誘いだして喫茶店で一杯のコーヒーをのみながら、必ず関さんに払わせてくる男であった。

僕が散歩にでると、黙って後からついてくる。三四丁も行ったころ、先生、と始めて呼びかけて肩を並べ、それからは金輪際離れない。稲荷の山から東福寺へぬけ三十三間堂を通り宮川町から四条通り新京極へ現れてもまだ、離れない。ここで僕は失敬するよ、と言っても、でも、先生、邪魔しいへんさかい、と言って、僕が呑み屋へ這入れば自分も這入ってくるのであった。自分は何も注文せず、僕の隣に坐っている。仕方がないから何かあつらえてやると、先生、ほっといとくれやす、うち、欲しゅうないよってに、と厭々ながら恩にきせて食べるのだった。

先生、おききしたいことがおますのやけど、と、有るのやら無いのやら分らぬような細い眼をチラチラさせて、なア、先生、女の子の手え握る瞬間とらえるには、どないコツがおますやろか。手え握りとうて仕方ないのやけど、うち、臆病やさかい、心臓がドキンドキンいうばかりで、どむならん。……こういうことを言いだすのだ。事おとなしく言葉で説いてどうなるという相手ではなかった。僕は激怒し、野良犬を追いだすように追いだしてしまう。どうして僕が怒ったか、勿論、彼には分らないのだ。

同僚達に愛される筈はなかった。忽ちのうちに厭がられ、彼等だけの生活内で可能なあらゆる厭がらせを受けたのである。食事のオカズまでまきあげられて、仕方なしに、毎日、お茶で飯だけすすりこむ。遂に、堪りかねて主人の所へ報告に行った。受けた侮辱の数々を述べ立て、例の腕ききの職人が倉庫の服地をチョロまかして酒色に費していることを密告した。ところが、その時までフムフムときいていた主人が、この密告をきくに及んで、突然、馬鹿野郎！　と一喝したというのである。それぐらいのことは、先刻、こちらが知っている。それだけの腕があるから、やらせておくのだ。貴様はどうだ。たった今、クビにするから出て行ってくれ。友達のつきあいも出来ない職人は店の邪魔だ。――こうして、叩き出されて来たのである。彼はビックリ顔色を変え、布団や荷物を持ちだす手段も浮かばず一目散に飛びだして、まっさおな顔をして食堂へ三週間ぶりに戻ってきたのは、深夜の三時頃であった。流石(さすが)に彼も、公園のベンチに腰を下して、途方に暮れたというのであった。

要するに、この男は、異常にしんねりむっつりとして、人の神経が分らぬくせに、神経質でオドオドし、あらゆる点でノンビリしてはいないのである。無学な人が創りだした渾名でも、渾名というものは大概肯綮に当っており、人を頷かせる所があるものだ。ところがノンビリさんに限って、凡そ人に成程と思わしめる所がない。してみれば、この渾名をつけた人が、余程、どうかしているのだ。つまり、この渾名にも、それ相当の理由はあって、しかもその唯一の理由のために他の属性は全く掻き消され顚倒されてしまっている。それほども強く、唯一の理由が、その人々の人生観の大根幹を為しているのだ。即ち、食堂の主婦と親爺は、たった一つの大根幹が人生の全てであって、他の属性はどうでも良かった。そうして、この若者がどうしてノンビリさんと称ばれるに至ったかと言えば、下宿の支払いがノンビリしている、という、唯この一つの理由からであったのである。

然しながら、収入のないノンビリさんが支払いをノンビリするのは仕方がなかった。彼は、まだ、京都で働きたくはなかったのだ。故郷で今しばらく病を養っていたかったのだ。母と叔母が勝手に手紙で打合して、布団と一緒に、荷物のように送り出されて来たのであった。のみならず、主婦ともあろう女が、どうして、この事態を予想したであろうか。言うまでもなく、儲かることを打算していたに相違ない。姉とか、父母という関係ですら、打算を外に考えることはない筈だった。してみると、彼女の姉が、更に一枚、上手の役者であったのだろう。気の毒なのはノンビリさんで、食事のたびに口前の催促され、お櫃の蓋をあけるたびに、主婦が血の気の失せた横目の顔で睨んでいる。わしゃア、もう、自殺しとうなった。と、彼はそういう風に呟くのだった。

この時、関さんは親切だった。彼は翌日、ノンビリさんをうながして、主人の所へあやまりに行った。その翌日には、彼が一人で、出掛けて行った。それでも駄目だと知ると、又、翌日には、リヤカーにノンビリさんの荷物を積んで帰ってきた。クヨクヨせんかて、よろし。ようがす。必ず、いい口見つけてあげますさかい。関さんは勇気をつけた。そうして事実、十日に一度ぐらいずつ、いや、一ケ月に一度ぐらいかも知れないが、ノンビリさんの口を探しに行ったのである。無論、むだ足にすぎなかった。関さんは果して口を探したろうか。知合いの隠居の所へ押かけて、碁でも打って来たのかも知れぬ。

日支事変が始った。京都の師団も出征する。師団長も負傷した。親爺の生れが聖護院八ツ橋であることは前にも述べたが、親爺は家督を譲った代りに自分の倅に（この倅は主婦の子供ではない）八ツ橋製造の権利をもらって、聖護院とはマークの違う八ツ橋を作らせている。この八ツ橋を軍需品として師団へ納めることになったのである。倅は大変な鼻息だ。自分の生母を棄て、女と走ってしがない暮しに老いこんでいる親爺を扱うに下僕のようだ。親爺は主婦への面当てから、それを倅の出世のように喜んで、下僕のように扱われながら幇間のように相好くずしているのである。ところで、ついぞ来たこともない親爺の家へやって来てどういう用事があるかと思えば、師団へ納める八ツ橋の箱をつめてくれ、と言うのである。ボール紙の小箱へつめて、十銭だか、十二銭だかで納めるのだが、この箱づめが一箱一厘、即ち十箱一銭、で百つめて、ようやく十銭という賃銀だ。冗談も休み休み言うがいい、今時八ツの女の子でも、こんな仕事はしないであろう。一箱つめるにも角があったり何かして相当骨が折れるのだ。ところが、親爺は二ツ返事で承知した。安いも高いもないのである。倅の出世に大喜びだし、ノンビリさんと関さんという有閑人士が二人いるから、十銭の金がはいるだけでも喜ぶ筈だと思ったのだった。

トラックが袋小路の入口へ横づけになり、寝間と茶の間に八ツ橋の山が築かれ、関さんもノンビリさんも召集される。然し、関さんは二十つめると、二階に客が来ましたさかいに、と逃げてしまい、ノンビリさんは物の五ツとやらないうちに、うち、朝からなんや気分が悪うて、貧血が来そうやさかい、と、これも二階へ逃げのび、布団を被って、ねてしまった。それ以来、ノンビリさんは全然八ツ橋に手をださず、関さんは親爺にくどく言われた時だけ、十ぐらいずつやりかけて、客があるとか、今日は外に用があるとか言いつくろって逃げてしまう。あんたはん、まだ八十や。たった八銭やないか、と言われ、は、その金は貰わんといいさかい、差上げますわ。冷然とこう言い放って、二階へ上ってしまった。関さんも甚だ意地が悪いのだ。勿論、このような安価な仕事をお為ごかしに押しつけることが悪い。然し、悪意は、親爺にはなかったのである。果せる哉、倅が自動車を乗りつけて見廻りに来て、大方出来上る頃と思いのほか、十分の一とつまりはしない。カンカンに自分の親爺を怒鳴りつけ、それからは、毎晩のように見廻りにくる。親爺は弁当の配達もできぬ。店の仕事は主婦に委せて、朝から夜中まで箱づめにかかり、ふるえる手に手当り次第八ツ橋を毀し、無理に箱にねじこんでいる。こういう破目になってみれば、主婦も亦、仕方がない。そうそう油も売っていられず、箱づめの助勢にかかり、恨み骨髄に徹して、二階へ駈け上り、ほんまに慾のない人達やないかいな。お公卿さんの生れの方はうちらと違うていやはるわ。まあ、きいとくれやす、と、常連の誰彼に軍雞の声で説明している。然し、もともと、無理な仕事を押つけられた親爺に落度があったのだ。親爺以外の何人が、こんな仕事を引受けよう。然しながら、子の愛にひかされ、子供のために嬉々として慾得もない親爺の弱身につけこんで、引受けてのない労働を押しつけるとは、狡猾無類の倅であった。然し、親爺は、子の愛からか、意地からか、引受け手のない無理な仕事をまんまと倅に押しつけられたということを、金輪際信じようとはしなかった。そうして、好きな碁もやらず、青筋をたてて、うう、うう、うう、と唸りながら、とうとう全部箱につめてしまったのである。それのみではなかった。すでに関さんノンビリさんの助力のないことが分りながら、更に第二回目のトラックを引受けた。そうして、之も亦、遂に、片づけてしまったのだ。盲目の愛からか、腹いせからか。怖るべき意地ではあった。

然しながら、之に就ても、蛇足があるのだ。あんたはん、なんとして、之が意地ですかいな。と、主婦が僕に言うのである。慾ですわな。五千六千とつもってみなはれ。大きゅうおす。それを忘れてからに、このおっさんが、やりますかいな。

ほんまに、そうや。と、親爺は酒をのむ僕を見あげて、ヒヒヒヒと笑った。それは神々しいぐらい無邪気であった。

附記　時間がなかったので仮に古都と題しておきましたが、全然気に入りませんから、次回を載せる時は題を変えます。

（未完）

孤独閑談

食堂の二階には僕の外にノンビリさんと称ばれる失業中の洋服職人が泊っており、心臓と脚気が悪くて年中額に脂汗を浮かべ、下宿料の催促を受けて「自殺しとうなった」こう呟きながら階段を降りたり上ったりしていたが、食堂の娘の家出に就て、女学校の四年生に弁当の配達をさせるのがいけないのだ、と非常にアッサリ断定した。路で友達に逢うたら羞しゅうて気持の荒ぶ年頃やさかい、こう言う。女学校へあげるくらいなら竈の前でこき使うのは構わないが、弁当箱をぶらさげて配達に使うのは甚だ宜しくない。だから不良少女になったのである、という意見であった。成程、人各々自分の生活から摑みだした一家の考察があるものだ、と僕は感心した。

　娘は十七であった。不良少女と言っても、大それたことの出来る年頃ではない。生意気ざかりで、ちょっと軌道の外れたことをしているという程度であった。気立てのよい娘で、ひねくれた所はなく、ただ愛情に非常にあこがれていた。特別な親子の関係のせいであった。

　娘は食堂の主婦の姉の子であった。三つぐらいの時に主婦が貰ってきたのである。いったい本当に可愛がっているのだか、どうだか、僕には一向に見当がつかぬ。家出した娘をとうとう見つけだして摑まえて来たとき、男があるかどうか、もう処女ではなくなったかどうか、それを僕に突きとめてくれと言うのである。娘はその前にも一度、家出した。そのときは喫茶店でひそかに働いていた。親の家にいるのが、どうしても厭だと言うのである。そのときは、然し、なんなく事が済んだけれども、今度の場合は、娘の態度がもっと決定的なものを示していた。父親母親にハッキリした敵意を見せている。娘は親のきくことに一言半句の返事もしない。けれども全身に自信満々たる敵意が溢れているのである。こういうものは、何か外の場所に、充分拠りどころのある愛情の対象をもたなければ、決して生れるものではない。涙一滴流さずに何か深く決意を見せて無言の行をつづけている娘に手を焼いて、僕の所へ頼んで来たのであった。

処女？　その言葉をきいた時に、僕はびっくりした。その言葉に含まれた動物的な激しい意味が閃いたからである。それは男の僕が女を対象に眺めて云々した場合の「処女」という意味とはまるで違う。ただ専一に親だけが子供に祈っている「処女」であった。何か信仰のような激しい祈りが感じられて、子供を持たない僕には思いも寄らない唐突な言葉であった。人間の中の一番動物的なものを感じたような気がしたのである。人間はやっぱり動物だ。こんなにも本能的な信仰を含んだ神秘が実在している。——僕はびっくりして二人の親を眺めたが、思いもよらず眼前へ出現した二人の動物を呆気にとられて眺めたと云う方が当っている。

僕は万やむを得ず娘を僕の部屋へよんで訊いてみた。男は立命館の予科の生徒で山口という名前だと云った。殺されてもこの家にはいません、と娘は言ったが、たしかにそれだけの決意をしていた。

僕はこの通りのことを親に報告した。隠しても仕方のないことであろう。あれぐらい家を厭がっているのだから、縁がないのだと諦め、娘を手離した方がいい。僕はそういう風に僕の意見をつけたすことを忘れなかったが、親達はそんな言葉はてんで聴いていなかったのだ。報告をきかされたとたんに、二人の親、動物、の思考がまったく途切れてしまったのである。二人の親はジロリ黒い目を見合せた。

「早うに、女郎に売りとばしたら良かったなア」

親父が言葉を洩らしたが、主婦は返事をしなかった。多分、親父はその瞬間に今喋っただけの事柄しか考えることが出来なかったに相違なく、主婦は又、余りに多く様々の恐しい想念が浮びすぎて喋ることが出来なかったに相違ない。

親父は子供に対して非常にアッサリした一つのことしか考えていなかった。もともと主婦の姉の子で、親父には血のつながらぬ娘である。だから、愛情などは二の次にして、育てた代りには、老後の面倒を見て貰う、親子関係は極めてアッサリとただそれだけに限定していた。どこの馬の骨や分らん男にやってしもうたら損やないか、ほんまに阿呆な目に逢うたもんや、親父は頻りにブツブツ言っている。損、という、異常に執拗な観念が鬼のように親父の頭の中を狂い廻っているのが、分った。

「分りました。ほんまに先生、お世話様のことどした。もう、諦めますわ。何もかもこれで済んでしもうた。アアア。ほんまに、えらいこっちゃ」

主婦は苦笑しながら、こんな風に言ったかと思うと、次の瞬間には突然血の気が失せてしまって、畜生め、どないしてくれたら腹の虫が納まることやら……顔がひきつり、歯が顔の下半分にニュッとひろがり目が吊りあがってしまっている。女郎に売りとばすぐらいではとてもとても我慢が出来ぬ。もっと残酷に仕返してやらなくては腹の虫が納らないと親父にとも僕にともなく呟いている。

動物の本能に属するところの信仰、祈り、そういう世界であった。いわば僕はこの方面に不具者だから、戸惑いするばかりで、てんで太刀打ができなかった。一時の逆上が落付けば、各々の考も変るであろう。そこで双方の気違いめいた逆上が納るまで暫く娘を二階に起居させること、両親といえども一切二階へ上らぬことにきめた。

けれども、こんな約束は何にもなりはしなかった。話がすんだので、僕はさっそく昼寝を始めてウトウトしていると、主婦が跫音を殺して二階へ上ってきた。忽ちヒーヒーという風音のような悲鳴が起り、必死に争う気配だけれども、格闘の物音は小さく、呼吸の響が狂暴である。痛い。痛い。痛。という娘の声がポキンポキン材木を折るような鈍い間隔を置いて聞えてきた。仕方がないので寝床から立上って隣室へでかけた。

僕は呆然、ただ見物以外に手の施しようがなかった。主婦は馬乗りになり、娘の髪の毛を引きむしり、又、身体の諸方を(或いは特定の一ケ所であったかも知れぬが)力一杯つねっている。骨身に徹して痛む急所と見えて、満々たる敵意を見せて怖れを知らなかった娘が、歯を食いしばり、きれぎれに風のような息のみを洩して、もはや身もだえの力もなく痙攣しているのである。女同志の真剣な摑み合というものを始めて見たのであったが、めくら滅法ぶんなぐる、そういうものとは根柢的に趣きが違う。日頃喧嘩に就ての訓練などは全然しないくせに、本能的に相手の急所を知悉しており、いったん摑み合いが始まると無役な過程は何もなく、いきなり相手の急所へ本能的に突撃するという動物性の横溢した立廻りのようであった。

数年前、僕は田舎に住んでおり、この時も昼寝の最中であったが、すぐ窓のそばの梅の木の上に突然蟬の悲鳴が起った。むなしい羽の風音が悲鳴に交ってきこえる。蜘蛛の巣にかかったのだろうと思い、昼寝の邪魔だからひとつ逃がしてやろうと思って顔を出したら、驚いた。カマキリが梅の木の上で、油蟬を羽交締にしているのである。背に乗り、後ろ首の一ケ所に食いついている。そこは急所と見え、蟬は次第に気力を失っているのであった。一緒に地上へ落ちたが、羽交締は微動もしない。僕は呆れてしまった。蟬の方がよっぽど大きく、筋骨逞しい様子のくせに、カマキリの奴生れ乍らにして蟬の急所まで心得ている。動物という奴は端倪すべからざる怪物だと思ったが、親子喧嘩を見ていると、食堂の主婦はまったくカマキリであった。

ハハハハハハという、突然部屋に爆風のような哄笑が起った。娘である。腹の底からこみあげてくる、いや、全身がひとつの爆風に化したという哄笑である。気がふれた——そういう単純な意味だけではとても説明はつかない。もっと腹の真底から愉快千万だという哄笑であった。おまえの一番大事なものをなくしてやったぞ。どうだ。思い知ったか。ざまを見ろ、

という ハッキリした意味があった。ええこれでもか、これでもか、と歯をくいしばって、主婦はもはや完全な気違いである。突然頭へ手をやって縮れ毛の頭からピンを抜きとって逆手にもつ。その手を摑んで僕は逆にねじあげた。蹴飛ばすような勢いで、ようやく主婦を階段の下へ追い降したのである。主婦も下へ降り、誰もいなくなってからも、娘の哄笑は五分間ぐらいは止まらなかった。娘の部屋へ行ってみると、馬乗りになっていた母親の姿だけを取去っただけで、あとは全然さっきと変らぬ。仰向けにねて、部屋一杯にこもる爆風をたてながら、左右に身をうねらせているのであった。

その翌日の夕方、親達が弁当の配達にでた隙に、自分の着物一包みを持って、娘は本格的に姿をくらましたのである。

娘が始めて家出したとき、親父が上ってきて、先生、済んまへんこっちゃけれどもどないか探す手掛りおまへんかと言う。僕はそのとき病気であったし、病気でなくとも不良少女の行方など探す気持にはなれなかったので、この食堂の二階座敷が碁会所になっており、そこへ来る常連に特高の刑事で俳句をつくるおとなしい人がいたから、その人に頼んだらよかろうと言った。けれども親父は僕の部屋をまるで自分の知らない家のようなびっくり眼(まなこ)で見廻したり、窓から比叡の山々を生れて始めてのように眺めたり、先生、あの山になんや赤い物が見えまんなア、なんやろうな、ほんまに……などと言って、僕がウンと言うまではいっかな動かない。仕方なしに娘の手紙一山、まったく一山、とり出させて、手掛りを探した。

不良少女同志の文通というものを僕は始めて読んだが、度胆(どぎも)をぬかれてしまった。いったい女学校の四年生ぐらいというものは、一般にどんな文通を交しているものであろうか。僕の読んだ手紙というのは一として僕の常識を嘲笑し、心胆を寒からしめぬという物はない。縁日に三度つづけてあとをつけた予科の奴とつきあってみると、せんど厭らしい奴でうんざりした。この前あなたが男前やなア言うて羨しがっていやはったから譲ってあげてもええけれど、中学の三年坊主と交換にしてくれないか、という商用に関する文書もある。今度スケート(このスケートが文書中へ頻繁に現れ、四条河原町のスケート場のことであるが、不良少女の取引所の様子であった)で中学の四年坊主を近日紹介してあげるけれど、モーションかけてはいやよ。私の恋人をとったから徹底的に復讐してあげるわという文書もあった。全部不良少女同志の文通で、男からのものは一通もなく、ただ看護婦と名乗る女から送られた長文の手紙が十数通あり、之(これ)だけが不良少女ではなかった。あなたのスタイルが目にチラついて睡れないけれども幸福だとか、一緒に歩いた公園や街がそれだけでもう別の風景になってしまったとか、激しい愛情を訴え、自分の病院の味気ない生活の日記風な報告が必ず数枚こくめいに溜息と共に書いてある。病人がどうした、どういう出来事があった、同僚がどうした、医者がどうしたというくさぐさの出来事である。

僕はこの手紙には一杯食わされてしまったのである。文章も字も下手くそで女そっくりであるし、同性愛の文書だとばかり真に受けていたら、あとでこの人物を突止めてみると、中学五年生で、不良少年であった。つまり病院のこくめいな描写は人をあざむく計略で、全然意味がなく、ただ一番最後の一行、何日の何時にどこそこで会ってくれと言うのだけが重大な要件であったのである。医者の子供ですらなく、大工の棟梁の子供であった。不良少年ですら斯ういう文書を発明する程だから、暗号の外交文書などいうものは、どういう計略があるか知れたものではないのである。

親爺夫婦に異様な執拗さで懇願され、万策つきて、当時ＪＯ撮影所の脚本部員だった三宅君に助太刀を頼んだ。こうして手紙を手掛りに、京都一円にわたって不良少女少年の戸別訪問を始めたのだった。至る所で、僕達の惨敗である。みんな十七八の小娘だけれども、女というものの身についた白々しさにウンザリしてしまったのである。頑強に嘘をつき決して本当のことを言わない——それは不良少年でも同じことであったけれども、不良少女の方は外面に頑強な所がまったくなく、こっちの訊くことにはまともな返事をしようとはせず、娘の家出に就て実に美しい表現で長々とおくやみの挨拶をのべ、本当に親身になって自分の方から相談に乗りだすという情のこもった様子で、いつの間にか話を自分の身辺から遠い所へ離してしまい、驚く程色々なことを教えてくれる。いずれも一応重大なことばかりだけれども、気がついてみると、この事件には何の関係もないことばかりだ。そうして娘達に別れると、結局どの娘の話をきいたあとでも、その娘だけが純良無垢なしおらしい女であるということを語っているに過ぎないことが分るのである。全然他人にかかる迷惑などは顧慮しておらず、娘の家出のことなどもてんで問題にしていやしない。不良少女は顔立の可愛い娘ばかりで、いずれも良家のしおらしい子女、いやむしろ普通よりも躾のいい娘としか思われず、高貴なほど頭抜けて美しい娘もいた。けれども、何分僕達は彼女達の驚くべき秘密文書をみんな読破しており、いつどこで、何をしていたということをチャンと心得ているのだから、うまうまとは騙されぬ。とはいえ、彼女達が言い合したように美しい表現で親身の情を披瀝する術を具えており、色々と重大極る出来事を（それはこの場所に書くことすら出来ないほど重大な人生を含んでいる）次から次へと呆気ないほどさり気もなく教えてくれる。それを、さて、静かに綜合してみると、これがみんな一途にただ自分一人の弁護のみを見事に構成しているのである。

　決定的な孤独な性格と平然たる他への裏切り。腹も立ったが、生れながらのものを率直に投げだしている身構えには小娘ながら時に目の覚める女を感じたのであった。頭抜けて美しい高貴な娘は、翌日友禅の着物をきて、ダリヤだの何かの花束をもち、改めておくやみに現れてきた。母親に何かと美しい慰めの言葉をかけて、又、僕達をわざわざ呼びだしたうえ、問われもしない色々の秘密を語ってきかせ、結局又自分だけいい子になって爽やかに帰って行った。この小娘の独立独歩の人生に対して、まるで僕達はそのツマにしか当らぬような哀れさであった。僕は悲鳴をあげてしまい、三宅君は撮影所で女優の卵に演劇史を教えていたが、ヤア不良少女に比べると女優の方が大根ですなア、と嘆いてしまった。京都にはその年までフグ料理が禁止されていたが、四条寺町に始めて一軒できた。その晩僕達はそこへ始めて這入(はい)って、一番死にそうな所を食わしてくれなどと酔いつぶれた始末である。

結局、僕には、この親子の愛情の実相というものが、今もって分らぬ。なんとも断定することが出来ないのである。家族の一人がいなくなる。旅行にでて居なくなったというだけでも、五体の一角が欠けたような寂寥(せきりょう)が目立つものである。ところが、この食堂のたった三人家族の一人娘が家出したというのに、その脱け落ちた空虚とか寂寥をどうにも僕は嗅ぎだすことが出来なかった。ほんまに、あないな阿呆な奴でも、あいつが居のうなったら、なんや、張合(はりあい)がのうて……と主婦はこぼしている。もう、ええわ。そないな話、やめとき……親爺が苛々(いらいら)と言う。それはただ泌々(しみじみ)と、一人娘の家出のあとの風景なのである。微塵(みじん)も人に見せるための芝居ではなく、一人娘の家出の暗さが歴々漂う風景であった。——ところが、それですら、僕には矢張り一人の家族が脱け落ちた大きな空虚と寂寥を泌々同感することが出来なかった。

この食堂の親爺夫婦が正真正銘の夫婦であるということを信じる迄には相当の時間が必要であった。親爺は六十三だけれども、七十三、いやもっと老けて見える。五尺に足らない小男で、前歯が落ち、脱け残った歯が牙のように大きく飛びだし、顔中黒々と太い皺(しわ)で、その中にトラホームの目と鼻がある。年中帯をだらしなく巻き、袖で洟(はな)をこすりながら、弁当の配達に歩いている。街を歩いている時は左程でもないが、自宅へ辿りつくとグッタリ疲れてしまうらしく、食堂の内部ではウウウウウウと唸りで調子をとりながらうろつき廻り、新聞だの煙草だの部屋の中の離れた場所にあるものを取りに出掛けて行く時には、坐った場所から這いはじめて、又這い戻ってくるのである。

主婦の方は四十三。これは年齢相当の年配に見えて、然し親爺に比べると、どうにも娘としか思われぬ。却々の美人、身の丈は五尺四寸以上、姿はスラリと綺麗だけれども、髪の毛が赤い縮れ毛で、クワイのように結んでいる。年中駻馬の鼻息でキイキイ声をふりしぼりながら、竈の前で親爺をこき使っているのである。顔も姿も綺麗だけれども、痩せている胸のあたりは女の感じではなかったし、動作にも、気質にも優しさがなく、そのくせ、最も頻繁にウチ女やよってに、とか、気が弱うて、とか、凡そ飛んでもない述懐を本気で泌々こぼしている。薄気味悪くなるのであった。

この二人がどういう因縁によって同棲を始めたのだか、僕はハッキリ知らないが、昔、主婦がどこかの売店で売子の時分、親爺が熱を上げて口説き落したのだと云う。当時親爺には妻子と立派な店舗があったが、それをみんな投げだして、この商売を始めたのである。その頃は人並以上の情熱児であったであろうが、その面影はもはや一切残っていない。残っているのは醜悪な老軀ばかりで、死損いという感じが全てであった。

この食堂の二階座敷の碁会所の常連や食堂の馴染客は、親爺に面と向って死損いだと言うのであった。棺桶に片足突っこんで置いてからに、却々いきおらんで。ほんまにシブトイ奴ッちゃないかいな、と、一日に一度ぐらいは誰かしら斯う言うのである。そうして、後は引受けるよってに、早うに死んだらどうかいな、と冷やかしている。言うまでもなく冗談である。悪意どころか、お前の女房は美人だというお世辞のつもりであるかも知れず、こんなに羨しがっているのだからお前の果報を喜べという好意のつもりであるかも知れぬ。然し、実際親爺が死んだらどういう事態になるであろうか。伏見の石屋という豚のような肥った男が、一ケ月に一度ずつ酒を飲みにやってくる。十五年ぐらい、こうして確実に一ケ月に一度ずつ見廻りにくるのである。その日は朝から深夜まで十五六時間ゆっくり飲んで、親爺がまだ死なないことを見届けて帰って行く。すると又、稲荷山へ見廻りにくる香具師(やし)の親分というのがあって、時々子分をひきつれて威勢良く繰込んでくる。主婦は俄(にわか)に化粧を始め、外のお客は一切奥座敷から締めだされる。親分が酔っ払う頃になると子分は帰ってしまい、親爺も二階の碁席へ引下がる。親爺は押黙り、異常な速度で傍目(わきめ)もふらず碁を打っている。ああ、又、例の客だな、と常連達は忽ち察しがつくのであったが、誰も同情する者はない。全然気にかける者もない。この親爺が世にも不似合な女房をもち、その結果斯ういう事態にならなかったら、その方がこの世の不思議というものだ、とみんなが思っているのである。

然し、親爺が死んだら……多分、主婦自らが最もそれを希っていたに相違ないが、然しながら実際親爺が死んだら……主婦とても全く自信はないのであろう。ふとった石屋も香具師の親分も老後を托すに足るだけの誠意でないことは自明であるし、第一主婦は、すべての大人というものが世の辛酸表裏を知りつくしているために、大人達と老人達に本能的な嫌悪を懐いていた。そうして、弁当の得意先であるところの鉄道の独身者の若い従業員に親切にし、娘の婿にと心掛けているのであったが、実際は、それが娘のためではなく主婦自らの最大の慰安であった。が、それとても、真実の未来の光明となり得ぬことは痛切に思い知っていたのである。親爺夫婦は僕に妻帯をすすめたが、そのとき主婦はいつも僕にこう言った。どない女かて宜しゅうおすわな、あんたはんかてもう五ツ六ツ老けてごろうじ、一人やったら味気のうて、ほんまに生きられえへんどっせ。多分主婦が最も痛切にそれを感じていたのであろう。人間には年齢の思考というものがある。頭の思考に独立して年齢自身が考えはじめ、その抜きさしならぬ暗さ、のしかかってくる思考自体の肉体的な目方の重さというものを僕も薄々感じることが出来たのである。老醜の恐怖というものが今まざまざと主婦の眼前にひらけ始めて、どのような男でもいい、死損いでも構わない、何かしらに縋りついていなければならぬ。狂気のように自分を愛す親爺である故、うるさくて憎くて仕方がないが、縋りつかずにもいられない。それは愛情の声ではなく、衰えはじめた年齢の又肉体の声だった。最大の不信、親爺の死滅を祈りつづけていながらも、縋る手を離すまいと動く手を自ら断つということが出来来ぬ。

娘に婿をもらって静かな余世を、と言っているが、大嘘だ。主婦みずからの血潮の始末に身もだえて、あがきのつかぬ状態だった。いい加減なことを言うな、と、僕の目がいつも冷めたく光るのを、どうすることも出来なかった。あの娘をどれほど愛しているか、それは知らぬ。娘の家出がどのような寂寥を与えたか、それも分らぬ。或いは僕如き人生の風来坊には見当もつかないような荒涼たる心事であるかも知れぬ。けれども、如何ほど深い寂寥であるにしても、それが何程のことであろうか。自分一人の始末だけでもするがいい。情緒の問題は末の末で、この食堂では、家出した娘の脱けた空虚などは一向に目立たず、四十女の肉体が亡魂となって部屋いっぱいうろつき廻っているではないか。

本格的に姿をくらました娘も、十日目ぐらいに奇妙なことでつかまった。

僕と三宅君は例の如く親爺に頼まれて申訳ばかりに二日間ぐらいは心当りを探してみた。立命館の予科の山口というのを頼りに、この学校には友達二人教師をしているし、予科の名簿をみんな見せてもらったけれども、それらしいのが見当らない。僕達が名簿を睨んで唸っていると、何を教えている先生だか知らないけれど、体格のいい先生が心配そうに近寄ってきて、娘はいつごろ家出しましたか。昨日です。それじゃア、あなた、と先生は声に力をこめて、まだ間に合う。さっそく神戸と下関へ手配しなきゃアいけませんぜ。ここを堅めていりゃア大丈夫つかまるですよ、と一人で勝手に頷(うなず)きながらさっさと向うへ行ってしまった。不良少女の巣のような喫茶店も廻ってみた。不良少女の足を洗って大人になった女給がいて、これが娘の姉さん株の関係だったが、流石に大人だから、自分だけいい子になるのは変りがなくとも、嘘でないことも教えてくれた。あれぐらいの年頃の不良少女は男としょっちゅう遊んでいても、めったに肉体的な関係にはならないものだ、というのであった。そういう危険性のある男は本能的に避けている。けれども、肉体的な関係になっても別に不思議ではないのだから……姐御は僕達の目をジッと見ていたが、自分の知っている限りでは、娘のつき合っていた男のうちに、そういう事態になりうる男が二人いるから、と言って住所と姓名を書いてくれた。京都の端と端であった。一人は予科生、一人は中学生だった。僕達の話の途中、姐御の馴染客が二組も来て頻りに合図するのであったが、姐御は平然として黙殺し、不良少女や少年の内幕に就て様々な細い注意を与えてくれる。そうして、別れる時には、ほんまにお母さんは御心配のことどすやろうなア、暇やったらウチも行ってあげたいのやけれど。——勘定もチップも受取らなかった。頼もしい女だと思っていたら、後日娘がこの話をきいて、あの人、狸やわ、冷然とそう言った。

教えられた不良少年を京都の端へ訪ねて行ったが徒労であった。その日はまさに一年の大晦日に当っていた。街々は暮の飾りで充満し、そういう飾りの物陰で、呼出した不良少年を威したり賺したり、死にたくなるようなものである。一人だけでウンザリして、もう止そう、と僕が言うと、三宅君も実に簡単に賛成した。不良少女の方だったら出掛けて行ってもいいのだが、などと笑ってみるが、益々異様にガッカリするばかりで、笑うこともできなかった。

三宅君は新年早々入営することになっており、その晩は、立命館の先生福本君、山本君、四人集り、三宅君の壮行を祝して越年の酒宴をひらく筈であった。僕達は京都の端で訊問を片づけると、疲労困憊、予定の時間を大分遅れて、ようやく会場に辿りついた。京都では大晦日の深夜から元旦の早朝へかけて、八坂神社の神火を三尺ぐらいの縄にうつし、消えないように調子をつけて振りながら之をブラ下げて家に帰り元旦の竈の火をつけるという習慣がある。僕達が酔っ払って外へでると、道の両側の人道はすでに縄の火をブラ下げた人達が蜿蜒と流れつづいている。家すらもないということ、曽てそのことに悲しみを覚えた記憶のない僕だったのに、なぜか痛烈に家がないということを感じたのだった。おい、ギャングに会おうよ。ギャングのいる酒場へ行こうよ。福本君が怒鳴る。よかろう。ギャングに会おう。僕達は蜿蜒たる縄の火の波を尻目にどこか酒場のたてこんだ路地に曲りこみ、ギャングはいないか、ギャング出てこい。まったく、だらしのない元旦だった。この日から、もう、捜索は金輪際やめてしまった。

娘をつかまえてくれたのは大工の棟梁の一族だった。大工の棟梁というのは例の「看護婦」の家族のことで、始めて息子の不埒を知り、お詫びの意味で、心掛けてくれたのだった。娘の情夫は硬派の与太学生で、看護婦先生が殴られたことのある男であった。そのツナガリがあるために、案外簡単に見つけることが出来たのである。

その晩は三宅君が入営のために故郷へ旅立つ日であった。僕を訪ねて来てくれて、食堂の奥の座敷で一緒に酒をのんでいた。そこへ棟梁の一族が男女の罪人を引きたてて、どやどやと流れこんで来たのである。酒席は忽ち白洲となり、罪人男女は案外冷静、突き刺すような鋭い視線で何かしらジッと凝視(みつ)めているばかりだが、棟梁一族のうるさいこと、あれを言い、これを言い、男を叩き切らんばかりの見幕で、喧々囂々(けんけんごうごう)、僕の俄(にわ)か奉行では何が何やら一向に納りがつかぬ。大変な騒ぎのうちに、汽車の時間が来て、三宅君は慌てて停車場へ飛んで行った。僕は好漢の出征を見送ることすら出来ないという始末であった。

男は二十一であった。中学を四年でやめて放浪にでて、名所旧蹟の写真師をしていたが、家に帰り、許されて、京都の学校へ這入った。然し、授業料を滞納して、目下休学状態であった。

二人だけ別室へよんで訊いてみると、二人は知合って二週間ぐらいにしかならないのである。ある晩、娘がスケート場で遊んで遅くなり、帰ると叱られるので途方にくれていると、かねて知合いの三人の中学生に出会った。そして中学生の下宿へさそわれ、三名から暴行を受けた。翌朝、半狂乱の状態になっている所へ、偶然この男がやって来たのである。この男は三人の中学生の親分であった。男は娘を自分の宿へ連れて帰って介抱し、力づけてやるために努力した。五日間そこに泊っていたけれども、男は娘を肉慾の対象にはしなかった。娘は身体も恢復(かいふく)し永遠にここにいたいと思うようになっていた。買物に出掛けた所をつかまえられて家へ連れ戻され僕が訊問したわけだったが、そのとき娘の恋心が決定的なものになった。翌日の暮方、家人の隙を見て、一包の着物をもちだし、今度は男の所へ押しかけて行ったのである。

この顛末は僕だけしか知っていない。棟梁の一族にあらゆる悪人呼ばわりをされたが、この男は一言の申訳もせず、父母に向ってただ丁寧に詫びただけであった。この男は数年間歯を磨いたことがないのであろうか、口臭が堪えがたかったが、それ以外には不愉快な印象はなかった。驚くほど、目が深く澄んでいた。いささかの気怯れも宿さず、狡猾も宿さず、色情も宿しておらぬ。ひとたび心をきめた時には、最大の苦痛にも立ち向う精神力が溢れていた。珍らしいほど澄みきった目だと僕は思った。精悍な南方人を思わせる男性的な美しい顔だった。

娘の方が、男に、身も心も捧げきっているのであった。このように身も心も捧げ、一途に信じきり頼りかかっている女の姿というものを、僕はまだ見たことがない。大人の世界にはなかろうと思った。十七の娘の世界、八百屋お七の世界だと思った。

今迄の行きがかりを離れて、今夜一晩改めて考えて、本当に結婚したいと思ったら明日出直して来るように言い、男を帰した。男は、明日は来ませんが、明後日は必ず来ますと答えた。

約束の日に男は来た。男は学生証をだしてみせた。まだ生々しいその日の日附であった。金策のため帰郷し、滞納の授業料を納めて学生証を貰って来たのである。まだ二十一の予科の生徒である。この二人の愛情が永遠のものだとは元より考えていなかった。けれども、この男なら、やがて二人の生活が破れる時が来ても、娘は二人の生活から何かしら宝をつかんで別れることが出来るであろう。僕は心をきめて父母を説いた。父母も詮方なく承知して、娘は着物の包みを持ち、僕にだけ見送られて、二人は永遠に去ってしまった。

その後、着物が欲しいという手紙があって、僕が二度届けてやったことがある。捨ててきた古い家、父母のことを、娘は全然念頭に置いていなかった。あんまり鮮やかに念頭に置いていないので、正直なところ、いささか感動した程である。

僕が京都を去る直前であったが、三度目の手紙が来て、最後の着物を届けてくれないかと言ってきた。娘にはもう会わない、死んだものだと思っている、という主婦であったが、一緒に行ってみたいと言いだした。僕は賛成ではなかった。けれども、止したまえ、と言いきるだけの自信もない。娘はそのころ銀閣寺に近い畑の中の閑静な部屋に住んでいた。主婦は一丁ぐらい手前の所で待つことにして、荷物は僕が届けた。お母さんがそこまで来ているぜ、と言ってきかすと、娘の顔、娘の全身は恐怖のために化石した。おどおどして、この部屋へくるでしょうか、ときくのである。なつかしさ、そういうものは微塵といえども気配がなかった。僕は主婦に一言の報告もせず、すぐさま別れて銀閣寺をまわって帰ったが、銀閣寺は箱庭のようにくだらぬ庭で腹が立った。

おせっかい。それを気に病むことがなかったのである。変に、自信があった。二人の若い恋人達の未来に就てのことではない。そんなことには、全然、責任を感じなかった。僕はただ食堂いっぱいに漂いさまようている主婦の肉体の亡魂に就て自信があった。情緒は末の末である。銀閣寺界隈の娘の侘び住居へ忍び寄ってほろりとしている等というのは悪趣味も甚しい。そんな所に、あなたはいない。あなたの血液は食堂の中で煮え狂い、亡魂は重なる呪咀と悔いのために歯ぎしりしている。――それを僕はむしろ甚だ可憐だと思った。親爺も亦最も可憐であった。京都を去るとき、主婦はたしか甘栗と八橋を汽車の窓から投げこんでくれたようだ。こうして僕は京都に別れを告げた。可憐なる人々よ。さようなら。

大井広介という男

——並びに註文ひとつの事——

大井広介に始めて会ったのは昭和十五年大晦日午後七時、葉書で打合せて雷門で出会った。その晩、大井広介は至極大真面目で、自分はインチキ・レビューの愛好家で、女性美はレビューの動きに極致があると信じているから、自分の娘もレビューガールにするつもりである。三つの頃からレビューを見せて仕込んでいるが、足が長くレビューガール向きの身体のくせに、生れつき踊りの才能がなくて閉口している、とこぼした。酔っ払っていたわけではなく、至極マジメなものである。これは又評論書きにも似合わない奇々怪々な先生だと思って、ひどく好きになってしまった。そこで「現代文学」の同人になることを承諾した。

その後、大井君の家へ始めて訪ねたところが、裏長屋に永住して借金とりと口論ばかりして暮している壮士だと思っていたのに、堂々たる大邸宅の主人公だったので呆れてしまった。と、僕の目の前へ、冬だというのにシャツ一枚のような軽装で、娘が縄とびの縄をふり廻しながら飛びだして来たので、噴きだしてしまったね。ある日、大井夫人が僕に向って、うちの陣平（長男）は子供のくせに読書が好きで一日に三冊も本を読むので困ります。エラブ鰻だのベーリング海だの私の知らないことまで知っていて、あんな厭らしい奴ったら有りませんわ、と大憤慨である。そこへ大井広介が現れて、いや、まったく、生意気なことばかり知りおって、彼奴には困るです。忍術使いの本を読ましてやろうと思って本屋を探したですけど、近頃忍術使いの本を売っとらんです。――いやはや、不思議な家族である。このウチでは毎日、否、毎時間、春夏秋冬、口論の絶え間がない。家族達は永遠に口角泡をとばして口論にふけり、来客に遠慮して中止するような惨めなことを決してやらぬ。大井広介は来客との対談を突然中止したかと思うと、遠く離れた部屋の家族に向って先刻の口論の続きを吠え始め、うちの母は米を炊くことを知らんくせに、それを自慢にしとるです。言語同断です、するとオッカサンが忽ちバタバタ駆けつけてガラリと障子をあけ、何も自慢にするかいな、女中が沢山いて米を炊かなんでよかったけん知らん言うとるだけのことじゃ。その言い方がもう自慢にしとる。女中が沢山いたから知らんということがあるか。大騒ぎである。掛物を破り、竹刀をふり廻し、盛大なもので、実に楽しそうである、ちっとも暗くなく、惨めでない。喧嘩禁止令というものが発令された際にこの家族はどうなるだろう。家は沈黙の咒にみたされ、この家族は枕を並べて厭世自殺をとげるであろう。よそのウチでは喧嘩というと先ず瀬戸物を投げたり割ったりするそうだけれども、あの音響は甚しく非芸術的で心ある人士の決して好まぬところである。蓋し大井家では春夏秋冬休むことなく口論が行われ高価なる掛物などが破り去られて行くけれども一枚の皿を割ったという話をきかぬ。甚だ奥ゆかしいと言わねばならぬ。

　中原中也が文学修業に上京の時にはメンコだのノゾキ眼鏡などボール箱につめて之を大切にいたわり乍らやって来たが、大井広介はカジノフォリーを始め何万枚のプログラムを秘蔵してそれをみんな暗記し、カクテルブックをこくめいに複写して秘蔵してそれをみんな暗記し浅草の刀屋へ註文して立廻りの竹光や槍を何本となく作らせて毎朝夕の食事毎に食堂で鉢巻しめて立廻りの稽古に余念もなく、一日に三十枚ぐらいずつ葉書を書き、来客の顔を見ればたりとばかり一分間に六万語ずつ喋りはじめ三時間目ぐらいになってようやく彼の喋っていることが少し分りかけてくる。尤も、僕はウムウムと合の手を入れてはいるが実はてんできいてはおらぬ。こういう不思議な人物がどのような手法によってこの世に現れるに至ったかということに就ては僕の甚だ知りたいところであるけれども、大井君のお母さんにウッカリ彼の少年時代の教育法など尋ねようものなら、得たりとばかり之又一分間六万語ずつ六年間もたてつづけに喋られてしまう。生命にかかわる問題だからウカツなことはきかれぬ。単純怪奇、手に負えぬ家族達である。

剣劇の俳優、レビューガール、どんな大部屋の大根役者でも大井広介にきけばたちどころに名前が分る。映画俳優、三段目以上の角力、真田十勇士、なんでも知っている。僕の住む矢口の渡し界隈にザリガニが繁殖しザリガニ料理は西洋では最高級のひとつだという話であるがどんな料理であろうか。僕は辞書を調べたが分らぬ。と物知りのある先生がそれは君「歴史は夜つくられる」という映画にでてくる料理がそれだぜ、というので、僕はわざわざ見物に行った。違うのである。あれは当り前のエビの料理だ。この話を大井広介に語ったところが、そうです、あれはエビの料理です。セーザル式何とかの何々という名前です——この長たらしい料理の名前を大井広介はこくめいに暗記していた。いったい何のために暗記していたのであろうか！　あの活動写真を十ぺん見たというミーチャンはいるかも知れぬが、あの料理の名前を暗記している筈はない。馬鹿馬鹿しさもここまでくると全く凡人の及び難い天才とよばねばならぬ。ミーチャンハーチャン伊勢屋の倅に酒屋の小僧を百人分合せたぐらい馬鹿馬鹿しい男である。奇妙な風に秘策をめぐらしているけれども、全然人間並みの思慮がない。こんなケタ外れの怪人物は生れて始めて見たのであった。

　大井広介の評論もデタラメだ。けれども彼の人物ほどデタラメではない。だから却っていかぬと思う。彼の評論にはバルザックの隣に安芸の海が現れ、野球もレビューも忍術も知っていることがみんな出てくる。これは非常にいい所だと僕は思う。文学というものが孤立せず、生活の全部が文学の中へ現れてくる。いったい日本の文学者達は、文学のことだけ語り、文学以外のことなど語らぬのが純粋だと思っているらしいが、之は逆だと僕は思う。真に文学に生きているなら、生活の全部が文学にならねばならぬ筈、いわゆる文学だけしか扱えぬのは生活の全部が文学でない証拠で、アマチュアにすぎぬと僕は考えている。本因坊秀哉がうまいことを言っている。玄人の碁打と素人の碁打とどこが違うかと言えば、玄人も素人も同じぐらい練習し同じ生活しているのだが、ただ玄人は、三面記事を読んでも相撲を見ても料理を食っても、それを常に碁に結びつけて考える。生活のすべてを碁に結びつけて考えている。それだけが玄人と素人の違う所だ。と言っている。名人の至言と言わねばならぬ。木村名人の相撲観を読んだことがあるが、相撲を将棋の立場から判断してやっていた。流石に名人である。

大井広介の評論には相撲でも野球でも生活の全部が現れ、日本の評論では異例のことに属しているが、僕はそれ故大井君の評論が前途に大いなる期待すべき所だと信じている。尤も、彼はまだ甚しく名人には道が遠い。なぜなら、彼が相撲の立場や角度から論じて、文学の立場や角度から論じてはいないからだ。それどころか、却って逆に相撲の立場からバルザックを論じたり真杉静枝を論じたり、やらしておくと、実に何をやりだすか途方もないデタラメなことをやる。これが又彼のいい所だと僕は思う。今に文学の真髄を会得した時に、このデタラメさが独自な形をとって生き返ってくるだろうと思っているからだ。彼は生れついての独断家のくせに、わざわざ糞勉強して埒(らち)もない本を読み公式的な評論の仕方を真似たりする。芸術は独断だと僕は思う。公式的な批評は甚だスマートでちょっと乙に見えるけれども、実は中味が何もなく、文学に公平だの公正なる批評などというものが在るべき筈のものではないのだ。大井君は独断という天与の才を持ちながら苦労して下らぬ公式を勉強する。最もつまらぬことではないか。

大井広介には「ユーウツ」だの「センチ」などというものの翳(かげ)が微塵(みじん)もない。時々何かに立腹して実に憂鬱ですなどと言っているが、いわゆる人性の憂鬱とか虚無とか感傷とか、そういうものに全然縁のないのが大井君である。いったい文学をやっておって憂鬱とか感傷とかと全然無縁だというこんなベラボーな男が今迄存在したであろうか。今、現に存在する。実際彼の不可思議な性格が文学の上に結晶したら痛快なものが出来上る筈に相違ない。生れてこのかた大自然の風景などには目をくれたこともなく、人のアラを探しだしては大喜びで、彼奴が死んだらこの材料を生かして大追悼文を書いてやろうと虎視タンタン考えている。近代文学の知性感受性などには全然不具者なのだが、だから若し、彼が不具者でない時がくると、近代文学が全然不具者だということになる。まったく、近代文学が彼に分る筈はないのだ。なぜなら近代文学というものは一列一体憂鬱とか感傷を根幹にして生えている樹木だからだ。然し、近代文学など分る必要はないのである。ただ、文学が分ればいい。そうして憂鬱だの感傷にまったく縁もゆかりもない彼自らの勝手な文学をでっちあげてしまえばいいのだ。非常に痛快なものが誕生する筈なのである。そのくせ生粋無垢の純情で、女を口説くことなど永遠にできない男なのだ。彼の性格通りの独自な文学が出来上ると、さしずめ僕などの文学は一番対立する筈なのだが、一日も早く、そういう風になって欲しいと僕は思う。

近頃郡山千冬が「野球界」に野球を論じ、それを大井広介が愛読したりケシかけたりしているけれども、怪しからぬことである。野球だの相撲などというものはその道で叩きあげた玄人あがりの言説に比べると、素人が逆立ちしてようやく一人前弱にしかなれないものだ。逆立ちして一人前弱にしかなれない物は書かぬがよい。文学の立場から芸談風にふれるなら、話は自ら又別だ。宮本武蔵は剣の奥儀によって「芸」を会得し処世の秘奥を会得した。之即ち傑人である。文学の奥儀を会得すれば相撲の奥儀も自ら会得出来るであろう。文学者は文学を会得しているから値打がある。文学者が相撲の名人になっても値打にはならないよ。大井広介は文学を会得すべし。そうではないか。独断のかたまりとなり、痛々快々な新型をあみだして貰いたいと僕は思う。

居酒屋の聖人

我孫子から利根川をひとつ越すと、ここはもう茨城県で、上野から五十六分しかかからぬのだが、取手という町がある。昔は利根川の渡しがあって、水戸様の御本陣など残っている宿場町だが、今は御大師の参詣人と鮒釣りの人以外には衆人の立寄らぬ所である。

この町では酒屋が居酒屋で、コップ酒を飲ませ、之れを『トンパチ』とよぶのである。酒屋の親爺の説によると『当八』の意で、一升の酒でコップに八杯しかとれぬ。つまり、一合以上並々とあって盛りがいいという意味だそうだ。コップ一杯十四銭位から十八九銭のところを上下していて、仕入れの値段で毎日のように変っている。ひどく律儀な値段であるが、東京から出掛けてくる僕の友達は大概眼をつぶったり息を殺したりして飲むような酒であった。僕は愛用していた。

トンパチ屋の常連は、近所の百姓と工場の労務者達であったが、百姓の酔態というものは僕の想像を絶していた。僕自身もそうであるが、東京のオデンヤの酔っ払いというものは、各々自分の職域に於て気焔をあげるものである。ところが、百姓達は、俺のうちの茄子は隣の茄子より立派だとか、俺は日本一のジャガ芋作りだとか、決して、こういう自慢話はしないのである。自分の職域に関する気焔は一切あげない。そうして、酔っ払うと、まず腕をまくりあげ、近衛をよんでこい、とか、総理大臣は何をしとる、とか、俺を総理大臣にしてみろ、とか、大概言うことが極っている。忽ち三人ぐらい総理大臣が出来上って、各々当るべからざる気焔をあげ、政策が衝突して立廻りに及んだり、和睦して協力内閣が出来上ったり、とにかくトンパチ屋というものは議会の食堂みたいなものだ。

浅間山中の奈良原という鉱泉に一夏暮らして毎日村の（といっても十五軒しか家がない）人達とコップ酒を飲んでいた時にも、やっぱりこういう気焔をあげる人達であった。中に一人、一向に野良へ出ない親爺があった。この親爺は野良へ出る代りに毎日昆虫網を担いで山中をさまよっている。鳥アゲハを探しているのだ。この辺は昆虫採集家の往来する所で、そういう一人がこの親爺に向って、アゲハは三百円もするという耳よりな話を吹きこんで行ったのである。その時以来この親爺は野良の仕事をやめてしまった。尤も、鳥アゲハを三百円の金に代えたという話もきいたことがない。けれども彼は悠々と毎日昆虫網を担いで森林を散策しているのである。

僕も少し気になったので、東京の牧野信一へ手紙を出して、鳥アゲハが三百円もするかどうか尋ねてみた。牧野信一は二十年も昆虫を採集していて、僕もお供を仰せつかって小田原山中アゲハを追い廻したことなどもあったからである。折返し返事が来て、鳥アゲハはたしかに値段のある昆虫だけれども、神田辺で売っている標本は三円ぐらいだったと記憶しているという文面だった。

ある晩、奈良原部落の全住民集って大宴会がひらかれたが、その晩、昆虫親爺の乱酔たるや甚だしく、総理大臣を飛び越して、俺は奈良原の王様だと威張りだした。昆虫親爺には年頃の可愛い娘が二人いるが、この二人が左右からなだめすかして、ようやく王様を連れて帰る始末であった。酔っ払った王様はひどく機嫌が悪かった。相対に、酔っ払った総理大臣というものは、みんな機嫌が悪いのである。

取手の町はずれの西と東に各々一人ずつの怠け百姓がいて、オワイ屋をやっている。この二人で取手の糞尿一切とりあつかっているのだが、性来の怠け者だから糞尿の汲取も怠け放第に怠けて、取手の町は年中糞尿の始末に困っている。ところが、この二人が、揃ってトンパチ屋の常連なのである。一日の仕事を終えると、車に積みこんだ糞尿を横づけにして、二杯目ぐらいに忽ち総理大臣になってしまう。

この二人はとりわけ仲が悪くもないが、とりわけ仲が良くもない。各々怠け者だから、職業上の競争意識は毛頭なく、あべこべに各々宿酔（ふつかよい）のふてねをして仕事の押しつけっこをやり、町の人々を困らすのである。丁度僕がいるときこの二人が総理大臣になったあげく立廻りに及び各々肥（こえ）ビシャクをふりまわして町中くさくしてしまったことがあった。このとき脂をしぼられて、もう酒を売らないなどと威（おど）されたので、それ以来相当おとなしくなったけれども、総理大臣になって機嫌よく気焔あげているので、この時とばかり俺のうちの糞便を汲んでくれ等と頼もうものなら、忽ちつむじを曲げて、いずれ四五日のうちに、等と拗（す）ねて手に負えなくなる。僕も糞便の始末に困ってお世辞を使ったこともあったが、こんな可愛気のない奴もないので、二度と頼まなかった。

然し、つくづく見ているうちに、百姓がみんな総理大臣の気焔をあげるわけではない、概して、怠け者の百姓に限って総理大臣の気焔をあげがちだ、ということが分ってくると、僕も内心甚だしく穏かでなかった。僕が取手にいた時は全く自信を失って、毎日焦りぬいていながら一字も書くことが出来ないという時でもあった。毎日、ねていた。夕方になると、もっくり起きて、トンパチ屋へ行く。

総理大臣の気焔をきいているのが、身を切られる思いで、つらかったのである。それでも、彼等が各々の職域に属する気焔をあげないので、まだ、きいていることが出来た。

彼等が総理大臣の気焔をやめて俺のうちの茄子は日本一だとか、俺の糞便の汲みとり方は天下一品だ、とか、こういう気焔をあげたなら、居堪(いたたま)れなかった筈(はず)である。僕は酔っ払って良く気焔をあげる男だけれども、多分、僕の一生のうちに、取手のトンパチ屋で飲んだ時期が最もおとなしい時期となるに相違ない。宿屋のオバサンは僕のことを聖人だなどと言い、トンカツ屋のオカミサンは僕が毎晩酒を飲むのだということをきいても決して信用しない始末であり、青年団の模範青年は、ある日僕が金に困ってどうしても質屋へ行く必要があり、その案内を頼んだところ、蟇口(がまぐち)をもって追っかけて来て、無理矢理二十円押しつけて行く始末であった。まったく不思議な話である。どうしてこんな信頼を博したかというと、総理大臣の気焔に身を切られる思いで、くさり果てていたからであった。

教訓。傍若無人に気焔をあげるべきである。間違っても聖人などとよばれては金輪際仕事はできぬ。

剣術の極意を語る

僕は剣術を全然知らない。生れて以来、竹刀を手に持ったことがたった一度しかないのである。

中学の時、剣術と柔道とどちらか選んで習う必要があったが、僕は柔道を選んだ。人にポカポカ頭を殴られるのは気がすすまなかったのだ。ところが後になって、学校の規則が変って、剣道も柔道もどっちも正科になって一時間ずつ習うことになった。その第一時間目、型をちょっと教えたあとで、いきなり一同に試合させられた。僕の相手になるのは剣道部員で、おとなしい生徒だけれども、剣道の巧みな男であった。ムザムザ殴られて手も足も出ないというのは、どうしても残念千万であった。僕の出場までには時間があったので対策を考えた。

僕は上段にふりかぶった。ゆつくり落付いて面！　と叫んで竹刀をふり下すと、僕の考えていた通り、敵は剣術使いの卵だから、器用に竹刀を頭上へかざして受けとめようとする。その小手をパシンと斬った。先生は一本とも何とも言わぬ。もう一度改めて睨み合って、同じように面を打つふりをして小手を斬った。この一手しか考えていないのだから、ほかのことは出来ないのである。先生は又黙っていたが、これ以上やると僕が殴られるから、僕は竹刀を投りだして、面小手を外した。僕は小手を斬りました、と先生に言った。あんなのは一本にならん。第一、剣術ではない、と先生が答えた。そんならやめます、僕は体操場をとびだして、裏の山でひるねした。その次の剣術の時間からいつもサボって、山を散歩した。だから、一度しか竹刀を持ったことがないのだ。

三年の時、故郷の中学を追いだされて東京の中学へ来たが、この中学では剣術を習う必要がなかった。九州になんとか中学と云って不良少年ばかりの中学があるそうだが、そこを又追い出された荒武者が、この東京の中学へやってくるのだそうである。みんなヒゲ面で、体格堂々、僕など一番子供で、入学したときウンザリした。

入学した第一週間目、用器画の時間に、僕は所在がなくて楽書して遊んでいたら、先生が黙ってやってきて楽書を取上げた。お前は私の時間は出席しなくてもいい、と言った。仕方がないから、ハイと言って家へ帰った。その学年中、用器画の時間は欠席した。出なくてもいいと言われたのだからこっちのせいではない。もう落第だと思って答案も白紙をだし、覚悟をきめた。二学期、丁をもらった。三学期にも白紙の答案を出して落第して、叱られたら、家出して、満洲へ行こうかと思い、白系ロシヤの美人と恋を語ることなどを考えたりしていたが、やるせなくて面白くなかった。ところが不思議に及第して、おまけに用器画の三学期間の平均点が乙になっていた。二学期丁だったのだから三学期には百二十点ぐらいとらないと乙にはならぬ。わけの分らない先生だと思ったが、先生に済まないと思った。用器画の先生に会うのが辛くて、転校したかったが、僕を入れてくれる中学はもう東京にはないので、あきらめて新学期に出てみたら、先生の方が学校をやめていた。

この出来事があったので、同級生が急にビックリして、九州くずれのオジサン達(まったくオジサンであった)がみんな僕を大事にしてくれて、それからの二年間は平和で幸福であった。ヨタモノの中学だから、いつも喧嘩があったが、僕だけはどのヨタモノからも大切にされて、如何なる無礼な仕打も受けずに済んだ。

三年前、小田原に住んでいたとき、一ケ月ばかり留守にして帰ってみたら、勝手口の南京錠が外されており、内側から鍵がかかっていた。入口の戸、雨戸、一つ一つ調べてみたが、みんな内側から鍵が下りている。つまり内側には何者かがいる証拠である。君子は危きに近よらずという規則であるから、ガランドウ（駅前のペンキ屋）へ行って助太刀をたのんだ。ガランドウは菓子屋の屋根の上で看板を書いていたが、書きかけの一字だけで仕事をやめてしまい、十六の倅に金棒と金鎚とヤットコと木刀をズックの袋につめて持たせ、僕の庵へやってきた。けれども、一時間ぐらい過ぎていたから、泥棒は雨戸を開けて逃げたあとで、先生も慌てていたものと見えて、二包みの荷物をつくっていたが、それを忘れて行った。刑事の話では四五日住んでいたらしいと云うことで、僕の蒙った全被害よりも高価な煙草ケースを忘れて行った。

盗む物の有る筈のない僕の庵をねらうとは御苦労な泥棒があるもので、泥棒に会わせる顔がなかった。この庵は元来僕が借りたときから硝子窓が四方に開け放してあって、通風がよかった。それに、少し離れたところに同じ庵がもう一軒あって、この二つの庵が松林の中に孤立しているのだが、隣の庵は空家でもないのに年中硝子窓を明け放していた。肺病患者の一家であった。だから僕は雨戸のない庵だと思って、硝子窓を明け放したまま、東京へ遊びに行って、一週間ぐらい留守にするのは毎度のことであったが、盗まれる物がないから、泥棒の心配などしたことはなかったのだ。

ところが或る日隣家が引越すことになって、荷物を大八車につみ、庵の掃除をしたあげく、最後に窓から手を出して何物か探す風をしているので、変な奴だと思って見ていると、どこからか雨戸をガタガタ引っぱりだして、みんな窓を封じてしまった。この時は呆然(ぼうぜん)とした。隣の奴は魔法使かと疑ったぐらいであった。隣の一家が姿を消すのを見すまして、すばやく立上って隣の庵と同じ場所を探してみると、窓は庵の四方にあったが、どの窓にも過不足なく雨戸というものが有ったのである。急に富豪になったような、出世した気持になった。そこで、その次に東京へ行くとき、みんな雨戸を締めたあげく、二十五銭の南京錠を買ってきて勝手口を封じ、悠々出発に及んだ。一ケ月留守にして帰ってきたら、泥棒が住んでいたという次第なのである。雨戸などは締めるものではない。成金の心を懐(いだ)いたから忽(たちま)ち天罰を蒙った。

こういうわけで、泥棒は僕の庵でもかまわずに這入ってくるから天下のことは油断ができぬ。いつ、どこで秋水をつきつけられるか分らないから、剣術の一手ぐらいは胸にたたんでおかねばならぬ。不覚をとった後ではもう遅い。僕は中学時代の不勉強を呪ったが、今更武徳殿へ通うわけにも行かないので、色々工夫して三手だけ発明した。

第一。無手勝流

夜中にふと目をさまし、有金を出せと言って秋水をつきつけられた場合。おもむろに起上って、先ず電燈をつけ、さて敵の秋水の刃先が辛うじてとどく間をとって睨み合う。敵ジリジリと間をつめ今や斬りかからんとするとき、敵の足もとへ頭を先に滑込む。敵つまずく。我すばやく起上って敵の頭をゴツン。

第二。二刀流

我たまたまステッキの如き棒を所持する場合。右手に棒を持ち、左手には小石でもインキ瓶でも茶碗でも有り合せの品物を一つだけ持つ。敵の秋水が辛うじてとどく間をとり、右手の棒も左手の品物もダラリとブラ下げて自然の体をくずしてはならぬ。敵斬りかからんとする気勢のこもったとき、左手の品物を敵に投げつけ、同時に身を投げる如くにして敵の向う脛を右手の棒で横に払う。向う脛をなぐられれば弁慶も泣く。

第三の奥儀は公開できぬ。この奥儀は一人にて三人の敵に勝つ方法というのであるが、この夏、井上友一郎愛用のスタンドバーへ這入って酔っ払ったら、三人のヨタ者にとりかこまれた。このマダムがヨタ者を追っ払ってくれたので奥儀を用いずにすんだけれども、こういう場合があるのだから、この術だけは打開けられぬ。いっぺん打開けると、神通力を失う仕組の虎の巻なのである。

右の通り、僕も近頃は三つの奥儀を胸にたたんで何喰わぬ顔をしているのだが、電車の中だの食堂だの人々の眼が血走っていて、どうも殺伐でいかぬ。菱山修三のお母さんは若い頃ナギナタの達人だったそうで、菊五郎の踊りを見ると、あの身振りは残身にかなっているなどとナギナタの言葉で感動するそうであるが、奥ゆかしい話である。僕も近頃ひそかに武術の工夫をつんだから、人々は殺伐だけれども、僕だけなごやかである。心得があると、いいものだ。こんど高木卓に会ったら剣術の極意に就て一席論じてやろうと思う。

新伊勢物語

売文を業とする若者があった。

ようやく大人の世界に興味を持ちはじめたばかりの娘に想いを懸けるようになって、時々誘い合わしてひとときの散歩をたのしんだりするが、恋などという言葉に並べて考えてすら痛々しい思いがして、つとめてそれらしい素振りを避けるように心懸け、娘のうちにまだ残っている子供の心を娯(たの)しませてやる喜びだけで、劇(はげ)しい恋心を満足させている。

いつの頃からか、そういう散歩の道すがら、男の眼付が誰にもまして怖しく邪悪な光につつまれているということを、娘が言いだすようになった。

容貌のことを言われては誰しも安らかな心ではあり得ないが、眼付が邪悪であると言えば、邪(よこ)しまな心をかくしているという批難のようにも受取れて、なにがさて汚れのない少女の直感のことであるから、男の心は不安であった。

ある日、散歩の道で俄雨(にわかあめ)にあった。場末の裏街で、これといって雨宿りにふさわしいような店もなく、ふと眼についた怪しげな一品料理屋へ殆(ほと)んど娘の腕をとるようにして駈けこんだ。

まだ黄昏には間のある時間であるというのに、店内にはすでに幾人かの労働者が逞(たくま)しい胸をはだけて酔い痴(し)れており、場違いの二人連れに行儀の悪い冗談をあびせかけた。首から上に厚化粧した女中の眼にも悪意があった。

雨がやんで店をでることができたとき、娘は腹を立てて無口であったが、そのときも亦(また)、やがて劇しい語気をこめて、男の眼付が邪悪であるということを言い立てたのである。

そういうことがあってから、夏休みが来て、二人は暫く遠く離れて住むようになった。男は毎日娘のことを思いながら、青海原へ跳びこみ、草原を走って幸福であったが、ただ眼付のことを思うたびに胸が騒いだ。そこでこういう手紙を書いた。

あなたはあなたの海で私のように元気で幸福の事と思います。

さて私の海には余りあなたにお引き合せしたくないような行儀の悪い先輩がとぐろを巻いているのですが、あるとき、いくらか洒の酔いもまじって、私はとうとうこの先生にあられもなく胸の嘆きを打ち開けてしまったのです。この先生は私の嘆きを聴き終って沈思黙考していましたが、やがて次のような卓説を吐いて私を慰めて呉れました。

いわば小説家というものは、自分の行先を知らない旅人のようなものだと、この先生は言うのです。あなたも時々あなたの訪れる友達の家が分らなくて、道を尋ねたことがあるでしょう。そのときあなたは、誰々さんのお家はどのへんでしょうか、と訊いたに相違ありません。ところが小説家というものは、いったい自分は何を書いたらいいのかと年中ウロウロしていて、いわば「私の行く先はどこですか」と訊いている落語の中の旅人のようなものだということであります。

私達はこういう果敢ない旅人でありますから、盗む家を物色している泥棒の眼付と同じぐらい、年中ウロウロして落着がなく、せっぱつまって険悪の相を呈しているのも蓋しやむを得ない、という、こういう説でありました。

手紙の返事はこなかった。

秋が来た。男も娘も東京へ戻って来たが、娘は、訪ねてこなかった。

娘には恋人ができたのである。風の便りにそれを知って男は嘆き悲しんだが、娘を責める気持にはなれなかった。

そうして一日、男は娘と路上に逢った。一別以来の挨拶を交して、たとい恋人のある娘であっても、その懐しい顔や姿をみて、その声をきくことは男の心を決して暗くはさせなかった。

二人は昔のように暫く肩を並べて道を歩いた。娘は昔と同じように明るく、新しい男の友達に就いても極めて無邪気に語ったが、そういうなんの気もない娘の一言のうちに、男の胸を無数の刃物で突き通し、無限の遺恨を蘇えらせた小さな言葉を聞き逃すことはできなかった。

娘はなにがなしにお喋りに上気しながら、新しい男の友達が時々鬼にもまして怖しい眼付をするということを語ったのである。

娘のいう「怖しい眼」の秘密について考えるたびに、男は毎晩眠れなかった。あれもこれも遺恨であった。男は恋と悔恨に痩せ、この上もなく悲しみながら、酒に酔って、くだを巻いた。

握った手

松夫はちかごろ考えすぎるようであった。大学を卒業して就職できたら綾子と結婚しようと考える。以前はそうではなかった。かりそめの遊びの気持であったが、だんだんそうではなくなって、必ず結婚しなければ、と考えるようになった。

彼が考えすぎるにはワケがあった。松夫と綾子との出会いは甚だしく俗悪で詩趣に欠けているのである。ある映画館であった。隣席の娘が愛くるしいので松夫は心が動いた。映画のラヴシーンと現実とが、一時的に高揚して、アッと思うヒマもなく隣席の娘の手を握ってしまったのである。

松夫は美しいひとの顔をマトモに見ることができないような内気で、すすんで美女に話しかけるような芸当は望んでも得られぬことであった。彼は内気を咒(のろ)っていた。すすんで美女に話しかける勇気が欲しいということは彼のかねての願望で、その一ツの勇気によって自分の人生に大転換が起るはずだがと考え、内気を咒って味気ない日々に苦しんでいたのであった。

その彼が見知らぬ娘の手を握ったのは、その時彼の魂がどこかへ抜け出ていたせいだ。多少の勇気も加味されていたかも知れぬが、要するに一期の不覚と申すべきものであった。しかるに娘がその手をきつく握り返したから、軽犯罪法のお世話に相成るべき不審の挙動が天下晴れての快挙と相成り、福は禍の門と云うが如くに禍根を残すこととなった。

松夫は一度だけこう云った覚えがある。

「君が隣席へ坐った時からキレイな人だなアと思っていたのだよ。それで映画に亢奮(こうふん)するとつい衝動的に握っちゃったんだ。君が握り返してくれた時にも、まだボンヤリしたままだったよ」

するとと綾子も一度だけこう答えた。

「私もあなたが一目で好きになったのよ。フラフラッと隣へ坐っちゃったでしょう。見抜かれたみたいで口惜しかったわ。ヨタモノだと思ったわよ。でも、握り返しちゃったのよ。蓮ッ葉に思われるのが辛いわ」

この会話は一回きりである。二人の仲が深まり、遠慮がなくなるにつれて、このことにだけは再びふれなかった。

綾子への情が深まるにつれて、松夫は彼女の握り返した手にこだわった。むろん先に握った自分の手もイヤではあったが、それはこの際問題ではない。綾子はあのような時、誰に対してもあのように応じるのではないかと思いめぐらして苦しんだのである。

考えすぎるのはいけないことだ、とむろん彼も心得ていた。しかし、自然に考えてしまうものは仕方がない。これも愛情のせいなのだ。愛情が深まるにつれて、彼は綾子の握り返した手にこだわった。苦しみは日ましに深くなったのである。

そもそも映画館で手を握ったという事の起りが俗悪すぎるのだ。考えれば考えるほど救いがない。したがって、先に手を握った自分の行為というものは思いだしても毛虫に肌を這われるような思いがするのであったが、その不快さも綾子の握り返した手を考えると忘れてしまう。それは不快さとはワケがちがう。不安なのだ。嫉妬でもあるし、恐怖でもある。

「蓮ッ葉に思われるのが辛いわ」と綾子は云った。いかにも健全にきこえるが、思えば思うほど月並でもある。そもそもいかなる女でも、あのような仕儀の処理に際しては、そのように述懐するに相違ないように思われる。ということは、それがキマリ文句であるように、握られた手を握り返すということも、彼女らにとってオキマリの月並な行為にすぎないのではないか、ということだ。

「キミは男にソッと手を握られたとき、必ず握り返すんじゃないのかなア」

ということを何べん口走りそうになったか知れない。しかし、松夫はタシナミを心得ていたから、こればッかりは云わなかった。袖の下を握りしめた政界の大物と同じように、秘密については口を割らないタシナミを心得ていたのである。

しかし彼は綾子に向ってそう問いかけた場合を空想することは毎日の例だった。彼が秘密の口を割らないのは彼女の痛いところにふれ彼女を苦しめるに至ることを厳に慎むからであったが、空想の中に於ては、彼女はむしろ彼に怒り彼を軽蔑するのである。ということは、彼女がその秘密を月並に仕出かす女だからであり、それを彼が何より怖れていることがそもそも空想の起りだからであった。

「こうこだわるのは不健全だ」

と考えて想念を払うために努力するのを忘れたタメシはないのだが、日ましに想念に苦しむ時間が長くなった。そのアゲクに変なことが起ったのである。

★

大学の同級生に水木由子という女学生がいた。彼女が心理学に凝っているのは有名だったから、松夫も知っていた。彼女は寝ても覚めても人間の心について考えているらしく、易者よりも手際よく人の心という心をズバリズバリと手玉にとるコンタンのように見受けられたのである。そのアゲクとして彼女はすでに天眼通の如くに胸の秘奥を見当てる力があるらしいと脅威する向きもあり、その反対に、彼女が心理学に凝ったのは心理学の名村先生に惚れてるせいにすぎないと断定している向きもあった。名村先生は冥想的な美貌の紳士で、その講義には宗教的な催眠力がこもっていると見る向きもあり、水木由子はそのトリコにすぎないと断定するのである。水木由子は大学生になって二月目ぐらいに近眼でもないくせにロイド眼鏡をかけるようになった。そして眉の根に小ジワをよせてからでなければ物を云わないようになった。これも要するに、彼女は入学二ケ月目に大学というフンイキに催眠されたせいであり、彼女のトリコになりやすい天性を示すものだと説をなす者もいたのである。

松夫も水木由子のロイド眼鏡と眉の根に寄せる小ジワに興味をもっていた。松夫のような内気な人間は、物を乞うことが少い代りに甚だ人の悪い観察をしているものなのだ。彼女が政治に凝らないのは世のため人のため大助かりだなぞと考えた。ロイド眼鏡と小ジワと読書と冥想と人間観察の代りに、彼女がカバンをかかえて東奔西走し、あの街角この広場で絶叫する様を想像したのである。政界の大物に惚れたあげく、彼女の胴も政界の大物と同じぐらいみるみるブクブクとふとる光景なぞも考えた。

しかしロイド眼鏡と小ジワを寄せなければ彼女はあどけない可愛い顔立ちであった。ロイド眼鏡をかけないうちから松夫は彼女の素顔に目をつけていた。松夫は伏目がちに暮しながら美人を見逃さない技能があった。水木由子がロイド眼鏡をかけた時には人一倍仰天した彼であったが、眼鏡も小ジワも板について読書と冥想と観察の虫のように殺気横溢（おういつ）している今日この頃では、とうてい近づきがたい存在としてサジを投げていたのである。

校外に小さな博物館と広い庭園があった。孤独と想念に疲れはてた松夫がその庭園に迷いこんで樹蔭のベンチに腰かけていると、植込みの向うに水木由子が芝生に腰を下して読書しているのに気がついた。植込みを取りのぞけば二人の距離は二間か三間の近さであった。水木由子が先にそこにいたのである。

むろん挨拶するような仲ではないから、彼女が知らないフリをして読書をつづけていることにフシギはなかったが、彼女は彼の出現に気附いたのか気附かないのかと考えた。

「気附かないはずはない。いかに読書の虫にしても、若い女がそれほど男というものに冷淡のはずはない」

後から来た松夫が音もなく読書している彼女に気附かなかったのにフシギはないが、それでもやがて気がついている。想念のトリコとなったウツロの目にもやがて彼女の存在は映じたのである。

「それとも彼女だけは超越した存在かな？　イヤイヤ……」

読書と冥想と観察の殺気横溢している今日この頃の彼女には、あるいは人間観察も秘奥に達したかと伺われる威厳もあって、松夫も若干脅威を感じることがあったのである。それにしても、若い女が男から超越することができるであろうか。

「この女心理学者先生の手を握ったら、彼女は握り返すだろうか」

と松夫は考えた。ロイド眼鏡以前のあどけない素顔を思いだして彼女を甘く見る傾向もあって、今日この頃の彼女の威厳に必ずしも全面降伏していたわけではなかった。

彼女は心理学の達人である。してみれば彼女自身の心理に於ても人間として例外ではないだろう。自分という土台があって、はじめて人の心も解ける道理だから。むしろその土台たる彼女自身は普通人の心理一般を最大の振幅に於て蔵しているのかも知れない。

「もしも女一般が握られた手を握り返すものなら、彼女もそうするにちがいない。そして彼女がそうしないとすれば、それは綾子だけが例外だということになりうる」その例外は困ったことだと松夫は思った。しかし、もしもそうときまれば、もはや綾子に用はない。綾子は

間に、彼は溢れたつ感情にモミクチャになっていたのであった。

溢れたせいだ。この唐突な愛情がどこからそもそも湧いてきたのか意外であったが、その瞬

が、それは水木由子を甘く見たせいではなかった。水木由子に対する愛情がにわかにどッと

忘るべきである。そしてこの可愛い女心理学者に乗り変えるべきである。松夫はこう考えた

彼女の手を握ってためしてみたいと思った。そこが映画館でないことを思いだすヒマはな

かったのである。彼女の見ているのはラヴシーンでなくて心理学の本であるのを考えるヒマ

もなかった。さすがに白昼の庭園であることだけは知覚していたからあたりに人影ありやな

きやと見定めることは忘れなかった。突然彼は何かに押されて歩いていた。彼女の前で、彼

女の姓をよんで帽子を脱いで一礼した。そして彼女に目を上げて彼を見るだけのヒマしか与

えず、跪いて彼女の手を押え握りしめたのである。

「突然の失礼をお許し下さい。読書をさまたげて残念です。しかしボクはアナタを愛してい

ました。そしてボクは突然こうするほかに方法を知らないような男ですから、悪く思わない

で下さい」

「痛いわ。よして」

と水木由子は松夫の言葉には全くツリアイのとれないことを云った。そして片手で松夫の

手くびを握り、扉にはさんだ手を無理に抜きとるような真剣な作業に没頭しはじめたのであ

る。松夫はかなりしばらく彼女の手を押えていた。彼女が予想外のことをやりだしたから、

処置に窮したのである。押えているうちに、なんとかならないかと思った。しかし彼女の作業が長い山の芋をムリにも引きぬくような無法な荒々しさになり、とうてい詩情のまじる余地がないと見てとって手を離した。

彼女は本を拾って、一足退いて立ち上った。本と一しょにロイド眼鏡も外れて地上に落ちたのだが、もともと近視ではなかったから眼鏡がなくても天下の大勢に変化はないらしく、眼鏡まで拾っている算段はつかなかった様子であった。

「見かけによらないわね。なんて強引なんでしょう」

水木由子は本を小脇に抱えて、男に押えつけられた手を自分で握りしめながら云った。松夫には云うべき言葉もなかったので、地上の眼鏡を拾いとり、彼女の眉の根のちょうど小ジワのよる場所へかけてやった。なぜなら彼女は後退するばかりで、それを受けとるために手を差しださなかったからである。素直に眼鏡をかけさせてから、彼女は云った。

「図々しいわ。図ぶとい人ね。あんなことをしてニヤニヤ笑っているのね」

こう怒られても仕方がなかった。苦笑ともテレカクシともワケの分らぬ笑いが顔にからんで放れないのだ。彼は笑いを咎められたので、笑いを隠すために図太く出て見せなければならなかった。

「ボクたちは青春をたのしもうよ。キミの年齢で本の虫になるなんて、バカらしいよ」

冷静な声だった。彼は自分が意外にもフテブテしいのを、このときはじめて見たのである。

彼はもう成行にまかせるばかりであった。そして、彼女を見つめて、言葉をつづけた。

「キミはこのへんで本と眼鏡に袂別すべきじゃないか。キミの一生にとって、それはどうせ一時期のものにすぎないのじゃないか」

「そんなこと、どうして云えるのよ」

「待ちたまえ。キミ、コンパクト、持ってるね。貸してみたまえ」

彼はコンパクトを受けとると、鏡を彼女の顔にかざし、たったいま彼女にかけてやったばかりの眼鏡を再び取りはずした。

「これがキミの可愛いそして本当の素顔だよ。ね。眼鏡は余計ものなんだ。もう、この眼鏡はかけない方がいいと思うんだ」

「眼鏡だってアクセサリーの一ツだわ」

「キミには有害無益のアクセサリーだよ」

「趣味の問題よ」

「そう。しかし、キミの悪趣味だ」

「本当に、そう思う?」

「むろん。しかし、眼鏡はキミの自由にまかせるが」と眼鏡とコンパクトを彼女に返して、「人の意見も一応耳に入れておきたまえ。ところで青春をたのしみましょうという提案に対する御返事は?」

「アナタのような悪人、はじめてよ」

「人生を割りきってるだけのことなんだ」

「割りきれる？　人生が？」

「割りきるべきだよ。キミにも割りきることをすすめるね。で、キミの御返事は？」

「強引すぎるわ。私、混乱してるの。あしたここで御返事するわ。いまの時刻に」

水木由子は本や眼鏡やコンパクトを両手に持ったまま、身をひるがえして駈け去ったのである。

松夫は一時に春が訪れたような解放感に目マイがした。自分の所業があまりにも「偉大」であったことを身にしみて感じた。偉大な態度。偉大な言葉。

「オレは人生を割りきっているだけだ」とは、なんて壮大な言葉だろう。彼の今までの人生におよそ無縁な、そして、その瞬間まで思いもつかなかった言葉だ。オレの人生が割りきれたら、と今までどんなに切歯扼腕したか知れやしない。一瞬間に、突然別世界へ走りこんでいたのだ。その晩、彼は綾子とのアイビキの時に、かなりよそよそしい態度を示した。綾子は次第に不キゲンになった。

「もう私が好きじゃないんでしょ。そうでしょう」綾子は強引でワガママだった。受身なのは松夫なのだ。彼女に高飛車にきめつけられると、松夫はヘドモドしてしまう。グッと踏みこたえて偉大な威厳を見せることは、彼女に対してはもう不可能なのである。彼が彼女に威厳を見せる手段と云えば、彼の方から別れようと云いだすぐらいのものだが、それが云えるぐらいなら苦労はしない。ジッと睨んでいる綾子から目をそらして、松夫は細い声で答えた。

「卒業試験も近づいたし、就職試験の結果はまずいし、とても毎日がつらいんだ」

「アナタなんか、二三年落第した方がいいわよ。学校を卒業してみたって、おぼつかないわよ」

事務員の綾子は松夫よりもお金持であった。松夫の方がおごられる率が多いので、総てにヒケ目を感じてしまうのである。その一夜、松夫は胸の中でこう呟きつづけた。

「オレに必要なのは革命だ。偉大な革命！　今日行われたあの革命。あの解放感！　オレにだって、いろいろなことが、できるのだ」

★

翌日、彼はわざと三十分ほど時刻におくれて校外の庭園におもむいた。宮本武蔵の故智にならったのである。そして、これが自分の真剣勝負だと考えた。水木由子と自分のではなく、自分と自分の未来との生き方を決する真剣勝負だと考えた。これに勝てば自分の未来に勝つことができると考えたのである。

松夫はアレコレと多くのことを考えていた。たとえば、水木由子はもう今日からはロイド眼鏡をかけないだろうと考えた。それは水木由子が彼の革命に参加したシルシなのである。そして二人はともに解放の喜びにひたる。つまり、植込みの蔭にロイド眼鏡をかけていない水木由子が待っていたなら、すでに真剣勝負は彼の勝に決しているのだ。

しかし、水木由子がまだ眼鏡を捨てることを知らずに彼を待っていたなら、それはたぶん彼女の心がその素顔と同じようにまだ稚いせいだろう。彼女は書斎の恋愛心理に通じていても、実地の真剣勝負にはうといのである。その稚さは、革命家にとっても、むしろ慈しむべきであろう。そして、その場合には、当然彼の手がその眼鏡を取り除いてやるべきであるが、眼鏡を投げ捨てて踏みくだくべきか、静かに彼女の手に返して理をジュンジュンと説くべきであるか、彼はいまだに迷っていた。むしろそれは成行きにまかせようと考えていた。しかし、樹蔭のベンチのところへ来てみると、そこに腰かけているのは見知らぬ男女の学生であった。そして、植込みの向うの芝生には誰の姿もなかった。

彼女の代りに、彼が芝生に腰を下した。そして、彼女の残した目ジルシが何かないかと探してみたが、彼女がそこにいたという形跡を認めることはできなかった。

「アイビキと剣術の決闘をごッちゃに考えたのはマチガイだったか。革命、真剣勝負という自分の一存にこだわりすぎて、心理学の常道を逸脱したウラミがあるかも知れない」と彼ははじめて気がついた。剣術の決闘だから相手を待っているが、恋愛は汽車と同じように人を待たないのかも知れない。

しかし、彼は根気よく三十分ほどジッと待った。それから庭園内をぐるぐる探し廻って元の位置へ戻ってみたが、どこにも水木由子を認めることはできなかった。

しかし、革命はまだ終らない、と彼は根気よく考えた。彼は学校へ戻った。そして、広い校内を彼女の姿を探して歩いた。どこにも彼女の姿は見当らない。その翌日も、またその翌日も、彼女にめぐり会うことはできなかった。彼の革命の意気ごみはにわかに衰えた。一夜ごとに半分ずつしぼんだあげく、三日すぎるとマイナスの方に傾いて、彼女にめぐり会うことの怖しさのために学校へ行くことができなくなってしまった。

水木由子の手を握った自分の手がケダモノの手のように考えられる。思いだすと赤面せずにいられない。そして、思いだすことが怖しくて、その怯えだけで冷汗をかいた。水木由子は扉にはさんだ手をひきぬくような真剣さで抵抗した。ついには彼女自身の手を土の中の山の芋のようにゾンザイに扱って、無法に荒々しくひッこぬこうと努力したのである。それが彼女の彼に対する正しい気持であったに相違ない。要するに彼はケダモノにすぎないのだ。アイビキの約束はケダモノの目をそらすために投げられたエサにすぎなかったのであろう。ケダモノが見た革命の幻覚ほど愚かにもアサハカなものはない。

松夫は握り返した綾子の手を考えることもできなくなった。なぜなら、それを考えると、水木由子の手を握った自分の手、ケダモノの手を思いださなければならないからである。

彼は改めて綾子すらも一まわり怖しいものに見直すようになった。彼自身の見ているものが概ねケダモノの甘い幻覚にすぎないのではないかという劣等感に憑かれてしまったからである。

「アナタ、ちかごろ気がぬけたみたいよ。時々フッと消えてしまうみたいよ。ふりむけばちゃんといるでしょう。つまり、アナタ、しょッちゅう放心してるんだわ」

「そうでもないです。就職もダメだし、試験もダメらしい。気がめいることが多いので、ついね」彼は仕方なしにヘラヘラ笑って答える。自然に敬語で答えていたりするのである。綾子はその変化に容赦しなかった。

「変に卑屈だわね。全然三下って感じ。どこにも取柄がないみたいよ」

「つまり、たしかに、三下なんだ」

「赤くなっちゃったじゃないの。いくらか羞しいの？　怒ったの？　どッち？」

「習慣的にすぎないです」

「こまった人ね。でも、いいわ。私、三下って、わりと好きなのよ」

「親分は？」

「むろん好きよ。でもね。親分には甘えたいわ。可愛がってもらいたいのよ。親分のオメカケ」綾子はいつも彼をハラハラさせた。彼の手の中からいつでもずり落ちそうな感じだ。彼女が会社のボスのオメカケにならないのはなぜだろうか。会社のボスが堅造なのか、彼女に腕がないのかと松夫は嫉妬した。

むろん綾子は口ほどではなかった。彼女は健全な良妻になりたがっているのである。ただ、松夫の良妻になりたいかどうかが問題なのだ。彼女の話ぶりでは、松夫の人格は認められていないようであった。

「アナタは二三年落第した方がいいのよ。学生にはアルバイトってこともあるし、人目も寛大だけど、卒業するとそうはいかないわよ」

「どうせ卒業できないよ」

「そう思うからダメなのよ。こう考えるのよ。永遠の大学生。ステキじゃない」

「永遠の三下と同じ意味だね」

「よく知ってるわね。悪い方、悪い方へ智恵がまわりすぎるのね。人生は表現の問題だわ。明るく生きよ。詩に生きよ」

「永遠の大学生が詩なんだね」

「詩的表現。永遠の三下が現実かも知れないけど、気の持ちようでどうにでもなるもんよ」

「ボクは、しかし、学校を卒業して、就職できて、キミと結婚したいんだ。それが偽らぬボクの気持だけど……」

「はやまるのは身の破滅よ」

「はやまるわけじゃないよ。すでに学校を卒業して就職する時期に来てるんだもの」

「だって、落第するでしょう」

「しないかも知れないよ」

「就職できないでしょう」

「だから、あせっているのさ」

「ムダだわね。私はアナタが学生だから恋したのかも知れないわよ」

「それはキミの本心かい」

「本心て、なにさ」

「ボクを永遠の大学生にしたいのかなア」

「そうよ。それが好きなのよ。でもね。来年もいまの気持とは限らないでしょ。だから、本心って言葉は無理みたいね。いまの心。いまだけよ」

落第すれば、まだ当分は脈があるらしい様子でもあった。松夫はもう二度と誰とも恋ができないような予感がして仕方がなかった。最近に至って特にそうだ。早い話が、彼はもはや誰の手を握る勇気も起るまい。誰に話しかけることもできない。目を上げる勇気すらもない。恋し得た最後の女、そして結局一生に一人の女が綾子のような気がする。完全だの純粋などという愛や恋のことではなく、あらゆる打算のあげくが、この女一人、である。最後の一文という乞食の愛情である。赤貧のドン底だ。無一物。ギリギリのたった一ツ。それにしては綾子は美人だ。映画館で拾った女のようではなかった。それだけに胸が痛む。今にして思えば、映画館で拾われたのは松夫の方であった。拾われるのも、これが最後であろう。どうしても綾子を放せない気持が強まるばかりであったが、その気持を強く押しつける勇気は衰える一方だ。自分の中にいかなる実力の存在も信じることができなくなってしまったからである。たった一日の革命以来、急速度に没落してしまったのである。

★

　試験のとき、松夫はしばしば水木由子と顔を合わせなければならなかった。水木由子は平然としていたが、松夫はいつも急いで目をそらして心の中では宙をふむほどオドオドしなければならなかった。むろん水木由子はロイド眼鏡をかけていたが、その眼鏡が鋼鉄の兵器のようにすさまじい力で彼を圧倒した。彼はそれに怯えた。そして、その眼鏡から聯想（れんそう）しなければならないのは自分のケダモノの手だ。そのために一そう眼鏡に怯えてしまう。鋼鉄の兵器に狙われた一匹のケダモノのように身も心もすくんでしまうのだ。

　松夫の最後の試験の日、その試験のあとで偶然水木由子にすれちがった。彼女は一人であった。あたりには人がいなかった。彼が落第しても水木由子は卒業するに相違ないから、これが彼女の見おさめであろう。彼女が一人で、またあたりにも人影がないのを見ると、松夫はこの機会にケダモノの手を拭き消したいということをふと思いついた。ケダモノの手の怯えは彼の堪え難いものだった。生きる限りこの手と共にいなければならないという事実ほど絶望的なものはなかったのである。

　松夫は水木由子に追いついて、よびとめた。脱帽すると、彼の頭も額も汗でいっぱいで、それは益々無際限に溢れたって湯気をふいた。赤面してオドオドし、いまにも卒倒しそうな様子である。革命時の颯爽たる武者ぶりにひきかえ、あまりにもサンタンたる有様であるから、水木由子は落ちついて上から下まで彼を観察する余裕を得ることができた。

「ボクのケダモノの手について、お詫びしておきたかったのです。たぶん、お目にかかるのはこれが最後でしょうから、この機会を逃すと、ボクは一生、ケダモノの手に苦しまなければならないのです」

「ケダモノの手？」

「そうです。それがボクの表現です。いえ、ボクの実感なんです。そのために苦しんでいます。その苦しみはいまアナタにお詫びして許していただくことができても消えないかも知れませんが、この機会にお詫びせずにいられなかったのです。ボクはアナタの手を握ったことで苦しんでいます。そのボクの手が毛だらけのケダモノの手に見えるのです。これほど絶望的なことはありません」

　水木由子のロイド眼鏡に筋金がはいってピンとはりきったような感じがした。つまり松夫の話の途中から、彼女は女ではなくなって、心理学者に変ったのである。眼は学者のものになりロイド眼鏡と一つになってケンビ鏡のように冷徹に哀れな生物を観察しはじめたのである。

「いつから、そう見えるんですか」

「アナタの手を握った翌日か、翌々日ぐらいからです。ボクは翌日約束の場所――いえ、アナタがケダモノをだますために仰有(おっしゃ)ったのですが、ボクはその場所へ行きましてアナタの姿が見えないので、それで次第に自分がケダモノにすぎないということに気がついたのですが、しかし、ボクは誰に対しても再びあのような失礼は犯さないつもりです。しかし、アナタの手を握ったケダモノの手はあの時以来、また永遠に消えないのです。こうして、お詫びしても消えないかも知れません」

「目に見えるのですか」

「まさか。ボクは狂人ではないのです。幻視ではありませんよ。ただ思いだすと、すくむのです。絶望するのです」

「狂人ではないと思いこんでいますか」

「むろん、そうです。ボクは平凡な、むしろ無能者にちかい平凡人です。もう悪いことすらできないような無能者なんです。ですから、せめて罪のお詫びだけしておきたかったのです」

「ずいぶん汗がでてますね。駈けたんですか」

「いえ。お詫びしたいために、こんな風に汗がでてくるのです。つまり、それほど、ケダモノの手に苦しんでいるのでしょうね」

婦人科学者は分りましたというようにうなずいた。そしてしばらく考えている様子であった。観察が終ったせいか、ケンビ鏡の筋金がほぐれて、ロイド眼鏡にいくらか女の情感がこもってきたようであった。水木由子は顔を和げた。そして女医サンが子供の患者にさとすようにやさしく云った。

「アナタの手はケダモノの手じゃなかったわ。とても立派な男の手だったのよ。だから私、手クビの痛いのが、とてもうれしかったわ。あくる朝、目がさめてからも、まだ痛いでしょう。うれしかったのよ。うっとりと、手の痛みを味わったのよ」

「許して下さるんですね」

「むろんですとも。もともと怒っていないのですもの。うっとりさせて下さったのですもの、感謝こそすれ、怒るはずないでしょう」

「慰めて下さって、うれしいです」

「アナタ、もっと強く生きなければダメよ。クヨクヨと思いめぐらしたって、人生はひらかれないわ。叩けよ、開かれん、というでしょう。その叩く手がケダモノの手のはずないでしょうね。叩く手は乱暴よ。人生をひらくんですもの。でもケダモノの手じゃないわ、立派な手よ。人間の立派な手」

「御教訓、身にしみます」

「もう本当にお別れね。お身体、御大事になさいね。もうみんな済んだことですから気軽に云えるけど、私あの日、約束の時刻にお待ちしてたのよ。眼鏡を外してアナタをお待ちしてたのよ。アナタの遅れたのがいけないのだわ。縁がなかったのね、でも、それがよかったのよ。もう、みんな、すんだことですもの。もう取り返せないことよ。でもね。手クビの痛さ、忘れないわ。御大事にね」

水木由子は静かに去ったのである。

松夫は叩けよ開かれんの教訓にしたがい、学校から水木由子の住所をきいて求愛の手紙をだしたが返事はこなかった。もう取り返せないことよ、という彼女の言葉が教訓以上の真実だったようだ。縁がなくてよかったわ、という彼女の言葉も。

母の上京

母親の執念はすさまじいものだと夏川は思った。敗戦のどさくさ以来、夏川はわざと故郷との音信を断っている。故郷の知り人に会うこともなく、親しい人にも今の住所はなるべく明さぬようにしているのだが、どういう風の便りを嗅ぎわけて、母がとうとう自分の住居を突きとめたのだか、母の一念を考えて、ゾッとするほどの気持であった。

夏川が都電を降りると、ヒロシが近づいてきて、ナアさん、お帰りなさいまし、と言う。そして、お午(ひる)すぎるころから母がきて夏川の部屋にいることを知らされたのである。ヒロシはこういうことにかけては気転がきくので、夏川が何も知らずに戻ってきては具合の悪いこともあるだろうと、もう二時間も彼の帰りを待っていた。そういう親切に、ヒロシは然(しか)し恬(てん)淡(たん)で、第一、二時間も待ちかまえたことを話すにも、いつもと変らぬ調子であった。

「どうなさいますか、ナアさん。このままウチへおかえり？」

ヒロシは夏川の顔をちらと見た。その目には、はじめていくらかの厳しい気配があった。ヒロシの報せの言葉が穏やかなせいか激動は覚えなかったが、夏川の心は顚倒(てんとう)して、とっさに目当(めあて)もつかないようだ。穏やかだが、突きつめたヒロシの意志がその中へ食いこむようであった。

「外へ泊るといっても、今日は、それほどの持ち合せもないのでね」

「そんなこと、かまやしませんわよ」

「そうかい。上野も近いしね。浮浪児の仲間入りをするか」

浮浪児の仲間入りというよりも、ヒロシの仲間入りと言いかけるところであった。初夏の夕風が爽やかだ。そして薄明がねっとりとしていた。

ヒロシは女の言葉を使うが、男であった。然し心はまったく女だ。歌舞伎の下ッ端で、オヤマの修業をしていたのだが、戦争中から食えなくなって、オコノミ焼の居候をしていた。焼けだされて、オコノミ焼の家族と共に、夏川の隣室に住んでいた。夜になると淫売に出て行くらしい話であったが、元々歌舞伎の下ッ端の頃から幇間(ほうかん)なみにお座敷へでて遊客の玩弄物に育ってきた。けれども同じお座敷育ちの芸者たちが日増しに荒れ果てた心に落ちるのに比べれば、二十二のヒロシはまだ十七八のお酌と一本の合の子ぐらいにウブなところが残っていた。それは貞操に関する自覚の相違によるものだろうと夏川は思ったが、又、その慎しみ深さや、あらわなことを憎む思いや、生一本の情熱は、古典芸術の品格の中で女の姿を習得した正しい躾(しつけ)が感じられて、時に爽快を覚えることもあったのである。

けれども、ほのかなふくらみに初々しさを残していた美しい顔も、近頃はやつれて、どうやら年増芸者のようなけわしさがたち、それにつれて彼の心も蝕まれ無限にひろがる荒野の心がほの見えている。それでもともかく彼の躾は崩れを見せず、危い均斉を保っていた。こうした不時の急場には、その荒れ果てた魂と正しい躾と妙な調和をかもしだして、五十がらみの老成した男のようなたのもしさすら感じさせるのであった。

然し、夏川は歩きかけてみて、その当てどなさに、辟易(へきえき)した。

「やっぱり、私は、ともかく、うちへ行こう」

「おや、里心がつきましたか」

「居所がつきとめられたうえは仕方がないさ。こっちの気持を母に打ちあけて、肚をきめるのはそれからさ」

と言ったが、母を見る切なさは堪えがたい。するとヒロシはぴったりと身体をすりよせるようにして、

「ナアさん」

その目にも顔にも身体つきにも奇妙な幼さがきわだって籠って見えたように思われた。

「あたくしがお供していますもの、御不自由は致させません」

夏川は気がぬけるほど馬鹿らしかった。淫売で露命をつないでいるこの青年に御不自由は致させませんもないものだが、本人はそれを思いこんでいるのであるし、事実貧富暖寒の差に人の真実の幸不幸がないとすれば、堕ちつめて行く路の涯にこの青年の献身が拠りどころであり得ることも考えられるのであった。夏川はそれが怖しかった。

夏川は変態的な情欲にはてんから興味をもち得ないたちであったが、それとは別に、ひとつの純情に対するいたわりは心に打ち消すわけに行かない。すりよるヒロシの体臭が不快であったが、それを邪慳にするだけの潔癖もなかった。まア、ともかく、すこしぶらぶらして、考えをまとめようと思った。

★

夏川が戦争中つとめていた会社は終戦と同時に解散した。そのどさくさに、会社の残品を持ちだしてなかば公然と売りとばした一味の中に彼もまじっていたわけだが、別段計画的な仕事ではなく、誰しもその場に居合わせればそうせざるを得ぬ拾い物のようなもので、その利得なども今から見れば問題にならぬ小額だった。けれども、これが病みつきであった。

その会社では彼は高い地位ではなかった。元々徴用逃れに入社した特殊会社であったが、年齢が年齢だから、入社の浅い割には然るべき地位であったと云える。空襲の始まる直前妻子を故郷へ帰したが、空襲で焼け、会社の世話で小さな借家へ同居するようになって、同居している会社の女事務員と交渉ができた。彼の細君は父の主筋に当る家柄の娘で、元々父母が押しつけられ、その又父母が大いに有難がって無理に押しつけた女で、別段家柄を鼻にかけるわけでもないが、陰気で、何かと云えば実家へ不満を書き送るようなたちである。彼は愛情をもたなかったが、こうして情婦ができてみると、女房の悪いところがよく分った。けれども家柄が家柄で父母に対する重みがかかっているのだから、彼の不安懊悩(おうのう)は話の外で、いっそ日本の姿が消えてなくなれ、と考えていたものだ。

終戦となり、会社は解散する、借家も立退くことになって、立退きをきっかけに、案外面倒もなく女と別れることができた。実際はいくらかみれんもないではない女なのだが、女の方が却って潔く身をひいたので、妻子のある男とみれんがましくかかずりあっているよりも、自由の天地らしいものが行く手にひらかれて見えたからであろう。

　そのとき立直ればよかったのだが、解散のどさくさに儲けた仕事が手蔓になって、闇屋をやり、その景気が封鎖の直前ごろまでつづいた。立直るといっても、元々好かない女房だ。気のすすまぬのも尤もで、その女房への気兼ねから女と別れたことも口惜しく、いくらかの女のみれんが、よほど大きなみれんのようにも思われてくる。別れた当座大いにホッとしたことも忘れて、実は内心ぐれだしていた。

　会社の借家を立退いて、彼がようやく見つけだした一室というのが、焼跡の高台に小さく取残された一劃で、昔はどこかの番頭だという老人夫婦の侘び住居だ。男三人の兄弟の兄と弟が戦死して、まんなかが焼夷弾の直撃で死んだという、気の毒は気の毒だが、因業爺で、その二階の一室。唐紙ひとつ隣の部屋にオコノミ焼の母と娘とヒロシの三人がいるのである。オコノミ焼の女主人は因業爺の姉の子に当るのだが、お前さんの母親はな、私の苦しい時に一文の助けもしなかったものだ、と、今では邪魔にしているが、焼けだされてきた当座は懐に金があるのを睨んで厭な顔もしなかった。水商売の女のことで、その頃は応分の御礼を惜しまなかったからだが、坐してくらえばという諺のせいではなしに、敗戦後は金の値段が一桁以上狂ったから、その所持金はたかの知れたものになってしまった。

オコノミ焼の娘がいつ頃から闇の女になったのだか、夏川はくわしいことは知らないが、娘自身は芸者になりたかったのだそうで、母親は妾にしたかったのだが、因業爺がくどく言うので闇の女になったという。それは母親の愚痴話だ。芸者になるには着物がない、着物だ何だと自分の入費ばかりで一文も親の身入りにもならないという因業爺の説であり、妾だなどと旦那の物色は金持の先の知れないこの節はやらないことだと云って闇の女をすすめたというのだが、娘は十八、闇の女にはもったいない美人であった。然るべきお金持の妾にして左団扇と母親が子供の頃から先をたのしみに育てたのも水の泡、忿懣やる方なく因業爺を呪っているが、ことの真相は奈辺にあるやら分りはしない。母親は内気で水商売の女とは思われぬぐらい気立の良さ、人の善さを失わずにいる女だが、ええママヨと肚をきめると何をやりだすか分らないヤケクソの魂をかくしていた。娘自身がわが身の境遇を不幸だなどとは露いささかも思わず、近頃では昼夜家をあけることが多く、焼跡の蒲鉾小屋のようなオデン屋で酌婦をやったり、闇屋のアンちゃんに頼まれて売子をやったり、時々金はもってくる。金さえあげればいいでしょう、その言い方が癪だと云って母親は凄い見幕で怒りだすが、さほど下卑た言い方ではないので、はすっ葉な物腰物の言い方にもまだどことなく娘らしさが残っている。母親にしてみれば、それも亦断腸の種であるかも知れない。

夏川がこの一室へころがりこんだのは、まだ封鎖前の彼の好景気の頂上だった。そのころ彼はあぶく銭を湯水のように使って、夜も昼ものんだくれ、天地は幻の又幻、夢にみた蝶々が自分の本当の姿やら、何が何だか分らないというていたらくで、朝から寝床でウイスキーのラッパ飲みという景気で、身辺はオモチャ箱をひっくり返したようなドンチャン騒ぎの連続であった。彼はそれを空襲のあの轟音とも紛いのつかぬヤケクソの夢幻の心でだきしめて、ヒロシやオコノミ焼の母娘を芸者のように総あげの意気で飲んだり飲ませたり金をくれてやったり、娘が家にねる時はいつも夏川の蒲団の中に寝ていたものであった。よくまアあんな馬鹿騒ぎができたものだと夏川は思うが、あれぐらい傍若無人の馬鹿騒ぎになると、あたりが呑まれてその気になってしまうもので、オコノミ焼の母親まで一ぱし芸者めく気持になってオシロイもぬりかねない打ちこみ方になったから笑わせる。因業爺までウイスキーを頂戴したり何がしの引出物にあずかったりして、幇間なみにへいつくばってお世辞も云い、端唄の二つ三つ無理にも唸ってみせたものだ。

元々彼の一味は会社の仲間でいずれも中年ちかい年配、敗戦と会社の解散、妻子も故郷に帰しているという年配と境遇からも謀反を起してみたい条件がそろっている、自然の手蔓であぶく銭をかせいでみたが、血気な青年に比べると節度や多少の見通しが立つだけ却ってだめで、封鎖を境にもう潮時だと解散して、妻子のもとへ帰ったり、改めて腰弁生活を始めた男もあった。

夏川だけが置きすてられたが、堕ちる肚をきめてしまえば生活に困るということはない。それまでの顔があるので、米でも酒でも右から左へ動かしただけで相当の金にはなるので、こまめに足を動かせば、昔のようにはいかないが、時々は酔いつぶれるぐらいのことはできた。金廻りが悪くなると却ってオコノミ焼の母娘やヒロシと親密さが濃くなったのは、有頂天時代の危さがなくなり、同じ淪落の同類項で、助けられたり助けたりというたのもしさが生れたせいだ。淪落の世界では助けるという一方的な関係から血肉的な親密は生れてこない。夏川は淪落世界の意外に温帯的な住み良さに驚いたが、一方では意外の伏兵に悲鳴をあげた。

娘はもともと夏川の蒲団の中に寝ていた頃から、彼をオジサンと呼んでいたので、そうだろう、四十男と十八の娘だ。別に夏川を嫌ってもいないが、愛情などはもっていない。金に買われただけの話で、金がなければそれまでという冷めたさでもないが、つまり、金がなければ、オジサンで、貞操の念もない代りに、行きがかりに縛られるような情もない。至って自由で、見様によれば無邪気であり、憎いどころか、爽やかな明るさを感じられるぐらいであった。そしてその頃からオデンヤなどで働くようになり、自分の家へ帰ることがめったにないようになったが、急に大人びて、会うたびに成熟して行く。それは植物の開花まぎわの恐るべき成熟の速度に似ていた。夏川は外の娘の場合に未だ曽てこのような目覚しい妖艶な成熟を見たことがなかったのは、そういう世界に縁がなかったせいでもあるが、その未熟なころの肢体を知っているということが今では意外な遺恨を深めているようだった。夏川は時にいささか迷ったものだ。金さえあれば、再び、と。

然し、意外な伏兵はそれではないので、娘と夏川とのつながりがこうあっさりと断たれると、母親の五十ちかい情炎が代って働きかけてきた。同時にヒロシのひたむきな情熱が陰にこもって差向けられてきたので、夏川もこれにはほとほと困ったものだ。五十女の情炎などと或いは詩人は歌うかも知れぬが、夏川は昔からゴヤの絵は好きではない。この母親も娘の頃は美しかったに相違なく、その面影は今もいくらか残っている。根が善良で、小心で、慎み深い人であり、亭主に死別しなければ誰にもまして貞淑な人であったに相違なく、およそ淫奔の性ではない。月経閉鎖期のこの年頃は特殊なものだということだが、時代が時代で、思いつめて育てあげた一人娘は闇の女になる。条件がそろっているからええママヨと怪しからぬ気分になるのも尤もだが、痛ましくて、悪く言えば正視に堪えざる醜悪さで、白昼見られたものではない。ところが人の子の悲しさに、この妖怪じみたものまで、むしろ妖怪じみているために、いつとなく酒に酔った夏川は好色をそそられるようになってきた。いくら酔ってもさすがに抑える気持がある。けれども一日雨ふりのつれづれに酒をのむと三人ながら酔い痴れて、みだらなことが当り前のような気分になったとき、思わず夏川がその気になると、それまで最もだらしなく色好みに見えた五十女が急に顔色が変って、なんとも立つ瀬がないような困却しきった顔になった。そのために夏川は理性をとりもどすことができたが、花咲く木には花の咲く時期がある、ということを思い知らずにいられなかった。

女の青春は人間の花で、羞恥も恐怖も花の香におのずと色どられているものだ。然し、その花はいつかは萎び、今夏川が眼前に認めたものは、花の時節が過ぎたという、ただそれだけのものではなかった。花の佳人が住み捨てたあとの廃屋に、移り住んだ別の住人がいるのである。この住人は夢も、あこがれも、甘さも知らず、ただ現実の汚さを知るだけだった。困却しきったその顔が語っているのである。私は汚いお婆さんさ。そのお婆さんが可愛い筈はないじゃないか。それを承知で口説こうというお前さんが怖しい、と。

　夏川は自分の四囲の環境やその習性が、どこか大事な心棒が外れているということを考えなければならなかった。みんながあまり自分の「花」にまかせすぎているのだ、と思った。娘は花の如く妖艶であり、その母は虫の如くにうごめいていた。けれども二つは別物ではなく、娘もやがて虫となる。花の姿の娘に、花の心がないからだ。だから、虫にも、花の心が有り得ない。自分の心とても同じことだと考えて、夏川はうんざりした。

　そのとき虫が困りきった顔をそむけて、もう十年若ければねえ……ふと呟いたものである。夏川が宿酔の頭に先ず歴々と思いだしたのがその呟きで、もう十年若ければねえ……アア、もう遅い。女はそうつけたして呟いたような気がする。それは夏川の幻覚であろうか。否、幻覚ではなかった。アア、もう遅い、然し、女はそう呟いたのではない。もう十年若ければ……ああ、齢だ……たしかにそう呟いたのであった。

　その呟きは虫のように生きていた。アア、齢だ……何という虫だろう、と夏川は思った。女自体が虫であるように、言葉自体が虫であった。そこには魂の遊びがなかった。その魂には一と刷毛の化粧もほどこされてはいなかった。だが、俺自身を見るがいい。俺も亦そうなのだろうと考えると、夏川は何よりもわが身が切なかった。

　三匹の虫のような生活にともかく夏川が堪えられたのは、ヒロシという虫が趣きが変っていたせいだろう。変態の男というものは、女の魅力にふりむくことがないものだ。ふりむくことが有るとすればただ嫉妬からで、自分は本来女であると牢固として思いこんでいるようである。彼は歌舞伎の女形と云わずに、女優と云った。ええ、あたくしは女優でした、と云うのである。彼は鬘や女の衣裳をつけたがりはしなかった。男姿のまま、女であると信じきっているようだった。その顔の本来の美しさはオコノミ焼の娘も遠く及びはしないであろう。何よりも潤いの深い翳があった。その顔は幼なかったが、愁いがあった。彼の胸にはともかく一つの魂が奇妙な姿で住んでいたと云うことができる。その魂はこの現世にはもはや実在しないものだ。歌舞伎の舞台の上にだけ実在している魂で、主のために忠をつくし、情のために義をつくし、あらゆる痛苦と汚辱を忍んで胸の純潔をまもりぬく焔のような魂であった。

　オコノミ焼の主婦は近頃はもう慎みがない。別して娘が現れると特別で、娘とヒロシ二人ならべて、淫売さんとか、闇の姫君とか冷やかしはじめる。蛇のような意地の悪い執念で、一度は必ずそれを言わぬと肚の虫がおさまらぬという様子である。石の上へねるのかえとか、ずいぶん毎日新聞紙がいることだろうねとか、ヒロシに向って、お前さんは何かえ膝にワラジでもはかせなきゃ石にスリむけやしないかなどと聞くに堪えないことを言う。娘は馬鹿にしたような笑いを浮べているだけだ。その簡単な方法で自分が勝っていることを自覚しているからである。情慾に燃え狂っている御本人は母自身なのだ。娘が夜毎にねるというその石にすら嫉妬しているではないか。

然し、ヒロシの応待には奇妙な風にトンチンカンな気品があった。彼も返事をしなかった。ただ背を向けて悄然と坐っている。きくに堪えないという風でもあり、恩ある人の恥さらしの狂態を悲しむもののようでもある。彼はかかる下品卑猥な言辞に対して、かりそめにも笑いの如きものによって報いることを知らないのである。彼はともかくこの現実から遊離した一つの品格の中に棲んでいた。彼は事実に於て淫売である。石の上に寝もしたろうし、膝小僧も時にはすりむいたであろう。然し、ヒロシがその胸にだきしめている品格の灯はその卑小なる現身と交錯せず、彼はたぶんその現身の卑しさを自覚してはいないのだ。彼は胸の灯をだきしめて、ともかく思いつめて生きている。そして彼は下品を憎み、卑猥なる言辞を悲しむが、その言辞を放つ人自体を憎むことも悲しむこともないようだった。彼はこの現実から遊離して、まさしく品格の灯の中に棲み、切に下品なるものを憎むが、あらゆる人を常に許しているのである。それは畸形な道化者の姿であったが、又、何人がその品格を笑い得ようか。

然し、夏川は、ねむれぬ夜や、起上る気力とてもない朝の寝床の中なぞで、うそ寒い笑いの中でヒロシの妙にトンチンカンな気品を思い描いてみたものだ。笑いを噛み殺さずにいられぬような気持にもなるが、又、奇妙に切ない気持になった。ともかく五十女の情慾と変態男の執念が唐紙の一つ向うで妙チキリンな伊達ひきの火花をちらしているおかげで、底なしの泥沼の一足手前でふみとどまっていられる。そういう自分は果して何者だろうかと考える。彼はよく子供の頃の自分を考えた。小学校の頃は組で誰よりも小心者で、隣の子供の悪事にも自分が叱られるようにいつもビクビクしていたものだ。恐らく誰からもその存在を気付かれぬような片隅の、又物蔭の子供であった。中学の頃から急にムクムクふとりだしてスポーツが巧くなったり、力持ちになったり、いつ頃からか人前へ出しゃばって生きることにも馴れたものだが、こうしてぎりぎりのところへくると、オドオドした物蔭の小学生が偽らぬ自分の姿だと思いだされてしまうのである。

彼は小さい時から、あくどいもの、どぎついものにはついて行けないたちであった。五十女の情慾や変態男の執念などは、まともにそれを見つめることもできないような気持なのだが、そして、論落の息苦しさ陰鬱さに締めつけられる思いであったが、又、不思議にだらしなく全身のとろけるような憩いを覚えるのはなぜだろう。

あるとき酔っ払った夏川が梯子酒という奴で娘のいる屋台のオデン屋へ現れたとき、娘が彼に言ったものだ。

「ねえ、オジサン。うちのお母さんと関係しちゃいやよ」

夏川は奇妙に沁々とその言葉を味わったものである。なべて世の母はその娘の処女と純潔を神の如くに祈り希うものであるが、老いたる母はその淫売の娘によって、貞操と純潔を祈り希われるものであろうか。淫売たる彼女が処女のころ、その母が彼女に就てその純潔を更に激しく祈りつづけたであろうことを、知るや如何に。因果はめぐる何とかと云う通り、そういうことは知っても知らなくても、どうでもいいことであるらしい。虫の如くに可憐である、というほかに、いったい何物があるのだろうか。

「お母さんに男があっちゃアいけないのかい」

「だって、おかしいわよ」

「何が？」

「ねえ、オジサン」

そのとき、娘の笑顔は冴え冴えと明るかった。

「闇屋なんか、よしなさいな。みっともないわよ。オジサンぐらいの年配の人は、そんなこと、するものじゃないわよ」

彼も亦、彼女の老いたる母の如くに憐まれているらしい。彼はこのときほど自らの年齢を鋭く突き向けられたことはない。娘はそれを自覚してはいないのだ。彼女には理知の思想はないのである。ただ十八という年齢の動物的な思想が語っているだけだ。大胆不敵な自信であった。ただ本能の自信である。十八という年齢が人生の女王であり、そして、それ故、彼女は無自覚な、最も傍若無人な女王であった。夏川は四十のこの年まで、アア齢だ……という嗟嘆（さたん）を自ら覚えたことはない。然し、この時ばかりは理窟ではない、年齢が年齢に打ちひしがれた強烈無慙な一撃に思わず世の無常、身辺に立つ秋風の冷めたさを悟ったものだ。そして十八の娼婦の妖艶な肢体を見直して、まさしくそこに、この世では年齢自体が女王で有り得る厳たる事実を認めざるを得なかった。夏川は今もなお自ら淪落の沼底に沈湎するが故に自らのいる場所を青春と信じていた。青春とは遊ぶことだと思っていたのだ。否、々、々。青春とは、かかるくぎりもないだだら遊びと本質的に意味が違う。樹々の花さく季節の如く、年齢の時期であり、安易なる理性の外に、冷厳な自然の意志があることを悟らざるを得なかった。

然し、青春の女王は彼に闇屋をよせと云う。オジサンぐらいの年配ではみっともないと云うのだが、傲然と、かかるぬきさしならぬアイクチを突きつけながら、一ときれの理知も持たなかった。

「だって、食えなきゃ、仕方がないじゃないか」

夏川がこう言うと、女は笑いだして、

「アア、そうか」

と言ったものだ。まことに軽率きわまる唯美家であったが、それだけに、夏川は失われた年齢のぎっしりとつまった重量を厭というほど意識せずにはいられなかったものである。青春再び来らず、という。青春とは、それ自らかくも盲目的に充実し、思惟自体が盲目的に妖艶なものだ。

そして、俺は、と、夏川は自分をふりかえらずにいられない。十八の娘は、闇の女でも、花があった。然し、夏川には、花がない。俺の住むところは、どこなのだろう。冬の枯野なのだろうか、沙漠であろうか。何よりも、俺自身は何者であろうか。何のために生きているのであろうか。

あるとき、夏川は臆面もなく娘を口説いたものだ。これから泊りに行こう、というわけだ。娘はクスリと笑って、

「よしてよ。もう、そんなこと、言うものじゃアないわ」

「だって、どうせ誰かと泊りに行くのだろう」

「でも、オジサンとは、だめよ。もう、そんなこと、言っちゃいやよ」

「なぜ、だめなんだ」

「なぜでも」

娘は笑っている。それも亦、まぶしいほど爽やかな笑いであった。

そのときも、然し、娘はやがてまじめな顔になって、こうきびしく附けたしたものだ。

「オジサン。お母さんと関係しちゃいやよ」

「だからさ。君と泊りに行こうというのじゃないか」

ところが夏川はその言葉を言い終らぬうちに棒を飲みこんだようになってしまった。娘の顔色が変ったからだ。今にも泣くのかと夏川は思った。然し、さすがに花柳地に育った娘で、

そうだらしなく涙を見せるようなことはしない。唇をかみしめて俯向いたが、昔風に言えば、肩が泣いていたとでも云うのであろう。春を売るわが身のあさましさを知る故に、その母のみだらな情慾を憎むのであろうか。それとも、聖なる母を祈ることは娘の本能なのであろうか。

かほど切なる娘の祈りにもかかわらず、夏川はとうとうその母と情交を結ぶようになってしまった。

封鎖直前、あぶく銭の余りがあったので、蒲鉾小屋のオデン屋をもたせてやった男があった。この男は戦争前から屋台のオデンが商売なのだが、田舎に疎開していたために立ちおくれて、闇市で魚屋の手伝いなどをやっていたのを、夏川が知り合って助けてやったのだ。夏川よりも三ツ四ツ年上の年恰好だが、これが今では夏川の親友で、この男が常々夏川にこう言っていたものである。

「ナアさん。いくら酔っ払っても、あの婆アさんにだけは手をだしちゃアいけないよ。あの年頃の女は先に男のできる当もないから気違いのように絡みついて離れられなくなるものだ。私がそれで苦い経験があるのだよ。たった一夜の出来心で取返しのつかないことになるからね」

夏川はその言葉も忘れてはいなかった。だが、堕ちかけた魂は所詮堕ちきるところまで行きつかざるを得なかったであろう。彼の魂はとっくの昔にそこまで堕ちていたのであるが、外形だけが宙ぶらりんにとまっていたというだけで、そうなることが自然であった。夏川は驚きも悔いもなかったものだ。ただ、行きついてみて、そのあるがままのあさましさを納得させられただけのことだ。ひからびて黒ずんだ枯木のような肉体と、そこに棲む、もはや夢というもののない亡者のような執念だけを見たものだ。

夏川はよく眠った。生活自体が睡眠のようなものだと彼はつくづく思ったが、要するにこの現実を夢と思えばいいではないかと彼は考えてしまったものだ。夢という奴は見たくないと思っても、厭な夢を見せられる。いくら見たいと思っても良い夢ばかりは見られない。その夢と同じことで、この現実も自分の意志ではどうにもならず、だから要するに、この現実も夢だと思ってしまうにかぎる。夏川はそう考えた。俺は知らない、俺は夢を見ているのだ、と。

夏川がおそく帰ってきて寝床へもぐりこむ。するとその寝床には枯れたような女がねて待ちかまえている。さもなければ、彼が眠ろうとするころ、手さぐるようにして隣室の女が這いこんでくるのである。夢には角がないから、彼は夢を憎みはしない。ただ、夢を見てうなされるより、なるべく夢を見ずに眠りこけたいと考える。事実彼はねむいのだ。いつでも眠い。そして彼は近頃では、部屋の中では、ただ眠ることしか考えなくなっていた。そして、眠るという喜びのために、目ざめているときの色々の煩(わずらわ)しさや薄汚さを気にもかけずにいられるような気持であった。

夏川は寝床の中の女にはまだ我慢ができた。第一、くらやみだ。何も見えないし、そして喋らずにもいられるからだ。苦しいのはヒロシと三人食事の時やお茶を飲んだりする時で、このときの婆アさんはハッキリ見えるばかりではない。情慾のみたされている自らをさもさも得意に、ヒロシをからかい、苦しめはじめる。今夜は休業？　と言ってみたり、たまには石の上にも寝なきゃ一人者は身体がもたないだろうにね、などと言ったりする。富める者が富める如くに、才ある者が才ある如くに、自らの立場をひけらかすに比べて、肉慾のみたされたる者がただその肉慾のみたされたる故に自らひけらかすということは、理知のよく正視に堪え得るものではない。しかもそのみたされたる肉慾の片われが汝自らであるときては、その寂寞（せきばく）、その虚しさ、消え得るならば消え失せて風となって走りたい。すべてはあるがまま夢である故、彼はつとめて女を憎み呪わぬようにしているのだが、ヒロシの切なさを我身の切なさの如くに考えることが多かった。

　夏川は眠るまのわずかばかりの物思いにも、同じ寝床に足腰のふれている女に就て思うよりも、ヒロシに就て思うことが多かった。ヒロシは今、何を考えているだろうか、と。ヒロシは悲しんでいるだろう。なぜヒロシは悲しむか。彼は人を憎むことがないからである。彼はただ、我人（われひと）ともに、その運命を悲しむ。彼の胸に燃えているその火の如くに高貴ならざるが故にである。ヒロシはよく眠りうるであろうか、と。

★

「ナアさん。いっそ、あたくしにまかせていただけませんか」

「まかせるって、何をさ」

「あたくし、心当りの家がありますのよ。いいえ、懇意な家ですから至って気のおけないところなのです。荷物はあとで、あたくしが運びますから」

「まア差し当って、そこまで考えることはないじゃないか」

「でも、ナアさん。差し当って、行くところが」

「だからさ。今夜は浮浪児だよ。ともかく一杯、のみたいね」

「ええ、ですから、御酒(ゴシュ)はあたくしの心当りの家で」

「いいよ、いいよ。酒ぐらいはどこででも飲めるのだから」

ヒロシは夏川の当面している母の上京のことに就ては問題にしていないのだ。ただキッカケをつかんだだけだ。彼の関心はオコノミ焼の主婦なので、夏川を主婦の知らない家へ移させ、自然に手を切らせようという算段だ。然し夏川もヒロシの身勝手な指金(さしがね)を怒る気持にもなれないので、オコノミ焼の主婦とていよく縁を切りうるなら、これも亦、いつによらず彼にとっては魅力ある事柄だからである。

母と子の関係はオモチャのようなたわいもないものである。老いては子に教わるとイロハガルタの文句の通り、子が自立すると母は子供の子のような動物になりたがる。然し不肖の子供にとって母がいつまでも母であるのが夏川には切ない。世の常の道にそむいた生活をしていると、いつまでたっても心の母が死なないもので、それはもう実の母とは姿が違っているのであるが、苦しみにつけ、悲しみにつけ、なべて思いが自分に帰るその底に母の姿がいるのである。切なさ、という母がいる。苦しみ、というふるさとがある。

夏川の母はもう七十をすぎた年だが、田舎の武士の堅苦しい躾の中で育った人で、中学時代の夏川は漢文の復習予習を母についてやらされたものだ。食事に膝をくずしてもたしなめられる厳格な母であったが、それほどの母であっても、母という動物であることを免れない。不肖の子は特に可愛いという通り、迷惑をかけるたびにいつも負けるのは母親で、それがわが子の宿命ならば、善悪は措き、同じ宿命を共にしたいと考える。

子供の頃は怖しい母であったし、今も尚、怖れの外には母を思いだすことのない夏川であったが、それは彼の心に棲む母のことだ。現実の母は、叱る声も、怒る眼も在る代りには、だますこともでき、言いくるめることもできる。ひどく云えば、悪事の加担をすすめることもできるほど、子のために愚直な動物的な女であった。

何事によらず、概ね人の怖れることは、ある極めて動物的な一瞬時なのである。死の如きものでも、そうである。そして夏川が母の上京に就て怖れることも、実は単に一瞬時で、怒る眼も、叱る声も、長く続いて変らぬという性質のものではない。だますことも、言いくるめることもでき、会わない前よりも却って事態を好転させる見込みすら有り得るのである。

心の中に住む母はそうはいかない。苦しみにつけ、悲しみにつけ、自らが己れを責める切なさの底で見る母は、だますことも、ごまかすこともできない母だ。母はそれだけでいいではないか。夜汽車に喘いで辿りついた白髪頭の腰の曲った老婆の姿をなんで見なければならないのか。その一徹な怒る心や叱る声をなんできかねばならぬのか。それを手もなく、だまして、言いくるめて、砂をかむような不快な思いをなぜしなければならぬのか。

だが、生来小心者の夏川は、別して母に就ては小心だった。母に会うその一瞬時が何よりも辛いように思われる。四十の彼の心の中に今なおなまなましくうずく苦痛は七ツの彼とすこしも違わぬ。胸にあふれでる想念は子供の頃母に叱られたその怖しさばかり、七ツの恐怖をどうすることもできないのである。

「ヒロさん。君はおふくろが生きているのかい」

「いいえ。あたくしは木の股から生れましたのです」

ヒロシは冷然と言った。

その晩、夏川は例の親友の蒲鉾小屋のオデン屋を叩いて徹底的に飲んだものだ。尤も彼が徹底的に飲むのはこの日には限らないので、母の幻を洗い流すに特別多量のアルコールが入用だというわけではない。親友のオデン屋がつまりこの日は同情ストライキという奴で、一緒に飲みはじめて夏川以上にメートルをあげてしまったから、おさまりがつかなくなっただけのことだ。

このオデン屋は生国では草相撲の大関で、今もって多少ドン・キホーテの気性があるほどだから、血気の頃は特別だ。天下の横綱になろうという大志をかためて、村の有志から餞別(せんべつ)を貰い、両国をさして乗りこんだものだ。首尾よく入門は許されたが、本職の怪力は論外で、頭もろとも突きかかると岩にぶつかる如くはね返され、関取が片腕ふったばかりで腰にしがみついている彼の身体がコマの如くに宙にクルクルと廻ってフッ飛ばされてしまう。右手をふれば左へ、左手をふれば右へ、縦横無尽にはね飛ばされたり、土の中へめりこまされたり、たった一日の稽古でつくづく天下の広大無辺なることを悟ったものだ。居ること正味二日となにがしの時間で、機を見はからい、荷物をひっかずいて逃げだした。ともかく荷物をひっかずいて走るぐらいの人並こえた力ぐらいは有るのである。今もって二十四五貫の肥大漢で、酒を飲みだすときりがない。酔態穏良であるけれども、近頃の安細工では椅子をつぶしてしまうので、アラ、来たの、ちょっと待ってよ、今、空樽をそこへ出すから、などと、あまり歓迎されないのである。

「ナアさん。御酒が過ぎやしませんか」

とヒロシが言ったが、もう駄目だ。威勢よく繰りだそうというので、後始末をオカミサンにまかせて、これより一軒ずつ、軒並みに蒲鉾小屋の巡礼が始まる。思念どころか呂律(ろれつ)すら

も姐さん連れで、ヒロシも観念して、ただ影の形に添う如く悄々(しょうしょう)とついてくる。姐さん連がまさかに内実は御婦人と知る由もなく色目を使うと、益々武士の娘の如くに凛々と悲しみを深めている。女は御酒はいただきませぬ、と自ら言う通り、ヒロシは一滴も飲まない。うけた杯はなめるだけで、盃洗(はいせん)へあけて返すのである。

どこで、どうして関取に別れたか、夏川はもう記憶になかった。たぶん上野をめざして歩いていたのであろう。彼は浮浪児だ、浮浪児だと叫んで歩いていた。うしろに右にからまるようにヒロシが歩いていた。アア、ちょっと、浮浪児さん、とよびとめて四五人の男がとりまいていた。

「ああ、そうか、街のにいさんか」

「ヘッヘ。おてまはとらせません。ちょっと焼跡の方へ来ていただきましょう」

「ああ、いいとも。なんでもやらあ」

ひどく気前がいい。彼もヒロシも元々持合せがないのである。そこでヨタ者どもは二人の着衣をぬがせた。

「ああ、いいとも。どうせこれからは長い夏がくらあ。こんなものは邪魔っけだ。綺麗サッパリ持って行ってくれ。アア、いい気持だ。ナニ、もうないよ、あとは身体ばかりだ。エ、靴か、うむ、なるほど」

古典芸術の舞台で仕上げた女の魂もヨタ者に対しては論外で、色を失い、唇から全身へかけてブルブルふるえながら着物をぬいでいる。

二人の身体だけが無事残された。

然しアルコールの蒸気に魂の中味までむしただれている夏川は、裸の方が涼しくてよかった。彼はヨタ者と握手をして、手をふって別れると、忽(たちま)ち快い睡気を催して、物蔭を幸い、その場へグタグタ、ヒロシの切なる懇願もあらばこそ、前後不覚にねむってしまった。

ふと目が覚めると、彼の全身は臓腑まで冷え、重く節々の軋(きし)むような疼痛(とうつう)が全身にしがみついているのである。ただ喉だけが焼けただれて自然に口をアングリあけてフイゴのような風を吹いたり入れたりしている。驚いて見廻すと、やわらかく、あたたかいものが手にふれた。ヒロシであった。

ヒロシは彼の背にピッタリと坐っていた。端然と、まさしく端然と坐しているのであろうけれども、端然などと人が云うのは着物あってのことで、フンドシ一つの端然という姿はない。然るべき着物を然るべく着こなして、日頃くずれというものを露ほども見せたことのない身だしなみの格別の色若衆であった。その姿の麗しくみずみずしいのは、女のようななで肩で、細々と痩せ身のせいであったろうが、フンドシ一つではとんと河鹿(かじか)が思案にくれているようで、亡者が墓から出てきたばかりのように土の上にションボリ坐っている。

夏川は目がさめて、慌てて身体を起すと、先ず、つづけさまに、七ツ八ツ嚔(くしゃみ)をしたものだ。するとちそれに応ずる響の如くにヒロシが嚔を始めたが、七ツ八ツどころか、十五、十六となり、二十、二十一となっても、まだ口をあけてハアハアしている。あげくに五寸もある洟水がぶらりぶらりと垂れてきたのを、手でつららをもぐように握りしめたが、ここまできては古典芸術の修練も如何とも施す術がないようだ。

「ヒロさん。風をひいたようじゃないか」

「ええ、ナアさん」

ヒロシは蚊の鳴くような声をふりしぼって答えた。

「いかがですか。お身体にさわりやしませんでしたか」

「私もいくらか風をひいたかも知れない。それにしても、私たちは、どうしてハダカなんだろう?」

「あら、ナアさん。あまりですわよ。御存知ないのですか」

「いや、なるほど。ああそうそう。なるほどね、思いだしたよ」

さすがに夏川も腕を組んで(なに寒くて、腕を組まずにいられないのだ)千丈の嘆息をもらしたものだ。昔から裸で道中はできないという。いくら焼跡の浮浪児でも、シャツぐらいは着ているだろう。どうしても家へ帰らねばならなくなってしまったのである。母の待つ家へ。

ところで、そのときにヒロシがこう言ったものだ。

「ナアさん。お恨みは致しません。運命ですわねえ。あたくし、こうして、おそばに坐っているだけで、しあわせですのよ」

こうして夏川は母の待つ家へ裸で帰って行った。まことに星のめぐり合せというものは仕方がない。作者がいかほど深刻な悲劇をのぞんだところで、事実の方が、こうしてトンチンカンにめぐって行くのだから仕方がない。

あいにくのことに、母はまだ寝もやらず起きていたものだ。障子にその影が見えるのである。すると夏川はむらむらと心が変った。心が変ったといったところで、別段大それた心になったわけでもない。ヒロシが彼のうしろから階段を上ってきたが、急にふりむいてヒロシの手をつかんだものだ。彼は一人では這入(はい)って行けなくなったのだ。ヒロシは腕をつかまれて、ビックリしたが、彼の魂胆が分ると顔の色を失った。歌舞伎の舞台で古典的な女の魂を身につけたヒロシは、知らない人の前へ、いや、知るも知らないもあるものか、人前へ裸の身体をさらすなどとは、できるものではない。早くも気配に危険を察して身を引こうとするのを、それを見ると、夏川は逆上的にむらむらと残酷な意慾がうごいてきた。

逃がしてなるものかと、とっさに夏川はムンズと組みついたが、ヒロシの痩せて細いこと、たわいもなく腕の中へ吸いこまれて、あんまり思いつめて組みついたものだから、あまりのアッケなさとあまりの軽さに拍子抜けがしてハッとしたものだ。そのときヒロシがキャアーッという悲鳴をあげた。キャアーッという悲鳴などと物の本には心やすく書いてあるが、こんな悲鳴を実際に耳にするということは一生のうちに幾度もある筈はないので、平和な人々の多くはこんな悲鳴を生涯知らずに終るのが自然であろう。夏川も四十の年までこんな悲鳴をきいたことはなかったのである。

「ヒ、ヒ、ヒ、ヒ」

とヒロシは変な声をもらしたが、人殺しと叫ぼうとして叫ぶことができなかったのか、それとも単なる悲嘆の夢うつつの嘆声であったのか、よく分らない。

そのとき障子がガラリとあいて、母なる人が顔をだした。田舎から汽車にゆられてきた旅行用のモンペ姿で、白髪の姿をあらわしたのである。

夏川ははだかのヒロシを軽々と担ぐように抱きあげて、母の姿に面した。彼の顔は泣き顔だか、笑い顔だか、多分誰にも見当のつかないだろう表情がこわばりついていたのである。然し彼は威勢よく、

「ヤア、いらっしゃい」

と言った。

するとそれを合図のように、再びヒロシがキャアーッというはりさける悲鳴をあげたものだ。そして、両足を勢(せい)いっぱいバタバタふった。運わるくその片足の膝小僧が夏川の睾丸をしたたか蹴りつけたから、たまらない。夏川はヒロシを担いだままフラフラと坐る姿にくずれて、劇痛のため平伏してしまったのである。痛さも痛いが、これはちょうど都合のよろしい姿勢であると、ついでに心の中で久闊をのべた。こうして、彼はともかく重なる親不孝を自然に詫びることができたのである。

出家物語

幸吉の叔母さんに煙草雑貨屋を営んでいる婆さんがあって、御近所に三十五の品の良い未亡人がいるから、見合いをしてみなさい、と言う。インテリで美人で、三十ぐらいにしか見えない。会社の事務員をして二人の子供を女手で育てているが、浮いた噂もない。幸吉にはモッタイない人だけれども、あるとき叔母さんに、事務員じゃ暮しが苦しいから、オデン屋の小さい店がもちたい、と言った。それで、ふと気がついて、

「私の甥がオデン屋をしているから、そこで働いてみちゃ、どうですか。マーケットの小屋を借りるたって二万三万はかかりますし、素人がいきなりやれるものでもありませんよ。私の甥といったって、もう五十ですけど、戦災で女房子供をなくしちゃって、どうですか、奥さん、いっそ、一緒になッちゃァ。こう云っちゃ、なんですけど、この節は氏も素性もありゃしませんわよ。学問があったって、お金がもうかるわけじゃなし、あの野郎なんざ、二十年から屋台のオデン車をひっぱって歩きやがって、いくらのカセギもないくせに大酒はのみやがる、酔っ払って、のたくり廻りやがる。カミサンと餓鬼どもはヒドイ目にあったものですよ。それがあなた、戦争からこっち、菜ッパの切れッパシに猫のモツなんか入れて並べておきゃ幾つお鍋の山をつんでも売り切れちゃうんだから、アレヨアレヨというもんですよ。犬でもドブ鼠でもモグラモチでも、肉気のものなら、みんなキザンでコマ切れにすりゃ百円札に化けちゃうでしょう、カミサンなんざ鼠の皮をむくだけでテンテコ舞をしているうちに焼かれて死んじゃってネ。面白い目一つしないでバカを見たものですわヨ。涙もかわかないう

ちに、焼ければ、売れる、負ければ売れる、物価が上がりゃ尚うれる、夢みたいのもんよ。野郎ボンヤリしやがって、ただもうむやみにボリゃ、もうかるんだからね、霞ヶ浦のワカサギだって、こんなに釣れやしないわヨ。カミサン子供の焼死なんざ、ボロもうけの夢心持のマンナカにはさまったサンドイッチみたいなものさ。あの野郎、百万と握りやがったんですよ。この節は、年増の芸者、若い妓、芸者の二三人も妾にもちやがって、二十万の新築して、それであなたお金の減り目が分らないてんだから、奥さん、この節、お嫁に行くなら、こういうところへ行きなさい。お客にはモグラモチを食わせたって、自分じゃア雞かロースかなんかでなきゃ食いやしませんからネ。あの野郎と結婚するわけじゃない、雞やロースや蒲焼や天ぷらと、結婚すると思や、この節はもう、これに限るのよ。野郎なんざ、どうだって、栄養失調にならなきゃ、いいのヨ。ネエ、そうだわヨ、奥さん」

こう言われてキヨ子も、じゃア見合いしましょう、ということになった。

幸吉は立派な新築したけれども、うちで営業するわけじゃなく、今もって昔ながらの屋台をだしている。結局これが、婆さん流にアレヨアレヨともうかる。尤も幸吉は足まめだから、自転車で浦安あたりを往復して、同業者へヤミの魚をうる、オメカケ連を活躍させて待合へうりこむ、酒、タバコ、衣類でも何でも扱う。小さい時からデッチにでたり、色々の商売に失敗したのがモトデになって、ともかく呉服物でも時計や材木や紙のことでも心得があった。芝居の道具方に四年働いていたことなども大変役に立っている。

その日は商売を休んで、例の雞やロースや蒲焼や天ぷらを豊富に用意し、そっちの方が聟さんだとは知る由もなく、待っていると、婆さんがキヨ子をつれてきて、お酒がまわりかけたところで、じゃア、ごゆっくりと帰ってしまった。

なるほど叔母さんの言う通りの十人並を越えた美人で、第一、事務員をしているから、断髪洋装、姿もスラリとしていて、この年まで断髪洋装などにつきあったことがないから、外人を見るとみんな同じに見えるように、みんな女優に見えるのである。こっちは全然学がないのだから、

「エッヘッヘ」

幸吉はオデコをたたいて、

「よろしく、お願いしやす。あたしゃ、御覧の通りの者なんで、清元と義太夫をちょいとやっただけの無学文盲、当世風にゃカラつきあいの無い方なんで、先日も若い妓が、エッヘッヘ、ダンスをやりましょうなんて、御時世だからオジサンも覚えといて損はないわヨ、なんてネ、五六ぺんお座敷をぶらぶらと、然し、こうふとっちゃ、ビヤ樽みてえなものだから、ムリでさア。失礼ですが、ダンスなども、おやりでしょうな」

「ええ、会社のオヒル休みにダンスのお稽古、みなさん、やるんですの。そのうちパーテーやるそうですけど、私あんまり趣味がないからヘタですわ」

「私の女房子供は戦災で焼け死んじゃったんですが、御主人は戦死なさったそうで」

「ええ、とてもいい主人で可愛がってくれましたけど、全然ムッツリ黙り屋さんで、可愛がることとしか知らない人なんですもの。毎日、満足で、たのしかったわ。あなたは年増の芸者や若い芸者や、たくさんオメカケがおありなんでしょう。たのしいわね。男の方は、うらやましいわ。うちの主人もよく遊んだ人ですけど、私も、時々、主人に遊びに行ってきて貰ったんですの」

「へえ、それは又、御奇特なことで。なぜでしょうかな」

女はウフフと笑って答えない。幸吉は身の内が熱くなり、一膝のりだして、どうですか、泊って行きませんか、と言うと、ええ、でも、泊るわけに行かないわ、うちに子供も待ってるし、見合いにきただけなんですもの、体裁が悪いでしょう、と言う。

幸吉も安心して、じゃア、まア、ひとねむり、つもる話だけ致しましょう、ということになって、めでたく契りをむすんだ。

「じゃア、もう、おそくなるから」

と云って、キヨ子が惜しげもなく立上って衣服をまといかけるのを、まだ宵のくちですよ、もう、ちょッと、と云って、幸吉は生れてこの方、こんな不思議な思いをしたことがない。死んだオカミサンも年増芸者も若い芸者も、昔遊んだ娼妓もオサンドンも、みんな一とからげに同じ女と見ることもできるけれども、キヨ子には全然風の変ったところがある。明るい電燈の下で、平気で裸体を見せて一枚一枚ゆっくり寸の足りないシャツみたいなものをつけるなどとは、たしなみのないことだけれども、そうかと思うと、遊びに就ては、娘のようにウブで激情的であった。芸者のようにスレているくせにタシナミだけ発達しているのに比べると、こっちの方がどんなにカザリ気がなくて、情が深いか知れない。そのうえ芸者の裸体などはカジカのように痩せていたり、反対にふとっていたり、着物の裾に隠れているからいいようなものの湯殿へ裾をまくって背中を流しにはいってくるのを見ただけでも興ざめるほどの大根足であったりするのに、キヨ子の裸体は飾り窓の中の人形のように手脚がスクスクのびていて、白く、なめらかであった。顔を見ると、三十五の年齢が分るけれども、白いなめらかなスクスクとのびたからだには年齢がない。幸吉は見あきなかった。

いつまでも引きとめるわけに行かないので、幸吉も仕方なしに衣服をつけて、

「じゃア、なるべく早く式をあげよう。河岸の魚の値段がハネ上るほど盛大な催しをやろうじゃないか」

キヨ子は返事をせず、靴下をはいていたが、

「今夜のこと、オバさんに話しちゃ、いやよ」

「いいじゃないか。どうせ一緒になるんだから」

「見合いの日にそんなこと、おかしいから、言っちゃ、いや。そんな人、きらいだわ」

「そうか、わるかった。それじゃア、誰にも言いやしないよ」

女を送って歩きながら、

「あすからでも、いいや。式はあと廻しにして、すぐ来てくれてもいいんだから。なんなら、二三日うちにだって、お祭みてえな式をあげるぐらい、わけのないことだから」

「結婚なんか、どうだって、いいじゃないの。このまま、こうして、時々あうだけで、いいじゃなくって」

キヨ子の声は涼しいものだ。幸吉は耳を疑って、

「だって、お前、結婚した方が、お前のためにも、いいじゃないか。子供を二人かかえて、事務員なんて、つらかろう。私のところじゃ、買いだしから、オデンの煮こみ、みんな私がやるんだから。私ゃ、ふとってビヤダルみたいだが、毎日自転車で十里ぐらい駈け廻って買ったものを売りさばいて、屋台の支度もして、仕事がすんで一パイのんで、梯子酒して、虎になって、それで、お前、手筈一つ狂わねえや。狂うのは虎の方ばっかり、然し、お前、どんなに大虎になったところで、翌日の仕事が、それで、これっぱかしも間に合わなかったということがないぜ。その代り、目がさめる、フツカヨイの痺れ頭にキューとひとつ注射しといて、ネジリハチマキで自転車をふむ、勢いあまってひっくらかえって向うズネすりむいたって二分と休みやしねえ。慾と仲よく道づれで働くから、この節は、それで疲れたということもねえや」

キヨ子はうつむいて、しばらく黙って歩いていたが、

「だってネ、夫が戦死して結婚するなんて、なんだか助平たらしくて、いやだわ。私、夫が

出征してから、今まで。ねえ、だから、もう、ちょッと、ゆっくり、待とうよ。そんなに、いそいで、結婚なんて、言わなくっともいいじゃないかと思うわ」

「そうかなア。それじゃア、なにかい、オメカケの方がいいというのかい」

「いいえ、うちに子供もいるし、間借りだから、うちへ来て貰っちゃ、こまるわ。会社の名刺あげといたでしょう。四時ぐらいまでいるから、電話をかけてね。でも、一週間ぐらいのうちに、私の方から、お邪魔に上るわ。それまで、待ってちょうだい。分ったでしょう」

「なるほど、そうかい。それじゃあ、気永に待つことにしよう。一週間ぐらいのうちに、待ってるぜ。四時から五時半まではウチにいるし、そのあとだったら、屋台にいるから、屋台の場所は分ったね」

「ええ、じゃア、またネ。四五日うち、二三日のうちに、お伺いするかも知れないわ」

と云って別れた。

二三日うち、四五日うち、待つ身のつらさ。お客用の猫モツの代りにマグロの刺身だの肉鍋などを用意して、屋台にいても、女の通る姿を見かけるたびにドキリときて、気が気じゃない。五十オヤジのホテイ腹に粋筋が秘めてあるとは知る由もないお客が、握ると落付かなくなるもんじゃねえか、などと薄気味悪くニヤリとするが、オヤジは当節お客が物騒なピストルぐらい勘定代りに払いかねないということなどは頓着しないノボセ方であった。

とうとう七日目。入念に入浴して、朝は卵を五ツも飲み、昼には蒲焼、鳥モツ、夕食には柳川、スキ焼、用意をととのえ、当日は休業、屋台の方は用意なしという打込み方であったが、日が暮れても訪れがない。さては子供を寝せつけてから、などと十時十二時まで待ったが、そのころはもうヤケ酒の大虎となって、エイ、畜生め、二号のもとへシケ込みということになる。

八日、九日、十日になった。

あのとき五千か一万ぐらい軽く持たせてやればよかった。断髪洋装インテリ淑女とくると、つきあい方が分らないから、姫君みたいに尊敬したのが失敗のもとで、すぐ結婚というわけじゃない、いわばまア二号なみと先方がその気なのだから、そこに気がつかなかったのは大失敗であった。

幸吉は叔母さんを訪ねてみると、

「何言ってやんだい。二十三十の小僧じゃあるまいし、ハゲ頭のビヤ樽め。オクゲ様が乞食するというこの節に芸者遊びだなんて、きいた風なことをしやがって、惚れたハレタが、きいて呆れらア。オツケで顔でも洗って、出直してきやがれ」

というのに鼻薬を握らせると、

「じゃア、まア、ちょッと、行ってみてくるから」

と出て行ったが、しばらくして、戻ってくると、先ず目顔で、それから、

「あの人、外へ来てるよ」

幸吉は、とんで降りた。顔を見ると、ウラミを述べるどころか、ただもう、グニャグニャして、御無沙汰致しました、などと相好くずしている。

キヨ子は、会社が忙しくって、残業つづきで、とか、何とか言い訳でもするかと思うと、そんなことは一言も言わない。キヨ子の最初の言葉はこうだった。

「私のことなんか、もう忘れてらっしゃると思ってたわ。あなたはずいぶん道楽なさったのでしょう。私なんか、つまらない女ですもの」

「とんでもない。忘れるどころの段じゃないね。私はもうこの一週間ほど落付きのない思いをしたのは、五十年、はじめてのことさ。それでもビヤ樽にへり目の見えないところをみると、よくよく因果にふとったものだな」

幸吉はふところから用意の札束をとりだして、

「こんなこと、恥をかかせるみたいなものだが、事務員して二人の子供を育てちゃア、大変なことさね。気を悪くしないで、納めてもらいたい」

「そんな心配いらないわ」

キヨ子は極めて無頓着に幸吉の手に札束を返した。

「私の気持だけだから、私にも恥をかかせないで、納めて下さいよ」

「私、男の人からお金もらったりすること、きらいよ。働いてると、時々、そんなことする人あるけど」

「だって、お前、私の場合は、もう他人じゃないんだから」

「だって、淫売みたいだから、いやだわ。お金に買われたみたい、いやだもの。私、ノンビリしていたいのよ。だから、もう、結婚なんて、考えたくないの」

「だって、見合いをしようという気持を起したじゃアないか」

「あれは気持の間違いですもの。それに公報はきたけれど、公報のあとに本人が復員することも屢々あるそうですもの。だから、夫を待ってるわ」

「それは済まなかったなア。それでも公報はきたことだから、一度、こうなっても、まんざら御主人に顔向けがならねえというワケでもないぜ。だから私も結婚は、あきらめるから、まア、然し、これは、納めて下さいよ。結婚は別として、時々は遊んでくれても、いいじゃないか。金で買うわけじゃアないんだぜ。当節はレッキとした官員さんでも暮し向きが楽じゃないそうだから、ましてお前、女手一つじゃ大変だアな。私の気持だけなんだから」

無理に女の帯の間へはさんでやると、キヨ子も無頓着にそれなりであるから、

「今晩はともかく一時間でいいから、うちへ遊びにきておくれ」

「一時間だけね。でも、もう、あんなことしないでね。死んだ主人のこと考えると、可哀そうだから。とても可愛がってくれたんですもの」

「ああ、いいとも」

ともかく一安心。自宅の茶の間の灯の下でまぎれもなくキヨ子の姿を見ることができると、

安堵の心は限りもない。御馳走を食べさせ自分は酒を呷って、ムリムタイに談じこむようにして、再び先日の不思議な思いを確認することができた。まさしく夢ではない。とりのぼせた一時の心の迷いではなく、まさしく目のあたり不思議な思い、ただ一つ分らないのは女の心だ。

あんなに堅いことを言うくせに、その身悶えや、夢中のうちに激しくもとめる情の深さは、どういうことだろう。全裸の全身を男に見られることなど一向に羞恥を見せず、される通りに平然としているのであった。

キヨ子が商売女で有る筈はないが、最も下等な淫売と同じぐらい羞恥の欠けたところがある。断髪洋装ともなると、みんなコレ式のものかと、幸吉はその不思議にも、ただ驚くばかりであった。

「こんど、いつ会ってくれるね」

「私は水曜日だけがヒマなのよ。あとの日は、洋裁の学校へ通ったり、残業の日だから。オバサンに知られるのイヤだから、会社へ電話ちょうだい。オバサンに羞しいから、今夜のことも言っちゃイヤよ」

「言うまでもねえやな。それじゃア、待つ身はつらいから、約束の日をきめるのはやめにして、私は電話をかけるよ。一週間に一度ぐらいはいいだろう」

「うん、でもネ、やっぱり主人に悪いと思うから、あんなこと、もう、したくないのよ」

「マアサ、拝むから、旦那の帰還まで、つきあっておくれ」

「ええ、その代り、誰にも言っちゃ、いけなくってよ」

と別れた。

然し、それからの水曜日に電話をかけると、今日は忙しいから、という。次の水曜には出張でいないという。

すると速達がきて、水曜ごとに同じ男の人から電話がくるのは会社の人たちに邪推されて困るから、私の方から遊びに行くまで待っていてくれ、と書いてあった。

それから一ケ月ほどして、戦死の主人を考えると悲しくなるから、主人の生死にかかわらず、もう自分のことは忘れてくれ、一生、独身で子供の養育につくすから、という手紙がきた。

★

それから一月ほど待ったがキヨ子はこない。

幸吉も次第に冷静となって、又、仕事に精がでるようになった。

幸吉は戦争このかた世の中が逆になったと思っていた。屋台のオデンは二十年来の商売であるが、昔は細々と食うのが精一杯で、少し景気よく飲むと、売る酒がなくなり、売る酒を買う算段もつかなくなった。

戦争になったら、さぞ困るだろうと思っていたのに、焼け野原がひろがるほど、もうかる。物価が上るほど、もうかる。終戦直後の半年ぐらいは超特別で、犬モツ猫モツ鼠でも肉気のものに菜ッパをまぜてカキまわして煮た奴を山とつんでおくと幾山つんでも売りきれる、長蛇の行列、財布などというものは半日の売上げを入れるにも役に立たず、お札というものは石油カンに投げこむ以外に手がないのである。

だから戦争、時代という奴は幸吉にはワケがわからず、まるでもう夢を見ている心持で、毎日山とつもって行く札束をアレヨと思うばかり、だからキヨ子を知った当座も、戦争と時代、ワケの分らぬ夢のつづきのような気持で、なんとなく、そんな時代なんだな、という思いをぬけきることができなかった。

けれども飲食店休業令だのと風当りが強くなり、キヨ子にはふられる、人間なみに多少キモをつぶすような出来事も現れるうちには、幸吉も時代などという正体のわからぬ魔物をはなれて、自分一個の立場というものを自覚してきた。

あのアマは、ひでえ奴だ、と彼は思った。なんとか腹の虫のおさまることをしないと気持がすまない。ブン殴るというようなことじゃない。幸吉は生れてこのかた、女の子も男の子も殴ったことがなかった。

なんとかして、正体をあばいてやりたい。時代だの未亡人だの断髪洋装だのという幸吉には苦手のモヤモヤをつきぬけて、あのアマのからだの中の魂という奴をあばいてやる。要するに、もうダマされないぞ、このアマめ、ということなのである。

然し、もう一つ底をわると、畜生め、然しあのアマは、よかったな、ということになる。そして、なんとなく身のひきしまる情慾にかられるから、畜生め、覚えていやがれ、今度はこっちがダマしてやるから。今に、面の皮をむいてやるから、などと、あれこれと考える。考えたって、幸吉の頭で、どうなるものでもなく、そのうち、もう会わなくなって百三十日もすぎた一日のこと、幸吉は昼酒に酔っ払うと、水曜であるのに気がついて、よかろう、ひとつアマをからかってやろう、と思いついて、直接会社へのりこんだ。

なかなか大きな会社であるが、受付できくと、その人は三階の何課という部屋だから、そこへ行きなさい、という。鉄筋コンクリーという奴は下駄バキで歩いていいのやら、会社の廊下というものを勝手にノソノソ歩いていいのやら、てんでツキアイがないからワケが分らない始末で、ようやく三階の何課という奴をつきとめて、恐る恐るドアをあけてみると、すぐ目につくところに女の子が五六人並んでいて、その中にキヨ子がいる。

「ヘエ、モシモシ」

と云って、キヨ子の姓をよぶと、顔をあげて彼を認めて、スックと立って廊下へでてきたが、

「ちょッと、待ってね。私、ちょうど、あなたのところへ遊びに行こうと考えていたところ

よ。先週も、一度行きかけたけど、雨が降ってきたでしょう。だから途中で戻ったわ。十分ぐらいで仕事がすむから、すぐ来るわ」

と引っこんだ。

よっぽどノンキな会社と見え、まだ三時半ごろだが、男も女もゾロゾロと方々のドアから現れて帰って行くのがある。

まもなくキヨ子はイソイソとでてきて、

「私、今日、オヒルをたべなかったから、オナカがへったのよ」

「うちで御馳走こしらえてやるぜ」

今日に限って珍客招待の用意はしてなかったが、商売柄、品物はそろっているから、忽ち支度はできあがる。

「会社にゴタゴタがあって、ちかごろみんな仕事に手がつかないのよ。私の部の部長と課長も大阪支店と札幌支店へ左センされるでしょう。私、もう、会社やめるかも知れないわ」

「やめたら、食うに困るだろう」

「あら」

キヨ子はすり寄ってきて、幸吉の肩に断髪をもたせかけて、

「独身生活もノンビリと面白いでしょう。二号だの三号のところへ時々通うなんて、いいわねえ。二号さんと三号さんと、どっちが可愛いいの」

「同じようなものさ」

「でもよ、少しは違うでしょう。若い方？　年増の方？　私も若くなりたいわ。二十七八になりたいわね。そのころは、私たち幸福だったのよ。主人がとてもいい人だから。私、今日は、ねむいわ。すこし、ねむって、いいでしょう。おフトンは、ここね」

とキヨ子はおフトンをひっぱりだす。まるでもう女房のように馴れ馴れしい。

幸吉は腹の中ではフンという顔をしていた。あさましいほど、たしなみがない。幸吉をなめきっている。幸吉は無学だが、男女の交りにも情趣がなければと思っているが、この女は、あんなことイヤだとか、主人に悪いとかと、そればかり言いながら、男と女の関係に就ては、アンナことと以外の一つの話題も持ち合せず、それ以外に関心がないのである。

「お前はなにかえ、死んだ亭主と幸福だったてえけど、どんな風に幸福だったんだ」

「毎日、幸福だったわ」

「毎日、なんだな、あんなこと、やってたというのだろう」

「そら、そうよ。毎日毎日よ」

幸吉は腹の中でゲタゲタ笑った。これで正体がわかったというものだ。彼はもうあんまり徹底的に女を軽蔑しきっているので、自分でも面喰ったほどであるが、同時に荒々しい情慾がわき起って、情念の英雄豪傑というような雄大な気持になった。

そこで彼は征服にとりかかる。侵略でもある。キヨ子の前夫を退治るという意気込みであった。

自らも驚くほどの逞しい情欲であったが、キヨ子の情欲はさらに執拗であった。幸吉の胸の下につぶれたような断髪があって、ささやきもとめ、うながしても、幸吉はもう徒らに蒸気のような息をふいて汗みどろに、うごめくばかり、全然だらしのないビヤダルであった。

「主人は病身だったのよ。だから、よく会社を休んだわ。けれども、あの方のエネルギーは別なのよ。病気で会社を休んでも、昼一日私をはなしたことがないのよ」

幸吉は疲れきってかすんだ耳にキヨ子の声をきいた。

「主人はいろんな風に可愛がってくれたわ。あなたなんかと比較にならないうまさだったわ。あなたはダメね。それに、へたね。主人が生きて帰ってくれるといいけれど」

幸吉は腹を立てる元気もなかった。惨敗である。こんなミジメに打ちひしがれたことはなかった。

女は彼にアイソづかしを言ってるのだから、もう二度と来ることはないだろう。まったく、こんな決定的なアイソづかしがあるものじゃない。ひどいアマだ。

当節は女がこんな風になっているのかなと考える。パンパンはみんな素人の娘や人妻だというではないか。ひどい世の中になったものだ。

然し、ふと、死んだ女房のことを考える。死んだ女房は汚なかった。女のような感じではなく、働く家の虫のようであった。そして一日働いていた。洗濯したり、米を炊いたり、菜ッパを切ったり、つくろい物をしたり。然し、その働く虫も、夫婦、男と女のつながりということになると、やっぱりアレ以外に何もなかったではないか。話題もなかった。情趣もなかった。どだい、女のようでなかった。

してみると、こっちの方は女なんだな、と幸吉は考えた。

どこの女房だって、女房と亭主は、みんな、こんなものじゃないか。活版屋の吉でも、スシ屋の寅でも、トビのドン八のところでも、奴ら、遊びに行くと、いつも女房とそんな話ばかりしていやがる。してみりゃ、当節の女ばかりが、こうというわけでもない。このアマも、あたりまえのアマじゃないか。

畜生め。ダメだろうと、ヘタだろうと、大きにお世話だ。

「何を考えてるの?」

幸吉は返事をしなかった。

女は便所へ立って行った。置いてあるハンドバッグを見て、幸吉は中をあけてみた。別に変ったものがはいっているワケでもない。手紙が二通はいっていたのを、ぬすんで、火鉢のヒキダシへ入れた。別に深い考えがあって、したことではない。ひとつ読んでやろう、というだけのことであった。

いつもは衣服をつけると、さっさと帰るのに、ノドがかわいたと云って、一人でお茶をいれて飲んだり、天ぷらやオシンコをつまんだり、古雑誌をとりあげて頁をめくってみたり、色々ひまをつぶしている。

「今夜は帰らないのかえ。いつもにくらべておそいようだぜ」

「私、今夜はここへ廻るつもりで、うちのこと頼んできたから、いいわ。でも、おそくなるから、もう帰るわ」

「ああ、物騒だから、おそくならない方がいいぜ」

「時々遊びにくるわ。又、二三日うちにね」

「ああ、おいで」

「こんど二号さんや三号さんに紹介してちょうだいよ」

「ふん」

「私にオデン屋をやらないかなんて言った人があったけど、その人、ほかに野心があるらしいから、ことわったことがあったわ」

「二号になれというのだな」

「二号じゃないわ。奥さんよ」

「じゃア、野心でもないじゃないか」

「だって奥さんになれと言わずに、オデン屋をやるといいって言うから、へんよ」

「いいじゃないか」

「でも、私、その人、好きじゃないのよ」

て、帰って行った。

「そうよ。だから、おかしくないでしょう」

「じゃ、勝手にするさ」

あれこれとトンチンカンなことを言って、飲みもせぬお茶をいれたり、散々ひまをつぶし

いくらネバリやがっても一文も、でねえやと、幸吉は腹に赤い舌をだしている。

キヨ子の去ったあとに、手紙をよんでみると、一通は親戚の女からの当りまえの便りであるが、一通は男の手紙で、次のようなことが書いてあった。

急に僕と結婚したいようなことを言いだして、人をバカにするものじゃない。部長と課長の左セン騒ぎが起るまで気づかなかったが、あなたは部長、課長両方と関係があったそうじゃないか。土日は部長と、洋裁へ行くという日は課長と、火木は僕と、三人も相手に、よく化けてきたものだ。僕が結婚しましょうと云った時には、主人が生きて帰るかも知れないから、こうして時々あうだけにしましょうと云いながら、部長課長が左センされて東京を立去ることになって、結婚しようとは、人を甘く見くびりなさるな。

ざッとそんな意味の手紙であった。

幸吉は、おかしな気持であった。ふといアマがあるものだ。呆れたアマだ。然し、なんとなく、晴々とした気持であった。すべての疑いはとけた。こうこなければ話が分らぬ。あれほどの好色で、結婚しないという意味が分らぬ。今日の様子が変っていたのも、のみこめる

というものである。

あのアマのいるうちにこの手紙を読めば、タンカの一つも切って、気持よく追んだすことができたのに、残念千万だと思った。

★

ところが三日目の暮方、キヨ子が和服の正装して、やってきた。

もう来る筈がないときめこんでいた幸吉は呆れて、さては先生、シンから男に飢えたんだな、と思うと、無性に腹が立った。

このアマめ、シンから飢えている以上、何がどうあろうと、先様の思召しに添うわけには参らぬ。先様の思う壺にはまり通しじゃ、男が立たない。

キヨ子は幸吉の顔色などには頓着なく、

「忙しいの？　ちょッと寄ってみたのよ。私、会社をやめるから、これからヒマになるわ。私、ノドがかわいたわ」

と勝手に上ってきて、

「お茶ちょうだいよ」

幸吉は火鉢をはさんでアグラをかいて、

「近頃はノベツ喉をかわかしているじゃないか。会社をやめたのかい」

「うん。内部にゴタゴタが起きて、閥やら党派やら、共産党やらね。うるさいから、やめたわ。これから、どうして暮そうかと思って、私、洋裁まだヘタだから独立できないし」

「それはそうだろうさ。それとも、課長は、よっぽど洋裁がうまかったかい」

「課長は洋裁知らないわ」

「じゃお前だって、てんで洋裁はできなかろうぜ」

キヨ子は気がついたらしかったが、平然たるもので、

「私ね。女学校の頃から習ったから、相当うまいわ。自分の洋装、みんな自分で仕上げるのよ」

「どうだい。会社をやめたら、私と一緒になるかい」

ともちかけると、キヨ子は正直にうけとって、

「そうね。でも、あんた、気持のむつかしい人じゃない。私の主人、とてもやさしい、物分りのいい人だったわ」

「洋裁の日は何曜日なんだい」

「月水金だけど、もう行かないのよ。以前は月金で水はなかったけどね」

「やれやれ、月水金は洋裁の課長さん、土日は部長さん、火木は伊東さん、それじゃお前、七日のうち、七日ながらノベツじゃないか。お前の御主人は何かえ、ノベツ女房が課長さん

や部長さんや伊東さんとアイビキしても怒らないような人だったかい」

キヨ子は少し顔色を失ったが、すぐ又、なんでもない顔色になった。

「未亡人なんて、色々噂をたてられて、つまらないわ。自分がモノにしようと思ってモノにならないと、復讐から、言いふらすのよ」

「モノにした人が言ってることだから、間違いなしさ」

「じゃア、もう帰るわ」

と、キヨ子は立ちかけるようなことをして、又、のみもしないお茶をいれた。

「伊東さんはヤキモチ焼だから、疑ぐり深いのよ。男の人はオメカケやなんか、あるでしょう。私、マジメな方よ。でも、時々は仕方がないわ。そうかなア、男の人って、みんな、そんな風に考えるかしら」

意味のハッキリしないことを言って、クビをかしげる。

「おい、ふざけちゃ、いけないよ。伊東さんの文句じゃないが、人をなめるもんじゃないぜ。こっちが結婚しましょうと云えば、こうして時々遊びましょうとくる。それは、そうさ。月水金は洋裁の課長さん、土日は部長さん、火木は伊東さん、それじゃア結婚できねえやな。部長さんと洋裁の課長さんは大阪と北海道へ島流しになる、伊東さんにはふられる、そこでコチトラの方へ風向きが変ってきやがっても、そうはいかねえよ。へん、男なんて、まったく、みんな、そんなものさ。コチトラも伊東さんも、おんなじ考えなんだから、今更人をコバカにして結婚しようなんて言ったたって、クソ、ふざけやがると、ドテッ腹を蹴破って、肋骨をかきわけて、ハラワタをつかみだしてくれるぞ」

ビヤダル型のオジサンはめったに怒らぬものであるが、いざ怒ると、汗が流れて、湯気が立つ、ユデタコのようにいきりたって壮観である。

キヨ子もちょッと気まずい顔だ。

「そうお」

そして、

「じゃア、帰るわ」

立って、草履をはいた。

「じゃア、又、ね」

無邪気なもの、ニコニコしていた。

「又、くるわ」

そして、帰ってしまった。

へん、オタフクのバケ猫め、二度ときやがると、承知しねえぞ、という奴を、幸吉は呑みこまざるを得なかった。

又、きたら、今度は許してやってもいい、という考えが、そのとき閃(ひらめ)いた。しかし、もう来やしないだろう。彼はひどくガッカリした。

色々のことが思いだされた。

可愛いい女じゃないか。悪気がない。皮肉ってもカンづかないところは、頭がにぶいようでもあるが、無邪気なものだ。みんな自然に白状している。けれども、あそこまでダラシなく情慾にもろくては、たよりない。飢えれば何でも、というサモしさである。けれども、底をわってみれば、人はみんな、そうじゃないか。吉や寅やドン八の女房だって、心の底はおんなじことだ。オレ自身だって、それだけのものだ。さすれば、何を怒ったんだか、見当がつかねえようなものじゃないか、と幸吉は悲しい気持になってきた。

キヨ子はそれっきり来なかった。

幸吉は叔母さんに頼んでと考え耽ったこともあったが、それじゃア益々なめやがるだろうなどと意地をたてているうち、月日が流れて、気持もすっかり落ちついていた。

ある日、何かの探し物の折に火鉢のヒキダシから、例の手紙がでてきたので、何かと思い出も珍しく、読んでみると、一通の親類の女からの手紙は、この女も未亡人であるらしく又、かなり年長の様子で、同じ境遇にいたわりを寄せ、自分の日頃の日課を語って、朝は読経の三十分が落付いてたのしく、昼下りの香をたいて琴をかなでるのも心静かなものであるが、畑を耕して物の育つのを一日一日のたよりにするのが何よりで、

又時折は粋筋のドドイツなどを自作し、節面白く唄いはやし候も一興にて、そこもと様にも進め参らせ候

と書いてある。

珍妙な未亡人があるものだ。

すると、ある日、叔母さんがきて、

「あの人はお寺の坊さんと一緒になったよ。お寺の門に洋裁の看板もぶらさげたよ。シッカリ者さ」

「洋裁なんて、腕がねえ筈だがな」

「ミシンが一台ありゃ、誰にでも、出来らあね。お前みたいな野郎でも庖丁がありゃ料理屋ができるじゃないか。ちかごろはお経を稽古してらアね。そのうち坊主の資格をとって、おとむらいに出てくるそうだよ。お前が死ぬころは、あの人のお経が間に合うかも知れないから、頼んでおいてやるよ」

幸吉はなんとなく心の落付いた気持になった。

どうせナマグサ坊主にきまっているが、それはそれでいいじゃないか。してみると、なんだな、オレも坊主も変りがねえようなものだ。あのアマにかかっちゃ、男はみんなアレだけなんだから、それで結構、坊主は坊主、オデン屋はオデン屋、坊主と一緒になりゃお経の稽古をはじめる、オレと一緒になりゃ、さっそくサシミ庖丁ぐらい握りしめやがったろう。可愛いいもんじゃないか。

未亡人がお経を読み、昼下りに香をたき、畑をたがやし、時折は粋なドイツを自作して唄うよりも、こっちの方がどれだけシミジミしているか分らない。

「へへ、あのアマが、木魚をたたいて、おとむらいにお経を読みやがるか」

彼はオデコをたたいて喜んだが、あのアマのお経の功徳のせいか、変に胸が澄むような気持であった。

目立たない人

戦後の大学はどこも演劇熱がさかんであるが、昌三の学校もその例にもれない。学内での公演が盛況また好評裡に終って、演劇部の主立った者が熱海へ二泊旅行にでかけた。

主立った者と云っても、演技の名手とは限らない。そのよい例が昌三で、演技は大根の定評があって端役以外に当てがわれたことのない人物であるが、来年は卒業、四年間黙々と名もない端役に甘んじた忍耐力へのゴホービのような人選であった。しかし、それも表向きの名目で、この一行に昌三の名を加えないと、小柳ヨシ子という美女が同行に応じない情報があったからである。

ヨシ子は部内で女王的な存在であるばかりでなく、学内にも多くのファンがあった。彼女もまた大根であったが、そのいかにもうるんだような美貌は若い学生たちの心をとらえるに充分で、彼女が舞台に立ちさえすれば多くの観衆はウットリとし、演技の稚拙なところまでがむしろ人々に妖しい魅力となるような始末であった。

彼女が演劇部に参加以来、公演ごとに大当りで、そのために彼女の美貌に目をつけて部へ勧誘した丹下の部内での発言力が大きくなった有様である。

むろん部内に反対の風潮もあった。美貌の俗受けに依存するのは演劇の堕落だという説である。演技力の自信家はみんなこの派で、自ら正統派をもって任じていたが、この派だけで上演するものが一向にはえず大いに悪評フンプンだから仕方がない。この派には男に工藤、女に浜田文枝という腕達者がいて牛耳っていたが、特に文枝の演技力は天才的と云われながら、いかにも容姿が貧弱でその上言葉にナマリがある。人一倍芸熱心の文枝だから、言葉のナマリをとるために不断の努力を重ねていたが、持って生れたアクセントは思い通りにならず、稀に一言失敗すると無遠慮な観衆がゲラゲラ笑ってカッサイする始末であるから、幕になると文枝が舞台にぶッ倒れて泣き伏している姿を見るのは珍しいことではなかった。

正統派の中でも老役の田中と三枚目の半助はヨシ子のファンで、その美貌の讃美者であるばかりか稚拙な演技にこもる妖しい色気に人一倍魅力を感じているのだから話にならない。正統派の演出をやっている八代までが内々ヨシ子に胸の思いをこがしているほどだから、正統派の演劇論が物を云うに至らないのは当然であった。

さて以上の一行が熱海へ慰労旅行をやろうという段になって、堀ケイ子という一部員が、この一行に山本昌三氏を加えないと小柳ヨシ子姫はたぶん参加しないであろうという重大なセンタクを行った。

堀ケイ子は何の目的で演劇部員となっているのかワケのわからない女であった。身体つきも動作も中性的で、どこにも女の風情というものがない。おまけに演劇が特に好きという様子もなく、当てがわれれば端役をやり、役がつかなくとも不足がましいところがなく、また劇団の雰囲気にまじっているのが面白そうだという様子も見うけられない。

彼女自身が買ってでたのかそのイキサツはわからないが、今ではおもに事務や道具方のような仕事をやっていて、公演のとき舞台装置のような仕事になると、彼女の手腕は抜群だ。

ハシゴをかけて足場の悪い装置のテッペンへ乗っかって、まるで杭を打ちこむような猛烈な一撃でいっぺんに釘を打ちこんでしまう。さすがに高い所にまたがってる時にはズロースが下の人に見えないようにちょッと気にするような手ぶりをするが、それも形ばかりのことにすぎない。釘をたたきこんだり柱をかかえて投げだしたりする荒々しさは男以上で、色気といえばそういうところに荒れ武者のような色気があるだけだった。女子の運動部に加入すればどのスポーツでも抜群の選手になれそうだったし、事実足もとへころがってきたバレーのボールを投げ返してやったりすると、女の選手の倍もスピードのあるタマを投げたが、彼女はスポーツには見向きもしなかった。

「スポーツをやる女は好きじゃない」

と彼女はアッサリ云った。

まさに彼女は中性ではなくて、女そのものであった。人知れず腋の毛や脛の毛を毛抜で一本一本抜きとっているのを文枝が見たことがあった。文枝がこれを男の部員に報告したから、男たちは改めて堀ケイ子を見直した次第であったが、この密告を知ったケイ子は文枝を人気ないところへ連れだして、両手で首をしめて小柄な文枝を地上へ吊しあげた。名実ともに完全な吊し上げであるが、当人は別に顔色も変えずにこの吊し上げ運動を五回六回とくりかえし、やがて手を放すと半死半生の文枝がグニャグニャと地上にのびた。ケイ子はゴミでも投げ捨てたように振向きもせずに立ち去ったのである。

したがって、演劇部員としては一向に目立たない存在であったが、主立った者だけで旅行などということになると、なんとなく除外もできない存在であった。

彼女は同性ながらもヨシ子のファンで、ヨシ子の用心棒的な友人でもあったから、ヨシ子の消息については彼女が誰よりもくわしかった。そして、彼女のもたらした情報によると、昌三を一行に加えなければヨシ子も一行に参加しないということであるから、背に腹はかえられず、それでは山本昌三氏も一行に加えましょうということになった。

ヨシ子は自分の芸が大根だということを心得ていた。しかもその定評が大衆の意見でなくて部内の圧倒的な定説であるという点に、はなはだ快からぬ思いをいだいていた。彼女はワガママであったから、部内の者に復讐を企てた。今期の公演に当って自分の相手役に山本昌三氏を起用すべしと主張してゆずらなかったのである。なぜなら昌三もまた人も羨む美男子であるが、大根の定評に於てはヨシ子を上まわる大物だったからである。

昌三はヨシ子のスイセンをいささか屈辱という風に受けとった。ヨシ子に反感があるわけではなく、その好意が内々うれしいとは思いながらも、どうも素直に受けとれなくて、自分はその任にあらずと云って辞退した。ヨシ子のワガママは女王的なものとして賞讃されることはありえても、相手役の大根たる自分はたとえ身にあまる名演技を示したところで笑殺され、蔑みを受けるだけのことだろうと思われたからである。

かかる怯懦（きょうだ）は恋する男のとるべき手段でないことは明白だったが、彼はどういうものか、ヨシ子に対しては気おくれがした。人に倍するような思慕をいだきながら、それに背こうとする気持が常にあったのである。

ひょッとすると、それはあのイヤな記憶のせいではないかと昌三は考えることがあった。二年前のことであるが、昌三は夏休みの帰省中に、大年増の小学校の女教員に誘われ、女を知ってみたいというひょッとした気まぐれにそそのかされて、夜の浜辺で大年増の云うままになった。ヘタだといって叱咤されたりバカだといって可愛がられたり、まるで身の丈六尺もある大猫が人間の子をなめずるような不潔な愛撫にクチャクチャになった。そのくせ大猫の心は別れる時に後蹴に砂をかけるように冷いものがあった。つまり彼は完全に一夜のただのオモチャにすぎなくて、その気配はたとえば大猫が遊び終えてズロースを探す時に平気で薄汚いシャレをとばしながら砂の上を這いまわったりするのを見た時にはイヤになるほど骨身にこたえたものである。おまけに淋病をもらって、文明の名薬ありと知りながら即座にはそれを買う金もなく、ひそかにこれを退治するのに容易ならぬ苦労をしなければならなかった。

このイヤな思い出が架空の恋人を考えてすらも、妙に目さきにチラついて仕様がない。自分はもう正しい恋をする資格を失った人間じゃないかというような気おくれに悩まされてしまうのである。

昌三は生来引ッこみ思案のところがあって、たとえば演劇部に於ては名だたる大根でこれという取得(とりえ)が一ツもなく誰よりも目立たない存在であるということなぞも、彼自身が自分を一そう目立たなくしている傾きの方が大きかった。

彼は目立たない存在ではなかった。なぜならその秀麗な眉目、さながらに貴公子とも云うべき水もしたたる美しさは大講堂いっぱいの学生の中でもそれと目をひく存在だったからだ。女子学生の多くの者がひそかに昌三に恋いこがれていることなぞ、まるで彼自身には思いもよらないことのようだ。早い話が演劇部の男連の大半はオレに昌三の美貌があったらと内々切歯扼腕しているのだが、そんなことも彼自身は知らないようだ。

ヨシ子が今期の公演で相手役に昌三をと主張したのは彼女を大根ときめている部員への反撥復讐からではあるが、実はヨシ子が昌三に寄せる思いをそれに託しているのだというのも衆目の見るところで、昌三が行かなければヨシ子も熱海へ行かないだろうとの情報がはいった時には、さてこそおいでなすッたかと思いは同じ五名の男、思わず、ぞッと総毛だち、またタジタジとなったものだ。

ところが昌三本人は自分を誰よりも目立たない存在ときめこんでいて、就職運動もうまくいかないようだし、もしも浪人ということになったら、戯曲を書いて自分の思いを託してみたいと考えている。むろん世にでる見込みのない戯曲であるが、戯曲自身の主題もまた陽の目を見ることのない屑(くず)のような人間についてで、ダンスホールへ行きながらダンスもせずにただ人の世界を眺めてだけいるようなのを「壁の花」とフランスで云う。宿命的に壁の花のような人間がいるものだ。おのずから自分の一生を閉じこめて人目につかないことをひそかな喜びとするような願望を負うて生れた人間がいる。そんな存在を主題に戯曲を書きたいと思っていた。その戯曲の男の主人公は云うまでもなく彼自身もしくはその変身であるが、女の壁の花的な存在も登場させる必要があって、そのモデルとしては堀ケイ子が適当ではないかということを彼は内々思いめぐらしていたのである。

その堀ケイ子が校庭で彼の腕をグイとつかんだ。本人はちょッとつかんだツモリらしいが、大男の暴漢につかまれたぐらいに昌三は感じたのである。

「熱海旅行のこと、忘れちゃダメよ」

「忘れないよ」

「じゃア、熱海でね。さよなら」

ケイ子はさッさと行ってしまった。なんのために出会い頭に腕をつかんで念を押したのか昌三には見当もつかない。まるでテンカンと同じような発作の類にしか受けとれなかったが、発作にしてはそのおさまりがアッサリと冷静でありすぎる。乱暴な壁の花だなと昌三は思った。それは旅行の前日のことだった。

★

東京駅で集合の時刻がすぎても堀ケイ子だけが現れなかったが、新橋か品川で乗るつもりかも知れないので、彼女を待たずに一同は出発した。

ヨシ子と文枝には三枚目の半助と老役の田中が侍いてサービスにこれつとめている。これが自然の勢だ。なぜなら、各人の恋仇と目せられている昌三、ヨシ子のパトロン然と構えている押しの強い丹下、二枚目で心臓男の工藤、色事では自信満々の八代など、各人各様に警戒し合って他をヨシ子に近づけまいとする心がはたらいているからである。自然同席するに至った四名は、堀ケイ子がおらぬせいか、話は二年前から劇団の公演ごとに起っている盗難事件で持ちきりになった。

公演の切符は関係者が分担して公演前に前売りする。これに当日分の入場料を合わせて、公演開幕後一時間目ぐらいには売上げの総額が幹事の手もとに集ることになるのが例である。ところが、そのころがまた一同最も多忙をきわめて楽屋内はテンテコ舞いをしている時で、幹事自身も俳優なり演出なりで、お金の番もしていられない。人の出入りも多い。そして、いつのまにやら売上げの一部、一万円ほどの札束が抜かれているのである。

学内の公演だから部外者の出入も多いし、その出入を差し止めることもできないが、犯行の手口から考えて、犯人は部外の者だとは思われない。部員のうちでも特に案内知ったる人物、そして人に怪しまれない立場の、つまり幹事級の大物の中に犯人がいるのではないか、というのが一同の結論であった。学内自治ということもあるし、学内の、むしろ部内の恥を明るみにさらすのもどうかというので表沙汰になったことはないが、犯人はそれにつけこんでか、今期の公演でも、またやられた。

今期の場合、その責任は堀ケイ子にあった。集った売上げは幹事長の工藤が受けとり、黒いフロシキ包みにして肌身につけていたが、自分の出番になったので楽屋に居合わせたケイ子に包みを渡してたのんだ。ところが、まもなく三幕目の大道具に重大な破損があることが分って、ケイ子はそッちへ呼びたてられた。包みを手にして舞台裏へ駈けつけたケイ子は、彼女自身が手を下して破損を修理する必要にせまられ、

「ちょッと、これ、見ていてよ」

と、かたわらの人に云いのこし、包みを卓上に置きのこして修理にかかった。ところが道具係りの連中はこの包みが重大な虎の子包みとは知らないから、見張りに心を配った者はいなかった。修理に何やかやと三十分もかかって、幸いにも包みは盗まれていなかったが、ケイ子がそれを探しだしたのは卓上ではなくて物蔭の床上からだ。卓は卓で他に必要あって、人々がケイ子の知らないうちに他へ運んでいた始末だ。そして包みはあったが、中身は例の如くに一万円ほど物の見事に抜きとられていたのである。毎度のことだから、今期に限って、関係者全部男女をとわず身体検査を行い所持品も改めたが、盗まれた金らしいものを見出すことはできなかった。

「なんしろ、大道具の連中だってみんな忙しいんだ。犯人らしい者を見かけたと云う者もい

ないし、舞台裏は舞台と楽屋両方の出入に万人の通路だから、容疑は全員にかかるわけだ。こんなことが起るかも知れないと分っていながら、およそ男女全員の中で誰よりも人間らしい神経に欠けている女史に包みの保管をたのんだのが軽率だな」

と丹下は工藤を非難した。工藤はこれに抗弁して、

「それは君が女史を知らないからだね。僕は女史をむしろ適役と考えたんだ。女史はあのとき役がなかったし、まさか大道具の方に女史を必要とする破損が起っていようなぞとは知らないからね。それに女史の性格が——一見甚だゾンザイで投げやりのようだけど、君たちは女史の動物的な鋭敏さを考えたことがないかね。たとえば諸君が原ッぱの真ん中でガマ口を落したようなとき、女史にたのんでごらんよ。ものの二三十秒もなんとなく睨んで歩いていたと思うと、またたくうちに失せ物を見つけだしてしまうから。一番よく訓練されたドーベルマンだって、とても女史にかないやしないんだ。そして、その警察犬の訓練種目のなかに物品監視というのがあってだね。性能のよい、そしてよく訓練された犬に物品を監視させると、泥棒は近づくこともできやしないんだ。失敬のようだが、僕は女史に警察犬よりも優秀な物品監視能力ありと見立てた次第さ」

車中の会話のなかで、昌三の頭に最も印象深く刻みつけられたのは、この工藤の観察であった。堀ケイ子の動物的な鋭敏さ——たしかに、そうだ。そして工藤が彼女をドーベルマンに見立てたのは傑作だと思った。女史の身体つきも、その動き方も、どこかドーベルマンに似

ていた。時に動きはノソノソと、むしろ大きな秋田犬のように鈍重だが、その中にひそみ、そしていつ閃（ひらめ）くか分らない動物的鋭敏さはまさしくドーベルマンのものだ。

　群像の中では常に目立つことのない存在。たとえば一行九名の中で誰よりも目立つことのない存在といえば、昌三自身と堀ケイ子にとどめをさす。ヨシ子は美貌と女王的な性格に於てブリリヤントであるし、二枚目の工藤も三枚目の半助も老役の田中も文枝も演技の才能に於てはともかくブリリヤントな何かがある。演出の八代も丹下も、その各々の理論に於てブリリヤントな何かがある。一応人目をひく何かがあるのだ。ところが昌三とケイ子には、性格的にそれが欠けているのだ。昌三は人々にその美貌を云々されながらも性格的にそれがむしろマイナスの作用をしているぐらいだし、ケイ子はスポーツに打ちこめばたちまちブリリヤントな存在となりうる身でありながらスポーツにタッチすることを拒否し、およそ身に才のない演劇なぞにたずさわって、ことさら自分を目立たなくしている。それが二人の宿命なのだ。性格的に、宿命的に、目立たない人間、群像の陰の存在なのだ。

　けれども、何一ツ取得のなさそうな昌三の場合とちがって、ケイ子には動物的な、ドーベルマンよりも鋭敏な能力がある。その能力のブリリヤントなことではヨシ子の美貌や工藤らの演技力よりも遥かに上まわるものでありながら、宝の持ちくされで、それをひッくるめて全然目立たないというところに特異さや面白さがあると昌三は思った。

　——あの女史は何を考えているのか？

それが知りたいものだと昌三は思った。自分の戯曲で彼女をモデルにした人物を登場させた場合、彼女に笑われないように彼女を活躍させることはとても不可能だという思いがした。彼女はなぜスポーツをしないのか。それだけの簡単な事ですらも、てんで昌三には雲をつかむようなのだ。

一行が熱海について改札を出ようとすると遅れたはずの堀ケイ子が改札の向う側にノソッと立って一同を迎えているのだ。

「あら、ケイ子さん、いつのまに来たのよ」

と文枝が卒倒しそうな声で訊ねると、ケイ子はニヤッと苦笑して、

「皆さんにおくれてね。ちょうど急行のでるところだから、それに乗って来ちゃったのよ」

両手をダラリと下げてノソッと突ッ立ち、ダラシなく口をあいてニヤッと苦笑しているところは駄犬中の駄犬のようだが、現に彼女が何の苦もなく行ってみせた奇跡の一ツはまさにドーベルマンのものである。けれどもそれがすこしも目立つものに見えなくて、駄犬が小さなドブを跳び越したように人々に忘れ去られてしまうのだ、と昌三は舌をまいた。彼女は何を考えているのだろう? 実にそれが知りたいと昌三は思った。

熱海に到着以来、ヨシ子の態度がにわかに積極的になった。そしてそれが昌三を大いに混乱させた。

★

もっとも、面食ったのは昌三だけのことではない。一同もただアレヨアレヨの面持である。というのは、ヨシ子が昌三と肩を並べるようにして旅館への道を歩きたがって仕様がない。ダンスホールの前を通りかかった時に至っては、特に寄りそうようにして、

「今夜は踊りあかしましょうよ。よくッて？　ねえ」

とウットリと昌三にささやいている。同行の人々にそれが聞かれ、それが見られていることをむしろ誇っているような様子である。旅館の玄関で靴をぬぐと、昌三のうしろへ廻って外套をぬがせてやる始末。三枚目の半助はキモをつぶして、

「電車の中で浮かない様子だからオレのサービスが至らないせいかと思って寄席の前座のように熱演したが、そうじゃなかったんだなア。熱海へついたらこうしよう、ああしようという一大決意のためにヨシ子さんは心を奪われていたのだな。この旅行を機会に、という覚悟はそもそもから根強いものがあったらしいぜ。こうと知ったら、くるんじゃなかったな」

半助だから冗談も云えるが、他の連中は苦りきったり、悟ったような顔をしてみたりで演

技力も甚だ冴えない様子。ヨシ子の発見者でそのパトロン然と構えていた丹下のビックリ仰天は誰よりも大きいはずだが、ゆくゆくはアチャラカはおろかストリップの演出たりともと俗悪に徹した兄サンだから、これが一番涼しい顔をして熱海の風光をめづる程度の余裕を見せる落着きがあった。

誰よりも落着きを失ったのが昌三で、話しかけられればウワの空で冷汗がジットリにじむばかり。ヨシ子が外套をぬがせてくれた時にはムッと怒ったような様子で、実は失神状態にちかい。男六人は一室に、女三人は他の一室に分宿するのだが、ヨシ子が目の前にいなくとも宙に浮く思いや脂汗は続々とキリもない。こんな息づまるところは泣いて逃げたいような気持がつのるのであった。

その気持が救われたのは堀ケイ子がひそかに彼を呼びだして誘ってくれたからで、

「まだ夕食までに間があるから、そのへん散歩しない？　ヨシ子さんとのアイビキは夜のタノシミにとっておくのよ」

薄笑いをうかべて引きずるように昌三の手をひッぱッた。昌三は虚をつかれてのめりかけたが、しかし救いの神とよろこんで、宿をでるときは生き生きとしていた。

むろんヨシ子に好意を示されて昌三の嬉しからぬはずはない。むしろ嬉しすぎて切ないのだ。なにぶんヨシ子の態度が唐突すぎる急変だから、女王の気まぐれにすぎないのじゃないかという不安もあるし、好意が変になれなれしくていかにも見せつけがましいから、見せつけなければならない理由があって、自分は道具にすぎないのじゃないかという不安もあった。

ヨシ子が顔に似合わず相当な不良で、お金持の老人のパトロンがいるのだなぞと一部に怪しからぬ噂もあって、何万円という衣裳を身につけているのなぞも、たとえ金持の娘にしても女学生にはあるまじきことでそれがいい証拠だなぞと云う者もあった。しかし生家がお金持でヨシ子のような光りかがやく娘をもてば女学生たりとも何万の衣裳を着せたくなるのは親心ではあるまいか。昌三はこう考えていた。たとえ彼女にお金持の老パトロンが実在しても、それは彼女の美の崇拝者の如きものと云うべきではないか。しかるに自分は故郷の海辺で醜怪な大猫とたわむれて悪病をもらった身である。その差、雲泥というべきだ。身のすりきれるようなこの苦悩から一時も早く遁れて、本来の目立たない存在に戻るのが身の程というものだと考えたくなるのであった。

堀ケイ子は昌三を錦ヶ浦の方へ誘って歩いたが、

「全然シリメツレツじゃないの。ヨシ子さんに親切にされると、それほど逆上するのかなア。もっと理性的で、批判的でありたいわねえ」

「その話は止そうじゃないか。君もやっぱり月並に人をからかってみたいのかい」

「君もやっぱりッて、私が何か別の人間だとでも云うの？　どういう意味？」

「そう。僕にとっては君は特別な人なんだ。つまりさ。君と僕は同類で、いわば人生の壁の花みたいな存在だと考えているのさ。今日の急場に君が僕をこうして誘いだしてくれたのなんかも、同志的なものが見えない糸で作用し合っているせいじゃないかと考えていたのさ」

「あんまり、ありがたくないわね」

「つまり、君も僕も演劇部員としては有るか無いか分らないような存在だろう。特に僕が君にきいてみたいのは、君は演劇なんて柄にないものを選ぶからこそ有るか無いか分らぬような存在になるんじゃないか。君はなんだって演劇なんかやるんだい？　そのわけが知りたいんだがね」

「それは、つまり、あなたと同志のせい」

「え？」

「じれッたい人ね。私はあなたが好きなのよ。だから、演劇やってるのよ。とうとう私に、このこと、云わせちゃッたのね」

ケイ子は先に立って山上の公園の奥へと進み、

「あなたが云わせるんですもの。私だって、ヨシ子さんと競争して勝てるはずないから、こんなこと云いたくなかったけど、ひどいわよ」

「そうじゃないよ。僕は自分でも今まで気がつかなかったけど、僕が本当に好きな人は君だったんだ」

「後悔するようなこと云うもんじゃないわ。ここは自殺の名所よ。本心は死にたくないのが分らずに死にたがる人のくるところよ。もっと批判的でなくちゃダメなのよ」

「僕は引ッこみ思案と云われるほど考えすぎるタチなんだ。軽はずみなこと云うはずないよ」

「ダメよ。第一、あなたは人をビックリさせるわね。私が告白するだけだって大変なのにあんまりビックリさせるもんじゃないわ。あなたが無法なこと云えば、私どうなるか分らなくなッちゃうわよ」

「ねえ、ケイちゃん」

「え？」

「ねえ」

「ねえ」

ケイ子が昌三を引ッぱりこむような気勢に見えたので、引ッこみ思案の昌三も思わずカッと火がもえてケイ子を抱きすくめると、ケイ子はダラシなくグニャグニャと昌三の胸にもたれこみ、まさに気息エンエンたる様子である。まるでのびたナマコを抱きかかえ、ようやく目鼻を識別して、くちづけを終えるような無風流な大仕事であった。天下の女傑も感きわまればダラシがないものだと昌三はつくづく恋の魔力にうちおどろいて、ズルズル倒れそうなのを抱き起して、汗をふいた。

「水をのみたいわ」

「僕もノドがかわいたよ。自殺者も、ノドがかわきやしないかなア。恋なんて、きッとそんなものなんだね」

「水をもってきて」

「無理だなア、それは。下へ降りて茶店で休もうよ」

「死に損いと思われるわよ」

「死に損いかも知れないよ。僕の魂は、そうなんだよ。感きわまっているんだよ」

「もっと遠い二人だけの静かな温泉へ行きたいわ。一夜でいいのよ。あなた、私と語り明かしてくれる？」

「むろんだとも」

「ダメだったら、そんなに力み返っちゃア、後悔するようなこと、しちゃいけないのよ。すこし歩きましょう。なるべく、なんでもないように、平然と歩くのよ。海の風が頭を冷やしてくれるように」

　二人は海沿いの街道を多賀へと歩き、来合わせたバスに乗って、網代（あじろ）で降りた。ここは本来漁師町で、湾の片隅に家と舟と干した網なぞがゴチャゴチャとならび、その中に海の上へ突きでた温泉宿がまじっている。舟唄が縁の下からわき起ろうという風流である。二人はその一軒へ泊った。

「ジャンジャン飲みましょうよ」

「ダメだよ。お金、もたないんだ」

「お金は私が持ってるッたら。こんな一夜にお金のこと考えちゃつまらないわ。ほかに考えること、たくさんあってよ」

「君、どんなこと考えてる」

「あなたは？」

「そうだなア……」

「ヨシ子さんのことでしょう」

「そうじゃないよ。なんだか分らない黒い雲みたいなもの思いだしているらしいや」

「私はあなたのことだけよ」

「僕はそうじゃないんだ。だって、君は僕の目の前にいるじゃないか。考えるわけにいかないよ」

「後悔してるのね」

「そうじゃないったら、幸福すぎるからさ」

昌三は恋に酔っぱらッて一夜をあかした。恋とはこういうものだというように、甚だしく現実肯定的な素直な一夜をあかしたのだ。むせかえるような愛撫。しかし、気兼ねや不安や羞らいのような世間並の気苦労を差し引いてみると、後にのこるのはひどくサクバクたる動物的な筋肉運動にすぎないのであるが、これが恋だ、というように彼はあくまで現実肯定そのものの素直な一夜であった。

「まだねむらないの？」

「うん」

「はやく、ねむってよ」

「なぜ」

「私の寝顔、見せたくないからよ」

「僕だって、そうさ」

「男は平気よ」

「そうは、いかないよ」

しかし、寝顔を見せるのが心配だという気苦労は昌三の方は軽かった。ただ、眼が冴えて、ねむれなかっただけである。

ところがケイ子は眠たくて仕方がない様子であった。けれども寝姿を見られたくない心配のために、必死に睡魔と争っているのだ。たまりかねて雨戸をあけて吹きすさぶ寒風にうたれたり、手洗に立って水で顔を洗いお化粧をなおしてきたり、とうとう自分の寝床の上で体操をはじめた。

「これ、美容体操よ」

「体操で美しくなるかねえ」

「やせるためよ」

「君はふとってる方じゃないよ」

「ふとりたくないわね」

「むしろ、ふとった方がいいんじゃないかしら」

体操の最中にも睡魔は襲うらしく、ふと跳ね起きて雨戸をあけ再び寒風に身をさらしたが、たちまちテスリにぶらさがるような形でイビキをかきはじめたのである。昌三はおどろいて一枚の掛けブトンを持って立ち上り、彼女にかけてやろうとすると、海の彼方から一夜があけて、ほのぼのと白みかけてきたのであった。ケイ子は目をさまして、急いで立上り、

「あなたは早く帰ってよ」

「まだ夜が明けそめたばかりだよ」

「電車の通る音がきこえるわ。私と一しょに泊ったなんて云っちゃダメよ。あなたはあなたで、私となんか無関係になにかの都合でどこかで一夜を明したように云うのよ。さ、あなたは早く帰って」

ケイ子は一人でグッスリ眠りたいのだろうと気がついて、昌三はとる物もとりあえず宿をとびだした。恋とは女が睡魔と戦い、男が夜明けに追い立てられてトボトボ歩かなければならないものだというふうに、昌三はこの期に及んでもなおもあくまで現実肯定的であったが、全身にみなぎる虚しさは言語に絶するものがあった。ソッと宿へ戻ると、まだみんな眠っている。彼も寝床へもぐりこんで、虫のように稚拙な感傷をだきしめてまどろんだ。

★

昌三は同室の一同に叩き起されたとき、どうしてみんなの寝ているうちに東京へ戻らなかったかと後悔した。食膳が並べられると、半助は昌三を上座に招じ上げて、

「主賓はこれへ。一同は君に厚く礼を述べたがっているよ。おかげをもってヨシ子女王はゲキリンましまし、食事も別席であそばすそうだ。しかし、君もさすがにアプレの騎士だなア。ヨシ子姫というものにあれだけの親切をうけながら、ミズテンの半女性と一夜の逢う瀬をたのしむとは……」

「僕は一人でふらふらと網代の旅館に泊っちゃッたんだ」

「ダメなんだよ。君と女史が手に手をとって錦ヶ浦から網代方面へ向ったのは目撃者がいるんだよ。君たちに限らず、かりにだね。熱海の旅館へ旅装をといた者がふらりと散歩にでたとすれば錦ヶ浦へ行くものと相場がきまってるよ。秘密のアイビキを錦ヶ浦でやる手はないよ。察するに、女史は目撃者の存在を承知していたんだね。そして目撃者の眼前で君をモノにしてみせる歴々たる勝算がはじめからあったらしいぜ。女史は男の弱点を知りつくしているからね。今だから申上げるが、同席の一同、みんな女史と一夜をともにした戦歴があるのさ。つまり女史の武者修業の稽古代をつとめたような低能ぞろいさ」

昌三は頭上に痛撃をくらったが、そのハズミに目ざましいばかりに思いだした唯一のことが、必死に睡魔と戦う彼女の悲愴な姿であった。壮烈無比ともいうべき武人の戦場の姿ではないか。ついにテスリにぶらさがってイビキをかいて討死(うちじに)したが、あれが初々しい女性の羞らいでないとすれば、むしろ驚歎すべきタシナミというほかに言いようもない。男のような骨柄(こつがら)であるからさだめし毛深いであろうが、腋や脛の毛を毛抜で一本一本抜いてるという意外きわまるタシナミも、これによって一そう了解できようというものだ。半助の云うようにミズテンの色事修業者でしかも睡魔とあくまで戦うタシナミありとすれば武人の最も壮烈な心構えに匹敵しようというものだ。テスリにぶらさがって討死した姿はあまり見事とは申せないが、通俗な美醜をこえた悲愴な何かがあることは争えない。

昌三はこのように考えて一応半助に反撥の思いをいだいたが、また云われてみると、ちょッと薄気味わるいことで、思い当るような何かもあった。たとえば、ふと目をさまして昌三を叱咤し、まだ明けやらぬ寒空に帰りを急がせた無慈悲なところなぞ、故郷の浜辺の大猫の無(む)慙(ざん)な冷さに似ている。似ている一部に気がついてみると、堀ケイ子という全人格がなんとなくそッくり大猫的でもあった。こう思うと、半助の言葉の全部が本当らしく、昌三は一言もなかった。

このことがハッキリしたのは夕食の時で、この時にはケイ子も戻っていて男連と一しょに食卓についた。ヨシ子と文枝は夕食もまた別室でとった。

ケイ子はグッスリ寝てきたらしく、睡むそうなカゲは見ることができなかったが、男なぞは屁でもないような目を光らせて、

「え？　ゆうべ？　ザコネがイヤだから、よそで寝てきたのよ。今夜もそうするわよ」

口をダラシなくあけて笑って云う。何を云われても感じない顔だ。これがケイ子本来の顔なのである。低能無敵というような大胆な構えであった。男連もこれには敵対もムダだと心得てか、昌三の場合のように特に嘲弄する者もない。半助はニヤリと笑って、

「そうかい。オレも実はザコネがイヤなんだがね。こんな小部屋に大の男が六人もザコネするのは衛生にわるいよ。二人まではザコネと云わないそうだけど、ケイちゃんの隣りにオレを泊めてくれないかなア」

「あつかましい人、キライよ」

「ささやかな願望をのべるのが、あつかましいッてことはないよ。オレはヨシ子姫に野望をもたない唯一の清廉潔白の士だがねえ」

「清廉潔白の士ならここにも一人いるぜ」

と田中が名乗りをあげた。

そして夕食が終ると、パチンコしようよとケイ子は田中と半助をしたがえて、昌三には目もくれず外出してしまったのである。

「ゆうべの宿泊料を払ったのは君か」

と八代が昌三に訊ねた。昌三は赤面して、

「僕は持合わせがないから、ケイちゃんが払ってくれたはずだけど」

「そうだろうな。しかし、あの女史がそんな金を持ってるのはフシギだなア。身体検査の時は十円札五六枚しきゃ持ってなかったぜ。例の今期の盗難の場合、誰が一番犯人で有りうるかといえば、保管者の工藤と次にそれを委託された女史が一番安全に仕事ができたわけだ。怪しめば、工藤が女史に保管をたのんだのも自分の犯行をごまかす手段と考えることができるし、女史が舞台裏のテーブルの上へ金包みをおッぽりだしておいたのも同様の手段と見ることができる。人を疑りたくはないが、どうもあの女史は時に音もなく天地を歩いているような不気味なところがあるよ。時々ケダモノのように不潔だと思うよ」

八代は吐きだすように言った。なるほど、云われてみれば、たしかに音もなく歩いているような動物的な瞬間が考えられないことはない。けれども昌三は八代の言葉があまりにも冷酷すぎるのに腹が立った。ふだんぞんなことのない昌三だったが、思わず色をなして八代に向って云った。

「君はそんなことの云えた柄ではないはずじゃないか」

「なぜだ」

「だって君はケイちゃんと一しょに泊ったことがあるのだろう」

「人がよすぎるのか、鼻の下が長すぎるのか、見当がつかないような人だねえ。それはねえ。

一夜の女友達を裏切ることは悪いことかも知れないが、君はたった今、女史が君を裏切ったのを見てるだろう。君にハナもひッかけずに、田中と半助をお供にしたがえて消え失せたじゃないか。そもそも裏切ったのは誰なんだよう。それが分らないかよう」

こう云われて昌三はビックリしたのだ。裏切りを怒るといえば、ケイ子に対して怒るべきことを、八代に向って怒ってしまったようなものだ。

今しがた二人の男をしたがえて消え失せたケイ子はまったく大猫そのものであった。ナマコのようにグニャグニャと胸にもたれかかって目も鼻も口も一しょくたに生色の絶えた稚拙な童女はすでにどこかへ飛び去ったのだろう。テスリにぶらさがって討死した壮烈な丈婦もどこへ飛び去ってしまったのか。

そして一夜の幻はすべてくつがえり、また飛び散ってしまったが、ここに今もくつがえらぬのは彼女が目立たない存在だという一事で、エヘラエヘラと二人の男をしたがえて立ち去った彼女の行為は奇怪であっても、それは牝の野良猫が二匹の牡猫をしたがえて垣根の向うへ消えたように目立たないことに於ては変りがない。そして野良猫同様に音もなく空間を歩いて一万円を抜きとることが、これほど適切に当てはまる人間といえば彼女のほかにとうてい地上に考えられないぐらいである。悪事をして目立たないということは彼女が音もなく空間を歩くせいだけではなくて、彼女の人格が悪を感じないせいもあるかも知れない。それを八代の云うように、ケダモノのように不潔だと云えば、まさしくピタリとその通りである。その本性が野良猫のように不潔で、野良猫のように目立たないのかも知れない。八代の言葉があまりにも冷酷にケイ子の本性をあばいたので、思わず反撥したのかも知れなかった。

昌三は他の連中が自分よりもはるかに大人であることを痛感して、自分はとうてい一人のケイ子すらも戯曲に表現はできないと考え意気益々銷沈(しょうちん)してしまった。

★

人々がみんな出払ったので、昌三はフトンをひッかぶって寝ようと思った。前夜来の睡眠不足だから眠れそうなものだが、目が冴えている。目をとじても、頭が睡気以外の何かでいっぱいだ。それはもう睡りということとは関係のない器官のようであった。

隣室へ誰かが戻ってきた。まもなく部屋の中へ誰かがやってきた。

「ねているの？　山本さん。起きなさいよ」

文枝であった。

「私たちの部屋へきて、遊ばない？」

「でも、僕、ねたいんでね」

「温泉旅行にきて、宵の口から寝る人ないわよ。私たちがこッちへ遊びに来てもいいけど……そうねえ、ちょッと両手をそろえて出してごらんなさい」

「両手ですか」

「そうよ。面白い遊びするのよ。待ってね。タオルないかしら。ええと、あなたの両手、これでくくっちゃうのよ。いま、ワケ話すから待ってね。私、力がないから、きつく縛れないわ。こうやって、もう一本で真ン中をくくッちゃうと、どうやら動かないようになったわね。ちょッと、ためして。手が抜けないわね」

「とても、きついや。ぬけるどころか、肉の中へくいこむようだ」

「それじゃア、O・K。さア、いらッしゃい」

「どこへ」

「私たちの部屋よ」

「ヨシ子さん、いるんですか」

「ええ、面白い遊びするのよ。両手をくくってるから、ヒョウキンで、はずかしがらずに来れるでしょう」

「そんなこと、ないなア」

「勇気だして。それ」

文枝にひッたてられて、仕方なく隣室へきた。昌三がシキイをまたいだとき、ヨシ子の姿が影のように動いたように見えたが、それは壁ぎわに立っていた彼女が一メートルばかり壁に添うて移動したのがそう見えたのだ。思わずツッと移動したほど切迫したものを内にこめていたのであろうが、うるんだ美しい顔は特にどうという変りもなく、ただ立像全体がひどく神秘的に見えたことだけは確かであった。

「坐ってよ」

と文枝がうながした。そして昌三の坐るのを待って、文枝はバンドを外してヨシ子に渡したが、ヨシ子はそれを手にとってみて、

「ダメだわ、こんなの。山本さんのバンドお借りしましょうよ」

「そう。これなら丈夫ね」

文枝は昌三のバンドを外してヨシ子に手渡した。ヨシ子はそれを両手で握りしめながら、

「山本さん。顔をあげて」

「え？」

「私を見てよ。見なさいッたら、ジッと」

「なんですか」

「あなたが私に与えた無礼は、女奴隷だって経験したことのないものだわ。暴漢に暴行された女性だって、あなたが私に与えた羞しめにくらべればまだ上等よ。私は羞しめをうけて、泣き寝入りするようなおとなしい女じゃないんですからね」

しかし、そんなに凄そうな女に見えないことは、その時でもそうだった。その目にはケンが現れていても尚うるんでおり、ろうたき美女という言葉が当てはまるだけのヨシ子であっ

た。

　突然ヨシ子の右手がうごいた。バンドが鳴って彼の顔にとびついた。

　昌三は一時の驚愕に痛さを忘れて混乱したが、やがてこれが当然だと思い、自然に目をとじて、ただ彼女の心の充されんことを、またおのが罪の消滅を一途（いちず）に神に祈ったのである。
五つや十までは我慢ができたが、それから先は大そう苦痛であった。そして彼は考えた。もしも自分がヨシ子であったら、どんな腹イセでも三ツ目ぐらいでウンザリしてバンドを投げすててしまうだろう。ところがヨシ子は十五、二十となぐりつけても、その力が衰えないばかりか、益々痛々と顔にくいこんでくるのである。その怒りの程が察しられるのだ。非力の女の身ではヨシ子の腕も痛むだろうとそれが心配になったほどだ。

　ヨシ子はバンドを落した。物を云わずに、二人の立ち去る音がした。昌三が目をあけて見廻した時は、彼自身が坐っているだけであった。

　昌三は縛られた手でバンドを拾いフスマをあけて、自分の寝床へもぐりこんでフトンをかぶった。顔がはれあがり血もでたようだが、それはさしたる心痛の種にはならなかった。むしろヨシ子の魂が火のように迸（ほとばし）って自分の顔を斬ったと思うと、その傷がいとしいようにさえ思われたのである。

　野良猫の不潔さが全身につきまとうて息がつまって苦しんでいたのが、ヨシ子の怒りに打ちのめされて、洗い流されたようにサッパリした気持もあった。要するに、ヨシ子のようなブリリヤントな存在と自分との交点はといえばこの辺のところで、同格に並んで恋を語らうのはとうていその任でないということを、この時もまた感じたのである。あの人をあれほど怒らせることができただけでも身にあまることだというような考えも去来したのであった。

前もって両手のいましめだけは歯でほどいておいたのが役に立った。八代と丹下が戻ってきて、

「ヨシ子さんと文枝さんは東京へ戻ったそうじゃないか。え？　君は知ってたのかい」

「イヤ知らないね。僕はパチンコ屋でヨタモノに喧嘩を売られて、ほら、この通りだよ」

顔をだしてみせた。

「すごいな。天下の美男子も台なしじゃないか。ヨシ子さんが帰京したのは幸せだな。女史も田中としけこんだぜ。まかれた半助が口惜しがってショウチューをのんでやがるよ。なアに、あんなのにまかれたってなんでもないが、半助はヤケ酒の趣味があるのさ。ヤケ酒の肴に女史を用いているだけなんだよ」

「コッちもヤケ酒をやろうじゃないか。コッちのヤケ酒はホンモノらしいや」

と八代と丹下は昌三をのこして、また出て行った。

昌三は考えまいと思ったが、田中としけこんだというケイ子のことを考えずにいられなかった。

結局それが分相応の考えかも知れないと思ったのである。

自分ももうじき卒業だが、さて世間へでて一本立ちとなって、何をして暮せるかと考えると心細いことおびただしい。それにくらべると、同じ目立たない存在でも、ケイ子には野良猫の生活力が感じられて、うらやましかった。

影の如くまた風の如く、音もなく、空間を歩いて、一万円ぬきとることもできるし、男をくわえこむこともできるし、そしてブリリヤントな存在が失敗して泣いたり自殺したりするようなことがあっても、彼女が失敗したり、泣いたり、自殺するなぞとはおよそ考えられないことだ。

昌三はすでにケイ子を一万円の犯人にきめこんでいたが、この一万円の犯行だって、決して全額を盗まずに一万円ぐらいずつ抜いてるところが、まさしくケイ子そのものの手口にほかならないと確信されるのである。一万円ぐらいなら表沙汰にならないことを見越しているのだ。そして、どのような時でも度の越すべからざることを本能的に心得ており、それが彼女の恋愛中にも口走る「批判的」というところなのだろう。

しかし、また、彼女はこのように本来的に目立たない存在ながらも、一夜をともにした男の心に美神としての彼女の姿を植えのこすことに全力的な配慮を忘れたことがなく、毛抜で一本一本脛の毛を抜いたり、寝姿を見せまいとして必死に睡魔と戦ったりしているのだ。

この心構えこそは昌三なぞに毛筋ほども見られぬところで、それが本来的に目立たない存在でありながらそうであるところに益々もって偉大なところがあるようだ。彼女は決して単なる野良猫ではない。昌三は充分の考慮のあげくとして彼女の偉大さ、悲愴さを認めないわけにはいかなかった。他のことに於て不逞(ふてい)な大猫にすぎないことを惜しげもなく露出しながら、一夜の宿に於てだけは美神の姿を残そうとするのが、奇怪ながらも滑稽だし、またいくぶんは空怖しくもなるのである。なぜならそれは彼女がバカのせいではなく、あるいは男の弱点を知りすぎているせいかも知れないからである。

翌日フラリと戻ってきたケイ子は昌三の顔の傷を見て、

「ひどいわね。しばらくは見ッともないかも知れないけど、赤チンかなんかベタベタ塗っとく方がいいわよ」

親切に云ってくれたが、赤チンを買ってきて手ずからベタベタ塗ってくれる女らしい志は全然示さなかった。そして、

「たまにそんな顔になるのも面白いわよ。めったに人相なんぞ変えられやしないものね」

とブツブツ云いながら荷造りをはじめたのである。

西荻随筆

丹羽文雄の向うをはるワケではないが、僕も西荻随筆を書かなければならない。どうしても、西荻随筆でなければならないようである。

西荻窪のTという未知の人から手紙がきた。ひらいてみると、約束の日にいらっしゃいませんでしたが、至急都合をつけて来て下さい、という意味の文面で、日蝕パレス（仮名）女給一同より、となっている。

私は、西荻窪という停車場へ下車したことは生れて以来一度もないのである。もっとも、去年は酔っ払って前後不覚、奥沢の車庫へはいり、お巡りさんに宿屋へ案内してもらったような戦歴もあり、前後不覚の最中に何をやっているか、どこへ旅行しているか、ちょっと見当のつかない不安もあった。然（しか）し、幸いなことには、ここ一ケ月は、京都へ旅行し、旅行先で病臥（びょうが）し、帰京後も、かぜが治らず、病臥をつづけ、あんまりハナをかんで、中耳炎気味で、日々苦しく、まったく外出したことがない。だから、前後不覚のうちに日蝕パレスへ遠征した筈（はず）は有り得ないのである。

去年の暮、僕の旅行中、Tという人の使いというのが来て、ふだん来る雑誌記者と人相態度も異り、十五分もねばって、部屋の中をのぞいたり、うろつき廻って、女中を困らせた人物があったそうだ。まさしく手紙の主のTなる姓であるから、なるほど、左様な次第であったか、と、私も合点がいった。

戦争前には、僕のニセモノはずいぶん横行した。ニセモノの横行する条件がそろっていたのである。つまり、坂口安吾という顔は誰も知らない。文壇の内部では、名前だけは通用する。広い東京には、文学女給、文学芸者、文学ダンサーなど、頓狂なのが居るもので、そういうところでは僕の名前が通用して、まずシッポのでる心配がないから、ニセモノが横行し、中には文学青年のグループを手ダマにとって、羽振(はぶり)をきかせて威張っていたのもいた。俳句をつくるアンゴ氏もおり、色紙を書き与え、ホンモノの企て及ばざる芸達者な威風を発揮し、先日その色紙を見たが、惚れ惚れする筆蹟であった。

十年ほど前、京都に二年ちかく放浪していた留守中、銀座に羽振をきかせていたアンゴ氏は最も優秀な手腕家で、モダン日本の木村正二が京都の僕を訪ねての話に、銀座のアンゴ氏は当時銀座有数の美貌の女給とネンゴロになって岡焼き連をヘイゲイしていた由で、こういう有能なアンゴ氏なら、いっそ本家を譲り渡して、天下に威名をあげて貰いたいものだと考えたほどであった。

終戦後は、文学雑誌がやたらと文士の写真をのせることが流行しているから、文士のニセモノが出にくくなった。こう、安心してはいけないのである。顔がレッテルの映画俳優にまで、ニセモノがいるそうだから、文学雑誌に写真ぐらいでたって、ニセモノ氏は平然たるものなのである。

西荻窪のアンゴ氏は、終戦後初登場のニューフェイスで、私も、いささか慌てた。手紙が豪勢である。女給一同より、とある。よほど大きな店にちがいない。中央線沿線は文士族の群生聚楽地帯で、僕は行ったことがないが、ピノチオなどという文士御専用の喫茶室があったことなど、十何年前から耳にしている。新円景気などと云ったって、どうせ文士の行くところはカストリ屋に羽の生えたようなところに極っており、女給一同より、というような豪勢なところは、ホンモノ共は立寄ることができないのである。だから、西荻のアンゴ氏は、文士族群生聚楽地帯をカッポして、正体を見破られる心配がないのである。

西荻のアンゴ氏が、いかなる放れ業をやらかしているのか、いささか心配であった。僕の知らない子供などが生れて、印税を要求され、余の死するや子孫が数十人名乗りでたなどとあっては、まア華やかで結構ではあるが、ネザメのよろしい話ではない。

カラダには熱があり、中耳炎気味で耳が痛くて困っている時であったが、それだけに、仕事もやりたくない状態だったから、西荻へ出向いて、アカシを立てることにした。

一人では、とても行けないから、大井広介に助太刀をもとめて、代々木へ訪ねたら、彼はイトコが立候補して、選挙応援に九州へ出向いて不在であった。郡山千冬なら睨みがきくだろうと電話をかけてもらったが、これも不在。銀座なら、雑誌社、新聞社がたくさんあって、豪傑の三人四人たちまちかり集めることができるが、新宿には、その当てがない。一人、居た。紀伊國屋の田辺茂一先生。これは、ふとっていて、睨みがききそうである。喜び勇んで紀伊國屋へ駈けつければ、社長は、今しがたお帰りになりました、という返事であった。

かくては、是非もない。灯ともし頃となり、豪傑どもが、三々五々カストリ街へ現れるのを待つばかり。ところが生憎（あいにく）なもので、谷丹三の店と、マコの店を、行ったり来たり、豪傑の訪れを待っているのに、こういう時に限って、一人も豪傑が現れない。谷崎精二先生のような温厚な君子人が現れるばかり、ままならぬものである。

両店を往復しているうちに、私はメイテイしてしまった。灯ともし頃もすぎ、パンパンの数も少くなり、いつまで待っても仕方がないから、一人で、でかけた。

西荻窪で降りる。マーケットを歩き廻ったが、この迷宮には日蝕パレスは見当らない。人にきいたら、分った。表通りの、焼け残りの堂々たる店であった。今は一階が喫茶室になってるだけだが、地下室も二階もあり、女給一同が揃っていた頃は、百人ぐらい居たろうと思われる大殿堂であった。西荻などと馬鹿にしてはいけない。アンゴ氏ほどの大人物が現れる以上、文士族は足がすくんで、とても階段をふむことができないような大殿堂が存在するにきまっているのである。

大きな奥深い店に客の姿がなく、バーテンと女給が一人いるだけであるが、どこに伏勢があるとも分らぬ昨今の状勢であるから、敬々（うやうや）しく一礼して、こちらへ坂口アンゴ氏が参りますそうで、とたずねる。ええ、ええ、よく、いらッしゃいます、と女給がはずむように景気よく答えた。

実は、私が、坂口安吾そのものズバリでありまして、と、声がふるえた。まったく恐縮するのは、こっちの方で、西荻のアンゴ氏は、僕と違って、威風堂々地を払っているに相違ない。このニセモノめ、と襟首つかまえられれば、もうホンモノはダメなのである。けれども、バーテンも案に相違、好人物の中年男で、今に女給が帰ってきますから、と僕をかけさせて、コーヒーを持ってきた。そこへドヤドヤと女給の一群が戻ってきた。そうだろうさ、手紙にも、女給一同より、と書いてあったのだからネ。

女給の中から、代表が現れて、進みでた。この女給が、手紙を書いた女給であった。二階でビールを一本のんで、この女給から、アンゴ氏の話をきいた。

アンゴ氏は四十二三の小男で、メガネをかけていたそうだ。似ていますか、ときいたら、いいえ、全然。アンゴ氏は、大へんお金持だったそうで、やっぱり偉いのである。

去年の六月から現れた。つまり、太宰事件の直後らしい。情痴作家という噂もなかった太宰でもあれくらいだから、悪名高いアンゴは大いにやるべきである。西荻のアンゴ氏がこう判断した心境も分らないことはない。

西荻のアンゴ氏は、ビール一本の三分の一ぐらいで赤い顔になる小量の酒のみで、それ以上は飲まず、常にもっぱら女を口説いたそうである。

一人の女給が、ニセモノを見破っていたそうだ。この女給は西荻アンゴ氏と泊りに行った。帰ってきて、あれはニセモノよ、ホンモノはふとった大男の筈よ、と云ったが、ニセモノかホンモノか追及する情熱はてんでなく、ニセモノを承知で遊んで、ほかの店へクラガエのとき、あれはニセモノよ、ともう一度云い残して、あっさりどこかへ行ってしまったそうである。

西荻アンゴ氏は小量の酒のみであるから、店に借金はないのであるが、多くの女給をやたらと口説いて、泊って、女に金をやらなかったり、女から金を借りたり、つまり日蝕パレスは被害をうけずに、「女給一同より」せしめていたのである。このへんも、手腕の妙であろう。坂口安吾を名乗って、西荻窪の刑事と握手したことなどもあるそうだから、偉い。ついでに、税務署の役人と握手して、税金をタダにしておいてくれると、もっと偉いのだが、今カラデモオソクハナイ。

幽霊

私がこの山奥のA村に住みつくようになったのは終戦の翌る夏。疎開者が古巣の東京へ戻るというとき、私はとんだ逆コースですが、事の始まりから順にお話いたしましょう。隣組に山田というインテリさんのお宅がありました。町工場や汚いアパートなぞのゴチャゴチャたてこんだ一劃が奇妙に焼け残ったのですが、その中にたッた一軒だけインテリさんの住居があったんですな。

この山田さんのお宅へ、終戦まもなく、岸さんという肺病の人がころがりこんだのです。岸さんは空襲のさなかに喀血したんだそうですが、大きな軍需工場ですからちゃんと会社の病院があって、そこに入院しているうちに終戦になる、やがてこの病院が閉鎖ということになって、岸さんも追んだされて奥さんの疎開先へ引揚げることになりました。

たまたま同窓の山田さんのお宅が焼け残ったことを知りましたから、ちょッと立ち寄ったわけです。はじめから居候をきめこむコンタンがあったわけではなく、ちょうど道順に当りますから、旧友のもとで三四日英気を養ってというようなスケジュールなんでしょうな。ところが運わるく、山田さんのお宅へきて二日目にまた喀血して、そのまま寝ついてしまったのです。

敗戦後一二年の食糧の遅配欠配はひどいものでしたが、岸さんは配給のよい軍需会社の病院生活という恵まれた雲の上から下界へ降りてきたわけですから、配給事情の悪いインテリさんの会社のことや、廿日一ケ月という下界の遅配欠配のことなぞも身にしみて分りやしません。病人にはいろいろの特配があるはずだが、米のオカユすらろくすッぽ食べさせやしない。さては山田一族めオレの特配で栄養をつけていやがるな、鬼のような奴だ、と岸さんは山田一族を呪うようになりました。

病人の面倒をみて呪われちゃアやりきれませんから、山田さんは疎開先の岸夫人にせッせと手紙を送りましたが、返事がきたのは一度だけで、御承知の如くに（ハガキにそう書いてあったそうです）敗戦後のこの悲しむべき有様にて、当方にも都合があるから、当分そちらで宜しく、というような文面だったそうです。

その後もせッせと手紙をだしたが返事がなく、山田さんも必死の瀬戸際ですから三日にあげず手紙を送ったそうですが、半年目に二度目のハガキが来ましたね。そのハガキには岸夫人の怒気があふれていたのです。困難の時に当って肺を病むとは国賊である。神様にもお国にも見捨てられたバイキンであるから、世間も彼を見捨て、女房子供も彼を見捨てるのは言うまでもない。アナタだけが彼を見捨てないのはアナタもバイキンのためである、というような文章でした。

岸さん自身も奥さんのところや、肉親縁者知人宛に救援の手紙をせッせとだしていたそうですが、どこからも期待のような返事が得られず、ために益々ひねくれたようです。手紙とか、奥さんとか、親戚なぞという単語がきこえただけでも敵意をあらわすようなアンバイで、御両人、どちらもツライことでしたろう。

山田さんという人は糖尿病と心臓が悪くてたッた一貫目の買出しの荷物を持って歩くこともできない人ですから、買出しも私がしてあげたんですが、ある日私のアパートへ頭をさげて頼みにきまして、キミの弁舌を見込んでお願いするのだが、岸夫人のところへでかけて直談判してくれろというわけです。

弁舌を見込んでという意味は、岸夫人に談じこむについてもいろいろと難関がありましてね。たとえば岸夫人が、それでは私が上京して看病いたしますてんでノコノコとやってこられちゃお手あげでしょう。この際の策戦としては、重態の病人を山奥まで輸送することが不可能ならば、国立の療養所へ入れるとか東京近在の親類縁者へ引渡すような手配をしてもらいたい、まアこんなところが一ツの解決の方法ですが、とにかく、たしかに弁舌を要することなんです。

そいつアどうも……と云って、私もちょッとためらッてみせたんですが、内心はそうじゃなかったのです。私はそのころ食いつめていましたからね。復員してみればクチはなし、ヤミ屋をやるモトデもない始末です。旅費と日当もらって田舎へ行ってタラフク食ってくるだけでもその頃としては大そうありがたい話ですよ。弁舌なんぞ大したことありませんとも。二三日の間だけでもタラフク食えるということが有りがたかったわけです。

弁舌のアゲク事がどッちへころげこんでも他人の身の上のことで、私にしてみれば二三日の間だけでもタラフク食えるということが有りがたかったわけです。

そんな次第で、とうとうこの山奥へ来ることになッちゃったんです。つまり、このA村が岸夫人の疎開地です。夫人の実家がここにあるんですよ。私がここへやってきたのは終戦翌年の真夏でした。

★

殺人的な汽車に十五時間ももみくちゃにされて、やっとこの村へ辿(たど)りついたときに、私は目を見はりましたよ。なぜって、男も女も、子供も年寄も、みんなマルマルとふとっていて血色がよいのに驚いたのです。食糧事情の好転した今日ではそうは見えないかも知れませんが、私がはじめてこの土地をふんだ時にはカケネなしにそうでした。村の人々にすれちがうたび、みんな巨人に見えました。東京の人間とここの人間とは品質がちがうということをシミジミ感じたんです。何を食ってるのだろうと考えました。この村の人々はオレにも同じ物を食べさせてくれるだろうかと考えました。それは聖人のする行いで、人間がそんなことはしない。だから同じ量と同じ質の食物は望まないが、食膳の半分の物はくれるかも知れない。私はそう考えたことを忘れませんが、あのころは考え方が遠慮深くなってたんですね。そして道々ヨダレが下唇のさきへ溜ってきて仕方がなかったのです。

この村へ来てから分ったのですが、岸夫人は村の男と同棲していました。

私は岸夫人を見たとき、この村のどの人を見た時よりも驚きました。なぜなら、この夫人が村人の誰よりも肉づきがよくてツヤツヤと血色がよかったからです。

　東京の人間たちの顔を見ると哀れを催すのがそのころの習いでしたが、わけても病床の岸さんは糸ミミズのツクダニみたいなものでしたね。その岸さんにこんな夫人があるとは信じられないことだったのです。巨人中の巨人でした。夏のことですから、たくましい胸の半分や腕が露出してるんですが、私はそのときまで人間の身体（からだ）にツヤがあることを忘れていたのです。モチハダと云うのでしょうか。あの肌はむしろツヤがないと云うべきかも知れませんが、この時、この場合に於ては後光がさしていたのです。私は彼女の日常の食物のことを考えましたが、私は彼女の日常の全てが——汚い話で恐縮ですが、私はそのとき彼女の糞便を自然に考えていたのです。そこにもツヤを思い浮べていました。何から何まで後光がさしているとしか考えられなかったのです。私が神々しい人間を見たのは、生涯にあのときが一度ですね。彼女の血色が神々しいものに見えたのです。

　私は彼女にあなどられないように道々策戦を考えていたのですが、自分は山田氏の依頼によって出張した弁護士で、丸ビルに事務所をもつ者であると名乗りました。これが意外にきいて、思いがけない結果になってしまったのです。

★

です。

戦争中には「行き過ぎ」ということが有りがちでしたが、彼女がそれをやらかしていたのです。

村の小学校に根津先生という若い男の先生がいました。死に損いかカタワでなければ若い男が内地にいる筈（はず）がない時世ですから、根津先生もタダモノではなかったのでしょう。ヒダリマキの傾向があることも確かです。

彼は熱狂的な愛国者で、また厳格そのものの精神主義者でした。そして戦争中はこの村の花形でした。根津先生を見習え。彼にしたがえ、というのがこの村のスローガンだったそうです。

彼は深夜にひとり神前にぬかずいて戦勝を祈願し、寒中に水ゴリをとって国運の伸張を祈りつづけたそうですが、憂国のあまり夜もおちおち眠るヒマがなかったのですな。夜も昼も彼は常に村を歩き、山を走り、天に祈り、雲に叫び、人に教え、この村の精神的中心でしたが、この先生に誰よりも心酔したのが彼女だったんですな。彼女もとかく行き過ぎるタチらしいです。

彼女は先生と同じことをやりだしたのです。寒中の深夜に水ゴリもとりましたし、天に祈り、雲に叫びました。また、竹ヤリを握って子供たちにゲリラ戦の指導もしました。彼女自身は前庭に藁人形を造って朝晩敵兵を芋ざしにする稽古にはげんでいたそうですが、向う見ずの猪のようにしばしば藁人形を素通りしてツンのめるほど激しい稽古に打ちこんでいましたから、竹槍のオッカアに云いつけるぞと親が云うと、村の子供が泣きやんでダダをこねなくなったそうです。

彼女は信仰のあまり、自分の一人娘を先生のオヨメにさせてもらったのです。四年制の女学校を卒えたとたんに疎開したばかりの満で十六の子供なんですが、それでも村長にたのまれて村の小学校の代用教員をやってたのです。村の人物が払底していたので、その母親の彼女なども頼まれたわけでもないのに学校へ通って教壇に立ち、結構チョーホーがられていたそうです。また彼女は尖端的な組織を発案して、女子自警団長、女子防空団長などもやってました。ですが、婦人会長にはなれないのです。というわけは、布施のトオバッバアという七十五になる婆さんが数十年来ニラミをきかせておりまして、この人の目の玉の黒いうちは他の者が婦人会長にはなれないのです。ところが、女子自警団、女子防空団などができて彼女が団長になった。トオバッバアでない者が女の長と名のつくものになったからタダではすむまいと案じる人もいたのですが、寒中の水ゴリと云い、竹槍の猛練習と云い、彼女に実力があるものですから、さすがのトオバッバアも戦争中は手がだせなかったのです。

戦争に負けてみると、彼女は行き過ぎに気がついて後悔しました。特に集りの席でトオバッバアに吊し上げを食ったときには参ったのです。トオバッバアは無学な農婦ですが、その落付いた弁舌は見事なもので、彼女の及ぶところではありません。トオバッバアが弁舌をはじめると、バッバアの席が世界の中心であるかのような底力がこもってくるのです。これを農婦の底力と申すべきでしょうかね。私はトオバッバアの弁舌をきいたときに、この年老いた一農婦が一生涯食べこんだ物量の力を感じたのです。トオバッバアは小柄な女で、別にふとってもいませんが、名優の演技に芸の年期を感じると同じように、トオバッバアの落付きと弁舌を見聞すると生涯食べこんだ物量がそこに坐って弁舌をやっているような底力に打たれざるを得なかったのです。

彼女はトオバッバアの吊し上げを無言で受けて、ジッと我慢しました。トオバッバアの弁舌に屈服するような彼女ではないのです。弁舌クソくらえ。要するに新しい時代の新しい生活をよりよく身につける者が勝です。そして彼女はものの二週間ほど沈黙しているうちに、誰よりも先に軍国調を軽蔑したり忘れてしまったりしたのです。

彼女は讃美歌の本を持って東家楽雲というナニワ節の師匠を訪問しました。

「民主主義と博愛思想普及の紙芝居をやりたいんですけど、アンタは筋とセリフを作って下さいな。私が絵にして、村の子供たちに教育しますから。ナニワ節口調を入れちゃダメですよ。讃美歌教えてあげようね」

と云って、持参の本をひらき、「庭の千草」や「埴生の宿」などを唄ってきかせたそうです。その時からというものは、道を歩くときでも、おセンタクの時でも、彼女はもっぱら讃美歌をうたうようになりました。まもなく、ナニワ節の楽雲と同棲するようになったのです。

楽雲はこの村の出身ですが、三月十日に焼けだされて、どこかで拾った鉄カブトを一ツぶらさげたほかには無一物で、大威張りで帰村したのです。

「名誉の戦災者に奉仕せよ。応分の供出したまえ」

と村の農家をクマなく一巡して鉄カブトをつきつけて評判を落したそうですが、人の集るところにはいつかもぐりこんできて一席唸(うな)ってきかせるので、支持者も少くなかったのです。楽雲というナニワ節語りの存在を聞いた者はないのですから、たぶん焼けだされて無一物で帰村するテイサイの悪さに編みだしたニセの名乗りだろうというわけで、村の者も信用していなかったのですが、相当な美声で、講釈と落語をチャンポンにしたような人を食った語り方も、この山奥では結構たのしめるものでしたよ。落語、物マネ、コワイロ、ドドイツ、小唄、寄席の芸ならたいがいやりこなしましたが、その方がナニワ節よりもうまかったようです。もっとも田舎では落語家でございと名乗っても一文の値打にもならないのです。

楽雲と彼女はカンタン相照らして同棲し、紙芝居をつくり、街頭に立って民主主義と博愛思想の普及につとめることになりましたが、民主主義の体現を示すために、疎開の荷の中から岸さんのセビロをだして楽雲にきせ、彼女は洋装断髪ハイヒールのイデタチで街頭に進出したのです。

楽雲のナニワ節、物マネなぞが前座です。次に彼女が讃美歌をうたい、くりかえし、かんでふくめるようにして、鼻たれ小僧やオッサンやバアサンにも合唱を強要します。ハイ、よくできました、ということになって、はじめて紙芝居の幕があくのです。ですから前座が終ると大半が姿を消したり遠くへ逃れたりして、ウスバカのような子供が三四人のこるだけ。このウスバカは元々歌をうたうことも知らないから、彼女だけがうたう。けれども、ちゃんと生徒に教えるように、ハイ、と云って合唱をもとめる様式でやるものですから、仕方なしに楽雲が生徒の分をひきうける。楽雲の声が小さいと、彼女の目が鋭くなるのです。

「もッと大きく……」

彼女は何回でもそう叫びますから、楽雲はどうしても彼女が満足するような大声でうたうようになるのです。

紙芝居の目的は民主主義と博愛思想の普及だと申しましたが、私がこの村へ来たときには新しくできた目的が二三追加されておりまして、結核ボクメツというのがありました。日本のバイキンを殺せ、というスローガンを小旗に書いて、彼女がそれをふりながら讃美歌をうたって先頭に歩いて行くのです。紙芝居の箱を自転車につけて、楽雲がそのあとにつづく習慣でした。つまりその日の紙芝居は「日本のバイキンを殺せ」という外題なのです。主人が肺病になって妻子が路頭に迷う陰鬱な物語ですが、村の子供には案外人気がありました。民主主義や博愛の物語よりも筋金入りのせいでしょうか。とにかく彼女が紙芝居の目的にバイキンボクメツを追加したのは自分の半生に腹を立てたからでしょう。山田さんのキリもないサイソク状にモシャクシャしたせいもあるかも知れません。

彼女は戦争中の行き過ぎなどはとックに忘れて、トオバッバアの吊し上げなどもすでに意に介していませんでしたが、娘を根津先生のオヨメにやったことは後悔していました。なぜなら根津先生は終戦の数日後にふるさとの山河に宿る天神地神から神国不滅の秘密の言葉をうけたそうで、日夜山野を走り叫んで人々を励ますことの代りに、今では学校にいても家庭にいても人々と語り合わず、ひとり天地の声に耳をかたむけているだけでした。要するにヒダリマキらしいと村の結論がでて誰も彼を相手にしなくなったのです。もっとも、学校の勤めはつづけていました。相変らず人物払底のせいもありますが、ヒダリマキの理由でクビをきるわけにもいかない事情もあるのですな。この先生がヒダリマキだというなら、戦争中に号令をかけた人々、クビをきる側の、校長先生や教頭先生にしたところで同じようにヒダリマキだと云われても仕方がないような意味があってグアイが悪かったらしいのです。

彼女は娘を離婚させたいと思ったのですが、さすれば代用教員をやめなければなりません。離婚した翌日にもう同じ職場で顔を合せるというのは妙なものでしょうから。ところが代用教員をやめられると、彼女が月々娘から受けとる小遣いも貰えなくなるし、娘の生活まで彼女にかかってきますからウカツにはやれません。

良い方法はないものかと娘に会って相談したのですが、娘の云うには、離婚と職務は別だから、離婚の翌日から毎日職場で同席したって私は別に不都合も感じませんが、たって当分顔を合せない方がよろしいというなら夏休ミを機会に別れちゃえばよろしいわ、というわけで、この結論を得ましたので、夏休ミになると娘はひそかに自分の道具を運びだしたのち書置をのこして行方をくらます、同時に彼女が先生を公式に訪問して、娘は離婚させますから今までのことはお互に忘れることに致しましょうと申入れるところがあったのです。

先生は終戦後まる一年になるというのに、家庭では殆んど一室に閉じこもって他人に対すると同様に女房にも最小限の必要な表現以外は話しかけたことがないのですから、女房が居なくなっても一向に差しさわりがなかろうと彼女は信じていましたし、また、それを理論に組み立てて相手を説破する自信もいだいていたのです。

ところが相手はヒダリマキのことですから、彼女の予定のコースできやしません。その当日の彼は全然無表情また無言。彼女はアッケないながらも諸事完了と一人ぎめして満足して戻ってきたのですが、三日目から思いがけないことが起ったのです。

彼女と楽雲が路傍で紙芝居をやってると、先生が子供にまじって見物していましたが、紙芝居が終ると同時に先生が子供たちに演説をはじめたのです。

その日の紙芝居は例の「日本のバイキンを殺せ」でしたが、先生はその物語を例にとって、日本のバイキンを殺せとは自分の亭主を殺せ、また殺したという心で、彼女の亭主は肺病で東京にねたまま動けないのに彼女は情夫と同棲して亭主の洋服や着物を情夫にきせ、亭主にはネマキ一枚送ってやったこともない。——そういうバクロ演説をはじめたのです。これがまた弁舌はさわやかなものです。彼と子供たちとは元々弁舌で結ばれた関係ですが、ふだんのお説教とはちがってバクロ演説ですから頭の痛む筋もなく、紙芝居は絵の説明ですが、先生のは実物の男女を目の前に指し示しつつの烈々の火を吐く熱演ですから、面白いことは紙芝居の比ではありません。

それからというものは、先生は毎日紙芝居のあとをついてまわって絶対に離れることがありません。そして紙芝居が終ると同時に今の物語を例にとってバクロ演説をやるのです。民主主義や博愛の紙芝居の場合ならば、彼女は口に民主主義博愛を説きながら血を吐いて身寄りもない焼野原の東京に身動きもできぬ哀れな良人(おっと)を見捨て……というようにバクロ演説にうつるのですな。

この演説はすごく人気がでました。紙芝居が通る。うしろから子供たちがついて行く。そのまたうしろに先生の姿も見える。それを見ると野良のオッサンもオッカアもジジイもババアもクワを投げだしてウネへあがり、諸方の畑から立ち上った人々が一本の道の上へ集って一まとめになってゾロゾロとついてくるというアンバイです。

バクロ演説は最後に彼女の秘密の素姓を語り明かして終るのですが、その素姓とは彼女は敵国のスパイである、というのです。戦争中彼女はシカジカの方法によって敵のレーダーとレンラクをとり、何月何日どこで何をしたかということを甚だ具体的にバクロして見せるのです。そのバクロはヒダリマキの証拠で前半の真実をブチコワシているような蛇足なんですが、それがそうでない意味もあったんですな。なぜなら、彼女が極端な軍国主義から民主主義へ急転換して以来、その反感から彼女はスパイだという田舎らしい流言があったからです。

根津先生のバクロ演説は、とるにも足りなかった流言に重々しく根をはらせる力がありました。若い身空で兵隊にとられないような人だからヒダリマキはさておいて吹けば飛ぶような虚弱者と思われるでしょうが、アニハカランヤとはこのことです。このへんが田舎の実力なんですな。先生は実に堂々たるカップクですよ。軍装させてグイと軍刀のツカを握らせれば、まさに少壮参謀ですよ。そのバクロ演説はカップクのよい少壮参謀が敵の戦車飛行機の大編隊の総攻撃にビクともせず、今やマナジリを決して命令一下反撃を加えて一踏みに敵勢をにじりつぶさんという鬼神の姿にも見まがうのです。たしかに気魄（きはく）があるのです。ポンポン云うだけの東京のケンカとちがって真の実力があふれています。一年の間ほとんど喋ったことがなくとも、食う物はたべているんですな。この一ツの場合を目にするだけでも田舎の実力というものはヒシヒシと骨身にこたえて、よろけるような酩酊（めいてい）すらも感じさせられたものですよ。とにかく先生のバクロ演説は壮烈鬼神をも泣かしめる特攻精神の在りどころを示し、なんとなく万人を激励し、説得するものがありました。

バクロ演説がはじまって五日目には、彼女は村民の敵――村民の側からの考え方や言い方によれば彼女は日本の敵、もしくは人間の敵そのものでした。村八分を主張する声はむろん起りましたが、むしろ村境まで裸馬に積んで行って突きとばせという過激な声にかえって支持者が多かったほどです。

ところが彼女はオメオメ負けて引きさがる人物ではありません。彼女は全てこれらの非難攻撃悪罵を先覚者のうけがちな迫害と見たのです。郵便物も配達してくれないようになりました。彼女宛の郵便物は郵便局の窓先へ投(ほう)りだされて彼女が受け取りにくるまで人々のオモチャになっていますから、手紙はいつか封が切られて誰かが勝手に読んでしまう。ちょうど山田さんのサイソク状の一通がこの状態の結果として人々の読むところとなり、肺病の良人が身動きもできないままに東京にほッたらかしになっているという事実の歴然たる証拠があがりました。

田舎の人は変に理窟を活用するもので、証拠があがると、もうカンベンできねえ、という火の手があがり、村の有志大会がひらかれて、証拠の手紙の朗読があり、会衆の中でも目明きの者はドレドレとその手紙を手にとって眼鏡をとりだしてツブサに廻覧するというような集会もあったのです。楽雲もそのまきぞえを食って、アイツは大方兇状持ちだろうなぞと云われる始末となり、足もとの明るいうちに二人が村から立ち去らないと、クワだのナタだのカマなぞという農村の兵器で頭をわられるハメになっても仕方がないような事態がさしせまってきたのです。

ところが、彼女は強情ですな。迫害が大きくなるにつれて、むしろ彼女の闘志はわきたつ一方でした。そして紙芝居の巡回を一日たりとも休まぬ覚悟をかためたのです。槍が降ってもと云いますが、たしかに彼女は雨が降っても紙芝居の巡回を怠らなかったのです。

わずか数日足らずのうちに中風の病人以外は村の全員がバクロ演説をきき終り、三度きいた、五度きいたという物好きなオッサンもいましたが、大人はもう聞き飽いていたし、子供たちの多くも仲間はずれのウスバカ以外はよっぽど退屈した時のほかには珍しがらなくなっていました。

しかし、根津先生だけは雨が降っても紙芝居の出発を待ち伏せていたのです。

彼女にしてみれば、豪雨の一日ついに根津先生の追跡がとぎれたのを見出した場合、さぞかし溜飲がさがり、ザマアみろ、と叫んだことでしょうが、ドシャ降りの日もついに追跡のとぎれたことがない。その日はひどいドシャ降りでした。このドシャ降りに紙芝居の巡回にでるというのは、先生の追跡のトギレを見て快哉を叫び、合せて村の奴らに根気の程を見せつけて思い知らせてやりたい一心でしょうが、家をでてものの十間も歩かぬうちに、ぬれネズミの先生がうしろのヌカルミをピョコピョコ歩いてくるのを見出してはウンザリせずにいられますまい。ですが意地ずくの問題ですから、彼女はむしろ常の巡回路よりも大廻りに勉強して、村にたッた一軒の雑貨商店や、郵便局や、ハタゴ屋や、医院や、青年会館の前などで、これみよがしに紙芝居をやりました。いつもと同じように楽雲の前座、讃美歌のお稽古と一ツも手をぬかずにやったのです。すると紙芝居の終りとともに、根津先生のバクロ演説もいつもの通り行われました。

　いつもと同じように手をぬかずと云っても、音声は豪雨の音に消されがちで、住居の奥から様子をうかがう人目があっても身の周囲に聞き手がいるわけではありませんから、彼女は平素の順を追うだけで、たとえば楽雲の讃美歌合唱の声が細くとも、もっと大きく！　と満足するまで叫んでやまないような根気は失っていたのです。

　ところが紙芝居が終ったトタンに予期の通りバクロ演説がはじまったものですから、彼女は鼻先で笑いましたが、それだけですむ事態ではなかったのです。

　その時まで手持無沙汰の先生は全身からシズクをたらしてションボリ立っていたのですが、バクロ演説のはじまるとともに、にわかにその気魄の鋭いこと、大音声の逞しいこと、雨雲を押しくだいて、天をも遠ざけるようでした。

　彼女の音声は豪雨に消されがちでしたが、同じ豪雨がバクロ演説の大音声には歯が立たないのです。彼女の紙芝居は雨の中で行われたものでしたが、バクロ演説は豪雨を乗り超えていました。いかなる障碍も先生のバクロ演説の気魄と音声をさまたげることができないと思い知らされるようでした。

　畜生！　やったな、と、彼女は歯ギシリして地ダンダふまんばかりの口惜しさがこみあげましたが、それからというものは彼女の目に雨もわからぬぐらい夢中になってしまったのです。そしてその次の地点の紙芝居からは、力の限りまた声の限り、叫び、うたい、特に楽雲の合唱の声に対してはたとえ血を吐くとも全声量を張りあげて出しきるまでは要求してやまない残酷な厳しさを最後までゆるめなかったのです。

楽雲は美声ですから力をこめて思いきって発声すれば根津先生とて太刀打はできませんが、声にこもる気魄の差は美声だけでは間に合いません。バクロ演説にこもる力の張りの高さや鋭さの前では、楽雲が必死となって唸りだす美声といえどもヘナヘナなんです。彼女は舌うちし、もどかしさに手や首をうちふり、鋭く叫び、あくまでも精一パイの音声を要求しました。そのために時間がかかって、いつもの半分も廻らぬうちに日が暮れてしまったそうです。

その晩以来、楽雲はノドをつぶし、高熱を発して寝こんだのです。病状は悪くなる一方でした。薬らしいものが日本中に皆無の時世ですから手当の仕様もなかったのです。

翌日から彼女は一人で自転車を押して巡回しなければならなかったのですが、休まずに巡回はつづけていました。

紙芝居の巡回が彼女ひとりとなり、その理由も判明したので、村民に勇気と決断を与えたようです。彼女は青年会館へ呼びこまれました。青年たちは山田さんの二通目の手紙を突きつけて彼女を吊し上げたのです。その手紙によると「あなたの御主人は死んだらあなたのところへ化けて出て呪ってやると恨んでいます」ということでした。

「この村へユーレイにやって来られてたまるものか。ユーレイのこないうちに貴様のような良人殺しはこの村から追放だ」

一人がこう云いました。また多くの者が口々に彼女のいくつかの罪状と追放の宣告を叫びたてました。彼女は一切無言でした。ビンタもいくつか食らいましたが、ウンともスンとも音をもらさず、青年たちが退屈して諦めたので我家へ戻ってきたのです。

私がこの村へ到着したのは、こういうことがあっての直後で、私が弁護士と名乗ったばかりに彼女の目色が変った理由はお分りでしょう。そのとき楽雲の病気はもはや取り返しのつかないところまで進んでいましたが、医者が見たわけではないから、病人自身も彼女も村の人々もそこまで考えた人はいなかったのです。

★

彼女は私の眼前に奇蹟を行ってみせました。ドンブリに山もりの白米のゴハンが現れ、雞卵と、牛のモツと、鯉の切身が現れ、さらに腹の不足分をみたすためには、ゆでたてのジャガイモがヒラバチに一山待機していてくれるのです。それというのが、丸ビルに事務所をもつ弁護士をローラクして、人の手紙を勝手にひらいて読んだ罪人どもを一人あまさず牢屋にぶちこみ、この村を粛清しようというコンタンによるものでした。また、バクロ演説が一女人の精神に被害を与える犯罪とか、一女人が青年会へ呼びあげられて多数の男に侮辱をうけビンタを食らわされた残虐事件は戦犯の場合に於ては死刑であるが日本の新憲法に於ては彼らを死刑にすることができないのか等々彼女にとっては何者にもまして弁護士が必要な時機だったのです。

私は彼女が村全体を敵に廻しながら豊富な食物を揃えることのできるのがフシギでした。ところが彼女はタネや仕掛けのある手品の必要すらもなかったのです。要するに農村に於ては仇敵を憎むこととショーバイとは別物だったにすぎないのです。彼女は農家の欲しがりそうな一揃いの品物をもって彼女をダカツの如くに憎む人の門をくぐります。ここのウチで白米が買えなければ隣りのウチで買うまでのことだという強い意志を見せることと、彼女がその門をくぐったことが他の仇敵の目にふれることがないように夜間の適当な時間を選ぶ配慮とがあれば、仇敵から白米や雞(にわとり)を普通のヤミ値で買うことは難事ではなかったのです。

「で、お嬢さんは夏休ミ中どこに身を隠していらッしゃるのですか」

彼女はカンタンにこう答えただけでした。

「新しい恋人のウチへ泊りに行ってるにすぎません」

私は十年ぶりだか、もッと長い年月になるのか、今さら思いだしようもないような御馳走をこれが自分の腹の中へ入れることのできる物なのだと確認しつつ見ているだけでも恍惚となりながら、なんとかして、かかる食物にありつく日数をできるだけ長びかせる妙策はないものかと脳ミソのドン底までひッかき起したいようなモドカシサに悩んでいました。

住める人々のすべてがふとっていて血色のよいこの村へ住みつく策があるなら住みつきたい。もっともただ住みついただけでは、お金もないし物々交換の品物も持たないのだから、なんにもならない。しかし、ともかく、偶然弁護士と名乗ったために意外なモテナシをうける扉をひらいたということは、私にいろいろの希望を持たせてくれたのです。私は彼女のために力強い軍師のフリをするとともに、村の人々にも愛される人にならなければならないことだけは見定めました。

私はこの一人二役を巧妙に演じて未知の成果に近づくために数日間というものはあらゆる注意深さと誠意のこもった言動に終始し、私の顔から微笑の絶えることがないようにと絶え間なく心を配り、今の微笑は度がすぎやしないかとか、ちょッと物欲しげではなかったかとか、顔の皮の一ミリの動きの差が地震計の針のように一々大ゲサに心臓にひびくのに難儀していました。この心労は並タイテイのことではありませんでしたが、ともかく仇敵同士の双方に巧みに好かれるためにはまず微笑を絶やさぬことであるという考えが私の頭に浮んで以来というものは、常に微笑を忘れるなという考えと用心だけで頭の中が一パイになって、その後の考えがとぎれてしまって、どうしても次の策がまとまってくれないのです。ですからそれからの数日というものは汝（なんじ）の笑顔を忘れるなという用心だけでつかえていました。寝ても醒めても自分の笑顔が気にかかるばかり、真夜中にふと目がさめたときや人と別れたあとなどにふと気がついて、もっと新鮮で生き生きした笑顔はないかと表情をビクリビクリねじかえてみて好かれる笑顔の研究にふける熱意が全身にみなぎっていたのです。

意外にもこの大事の瀬戸際にきて日頃に似合わぬ才覚不足で、ただもう必死に笑顔に一念こらすばかり、あとは運を天にまかせるというタヨリない有様でしたからせいぜい数日持ちこたえるのが精一パイのところでしたが、幸いにもユーレイが私を助けてくれたのです。

高熱で夢ウツツの楽雲が時々ユーレイに首をしめられるようになったのです。楽雲はそのユーレイの顔に見覚えがなかったのです。

「お前は誰だ。放せ！　放せ！」

楽雲はヒキツケを起しながらシバシバ同じ悲鳴をくり返しました。楽雲の語るところによりますと、ユーレイはズカズカと近づいてきて物も云わず首をしめあげるときと、まれには恨みのこもった眼で彼を見すえた後に、

「オレはこんなに痩せて骨と皮だけになったぞ」

と恨みを述べるときとがあったそうです。そのユーレイはたしかに骨と皮だけに痩せきっていたのです。誰の身にとっても知らない人のユーレイに恨みを云われるのは心外でバカげたことです。楽雲はカンシャクを起して、

「オレはお前なんぞ知らねえや。お前が骨と皮に痩せたって、そんなことをオレが知るものか。お前はいったいどこの誰だ」

と呼びかけたものですが、するとユーレイは返事の代りに素早く体当りを食らわせてとびかかって一気に首をしめあげてしまうそうです。

ある日、彼女が楽雲の枕元へにじり寄って、一枚の写真を見せて言いました。

「ユーレイはこの男じゃなくッて？」

「アッ。こいつだ！」

この叫び声を発すると、もう動く力がない筈の楽雲の身体がそのハズミにはねたのです。彼は写真を握って目の近くに寄せて確めながら、息をきらして問いつめました。

「こいつは、どこの何兵衛だ。こいつめが。この野郎めが！」

「それは先のウチのヒト。肺病で死にかけてる人よ」

彼女は涼しい声でこう答えました。それをきくと、楽雲はシッカリ握っていた男の写真をポロリと取り落して、気を失ってしまったのです。そして、そのまま意識を恢復せずに冷めたくなってしまったのです。

★

ちょうどその時刻でした。根津先生がふと書見の顔をあげたとたんに、ガラリとフスマをあけて楽雲が兇悪な面相でおどりこんできました。

「オレがこんなに骨と皮に痩せたのはキサマのせいだ。この野郎め！」

楽雲はむんずと組みつくと先生をグイグイ押し倒して、不馴れのせいか腕をまくのに手間どったあげく馬鹿力で首をしめつけたのです。カップクのよい先生の体軀が痩せこけた楽雲のなすがままにねじふせられて、なんとも防ぐことができなかったのです。

喉がゴロゴロ鳴ってるうちに楽雲の首しめ作業が進捗して今となっては苦しいのクの音もだすヒマもありません。鼻の中へ大きな石がグイグイつめこまれて一パイになり目がハレツして火花がちったと思うと気を失ってしまったのです。

先生は息を吹き返しましたが、見舞いにきた人の話に、その時刻に楽雲が死んだときいてから、様子が変テコになりました。翌る日の夕方、自宅の縁側からハダシのまま走りでてどこかへ駈け去ってしまったのですが、翌る朝、一山こえた隣り村で死んでいたのです。谷川にかけられた小さな橋の石のランカンに自分の頭を叩きつけて自殺したのだろうという推定でした。

なお、郵便物が配達されないから当分の間分らなかったのですが、楽雲の死ぬ五日前に岸さんは死んでいたのです。ちょうどその頃から岸さんのユーレイが楽雲の首をしめに現れていたのです。

私にしてみれば、こうして三人死んだあとに私が自然に彼女の亭主となり、つまり今や二人のユーレイと同じように彼女の三人目の亭主ですが、そして私が死ぬ場合にもユーレイとなって、彼女の首をしめる代りに誰かの首をしめて間に合せるかも知れませんが、私のありのままの心境としては、私は先輩のユーレイには殆ど関心がもてないのです。

私にとっては、私がこの村に住むに至ったイキサツだけが記憶すべき貴重なことです。そのイキサツの中に二人の先輩のユーレイの話がたまたまじっているために記憶しているだけのことにすぎません。

もっとも私が血色をとりもどした今となっては彼女が神々しい実在に見えるはずはありませんし、この村とても今では全く魅力ある土地ではないのです。

餅のタタリ

餅を落した泥棒

土地によって一風変った奇習や奇祭があるものだが、日本中おしなべて変りのないのは新年にお餅を食べ門松をたてて祝う。お雑煮の作り方は土地ごとに大そうな違いはあるが、お餅を食べ門松をたてて新春を祝うことだけは日本中変りがなかろうと誰しも思いがちである。

意外にも、新年にお餅も食べず門松もたてない村や部落は日本の諸地にかなり散在しているのだが、上州には特に多い。その上州でもある郡では諸町村の大部分が昔から新年を祝う風習をもっていない。それでも、ま、新年のオツキアイだけは気持ばかり致しましょう、というわけか、三ガ日だけウドンを食べる。

もともと上州の人たちは好んでウドンをたべる。農村では米を作りながら自分はウドンの方を喜んで食ってるという土地柄であるから、新年にウドンを食ってもふだんと変りがないようなものだ。むしろ新年のウドンの方がふだんのウドンよりもまずいぐらいで、テンプラウドンやキツネウドンにくらべると大そう風味が悪いような特別な作り方のウドンを三ガ日間というもの三度三度我慢して食べてる。まったく我慢して食べてるとしか云いようがないほど味気ない食膳で、ふだんの方がゴチソウがあるのだ。要するにその食卓から新年を祝う気分を見ることはできなくて、むしろ一ツ年をとって死期が近づいたのをシミジミ観念して味っているような食卓なのである。

　どうして新年にウドンを食うかということについては昔からいろいろ云われているが、いずれも納得できるものではない。むしろ、上州ばかりでなく、日本の諸地では昔から新年にウドンを食っていたのかも知れない。餅をくって門松をたてる風習の方が後にできてやがて日本中に流行してしまったのかも知れず、そのとき意地ッぱりの村があって、オレだけはウドンをやめないとガンバリつづけたのが今に残ったのかも知れない。上州にはそういう意地ッぱりの気風があるようだ。

　さて、そういう村のあるところに、日当りのよい前庭に百坪もある円い池のある農家があった。その池には先祖からの鯉がいっぱい泳いでいて、それだけでも一財産だと云われているほどの池だから、この家はいつのころからか円池（まるいけ）サンという通称でよばれるようになっていた。

　年の暮も押しつまって明日は新年という大晦日の夜更けに、円池の平吉という当主が便所に立ったところ、その晩はカラッ風のない晩で、そういうときのシンシンとした寒さ静けさはまた一入（ひとしお）なものだ。思わず足音を殺すようにして廊下を歩いていると、庭でコツンバシャンとかすかな音がする。立ち止って耳をすますと、どうも氷をわる音だ。まだ氷が厚くないらしく、竹竿ようのもので誰かが池の氷をわっているようである。

「さては鯉泥棒だな。大晦日だというのに商売熱心の奴がいるものだ。大方正月のオカズにしようというのだろう。悪い奴だ」

そッとシンバリ棒を外した平吉が、ガラリと戸をあけると、その棒をふりかぶって、

「この泥棒野郎！」

と暗闇の中へおどりこむと、泥棒は竹竿を池の中へ投げすてて逃げてしまった。家族の者がおどろいて起きてきたので、平吉はチョーチンをつけさせて池のフチへ行ってみると、池の中に浮いてるのは彼の家のホシモノ竿であるが、そのほかに安物のツリ竿、ビク、そして手ヌグイ包みが一ツ落ッこちている。包みの中から見なれない変なものがでてきた。

「魚の餌にしては変だなア。なんだろう？　まだ、ビクはカラだな。一匹もつらないうちに、道具一式おき忘れて逃げちまやがった。いい気味だ」

そこで平吉は戦利品を屋内へ持ち帰って、

「これを取りあげちまえば、もう今晩は盗みができない。一本十円ばかりのこの安竿で何百円何千円という鯉を盗みとろうとはふとい野郎がいるものだなア。アレ。ビクの中にエサのネリ餌があらア。するとこの手ヌグイ包みは何だろうな」

電燈の下にひろげてみると、矩形（くけい）の変にやわらかな焼いた物だ。

「こりゃア餅じゃアないか」

「そうだわ。焼いた餅だわ」

「してみるてえと、魚のエサじゃアなくて、泥棒のエサだな。これを食いながらノンビリ鯉

をつるつもりだったんだなア。泥棒を遊山と心得てやがる」

「ですが、新年のお餅でしょうから、この村の人じゃアありませんね。村の者はこんな悪いことはしませんよ」

「なるほど、そうだ。この村の者は新年に餅なんぞ食いやしねえな。だが、まてよ。フム。泥棒は、わかったぞ。あの野郎ときまった。ふてえ野郎だ」

「誰ですか」

「杉の木の野郎だよ。この村に、新年に餅を食う変テコな野郎は一人しかいない。あの野郎め、オレの鯉で餅の味をつけようてえ寸法だな」

「村の人を疑っちゃいけないわ。杉の木さんはお金持でしょう」

「ケチンボーではこの上なしの奴だ。みろよ。お弁当の餅といえば、ノリをまくとか何とか味をつけるものだ。この餅は焼いただけで味なんぞつけてやしないや。あのケチンボーめのやりそうなことだ。餅を食う奴にろくな奴はいやしない。とッちめてくれるぞ」

円池の隣家——といっても畑をはさんで一町の余も離れているが、そこに一本の大きな杉の木のある農家があった。ちょうど隣家の円池と同じように、日当りのよい前庭の真ン中に杉の木がある。そこで通称杉の木サンとよばれている。両家ともに村ではお金持である。

円池と杉の木は、その前庭の存在物のために昔から両家で張りあっていた。つまり、オレの杉の木が古い、オレの円池がもっと古いと称して両々ゆずらないのである。たがいに一方を成り上り者と称し、他が一方の前庭の存在をマネて、同じ位置に細工を施したものだ、という先祖からの家伝によるのであった。

杉の木の当主助六は戦争中に杉の木にシメナワをめぐらして神木に仕立ててしまった。そして無事供出をまぬがれるとともに、シメナワをはるわけにいかない隣家の円池を見下して、杉の木の由緒を誇ったのである。それ以来、両家の仲は一そう悪くなってしまった。

杉の木の助六は若いころ旅にでて、オシルコもおいしいし、お雑煮もおいしいものだということを発見し、年に一度の正月に餅を食うのは舌にとっても正月だということを確認したのである。そこで自分の代になると、正月は餅をついて食うことにした。

その餅をつくためのウスとキネを町で買って村へ戻ってきたとき、村境にでて助六を待っていたのは村の有志十名あまりで、その先頭に平吉がいた。彼は皆を代表して助六をさえぎって云った。

「そのウスとキネはこの村の中には一歩も入れられない」

「なぜだ」

「そういうものでスットンスットンやると、餅を食べたことのない御先祖様御一統の地下の霊がおどろいてお騒ぎになる。また村の神様のタタリもあろう。村に不吉なことが起るから、そのウスとキネは一歩も村の中に入れられない」

「そのタタリというのは、いまお前さん方が無法にも人の通行を邪魔してることだ。天下の公道の中にウスとキネの関所があるのは聞いたことがない。もしも、たってさえぎると、お前さん方は法律によって牢にはいることになる。それがタタリというものだ。そのほかにタタリがあったら、お目にかかろう」

助六はこう見栄をきった。そして荷車をひく人足にきびしく前進の命令を下した。十名あまりの有志の中にたってさえぎる勇者が一人もいなかったので、平吉も涙をのんでウスとキネの侵入を見送らなければならなかった。助六の餅については、その発端からこういう曰く（いわ）インネンがあったのである。それからもう二十何年も時が流れている。あいにく餅のタタリが現れて助六の杉の木が雷にうたれてさけることもなく、助六のノドに餅がつかえたことすらもないから、平吉の無念の涙はいまだに乾くヒマがなかったのである。そこで平吉は泥棒のおき残した手ヌグイ包みの餅を仏前のタタミの上において、仏壇を伏し拝んで落涙し、ついに御先祖様御一統の加護があらわれたことを感謝したのである。

証拠より論

元日の午（ひる）、村の重立った者が役場に集って、心ばかり新年を祝うことになっていた。平吉は今年の元日に限って朝から一杯キゲン、大そうよい心持だ。午になると、ツリ竿とビクと手ヌグイ包みをぶらさげて、満面に笑(えみ)をたたえて役場へ急いだ。

「元日から魚ツリですか」

「ハッハッハ」平吉は笑うのみで黙して語らず、期待に胸をワクワクさせて、新年遥拝式の終るのを待った。餅を食ってきたに相違ない助六も、天を怖れる風もなく、列に並んで新年遥拝を終った。

さて祝宴がはじまったとき、平吉はいよいよすッくと立上って、ツリ竿とビクを差上げて、

「さて、皆さん。ただいまワタクシは新年にちなみ、ツリ竿とビクをたずさえてエビス様のマネをしているわけではありません。実はあまり香(かんば)しい話ではありませんが、若干おもしろいところもありますので、新年そうそう皆さんのお耳を汚させていただきます。ワタクシが昨夜夜半にふと目をさましたところ、誰やら庭の池の氷をわっている物音が耳につきました。そこで足音を殺し、シンバリ棒を外し、ガラリと戸をあけて大喝一声いたしましたところ、賊はとる物もとりあえず逃げ去りました。あとに残されたのが、この品々です。魚泥棒がツリ竿とビクをおき残して逃げたのにフシギはありませんが、そのほかに、もう一品、異様な物をおき忘れて逃げ去りまして、それがこれなる手ヌグイ包みでありますが」平吉はツリ竿とビクを下において、フトコロから例の物をとりだして、人々に差し示した。

「これが奇妙な物なんですな。はじめ魚のエサかと思いましたが、ビクの中にネリ餌の用意があるのを見ると、これはちがった用向きの物らしい。物は何かと申しますると、まことに

フシギや、ほれ、ごらんの如くに焼いた餅です。つまり泥棒はツリをしながら餅を食うつもりでしたろう。ところが、フシギと申しますのは、当村は正月には餅を食べないところです。どこの家にも餅のある筈がございません。これが甚だフシギです。遠方のよその土地からわざわざ夜更けに魚泥棒にくる人があろうとは思われませんが、近所に餅を食ってるのは誰でしょうかな」

酒の多少まわってる人々が多かったから、これからが大変なことになった。なぜなら、ただ一人村の長年の習慣を破って餅を食ってる助六に反感をいだいている人が少くなかったからである。

「なるほど、それはまことにフシギだ。大フシギだな。この村に餅を食べる家といえば、たしか一軒あるときいていたが。たしか二軒はなかった筈だな」

「そうだ。そうだ。去年まではたしかに一軒であったが、本日は正月元日、すなわち去年の翌日だから、たぶん、まだ一軒だろう」

「なに云うてるね。昨夜のことなら去年だろう」

「そうだ。これはまさにその通りだ。してみると、たしかに一軒だな」

これをきいて助六は怒った。

「皆さんの話をきいていると、まるで私が犯人のようじゃないか。はばかりながら、私は新年に餅を食うが、鯉や鮒を食うような習慣は持ち合せがない。最近この村外れに道ブシンがはじまって、よそから人足がはいってるから、餅を食ってるのは私だけとは限らない。どれ、その餅を見せてごらんなさい」

「そうはいかないよ。これは証拠の品だから」

「バカな。その餅を奪って証拠を消すようなことをすれば私が犯人ですと白状するも同然じゃないか。皆さんとても知らない筈はなかろうが、餅はツキ方によって、それぞれ多少はちがうものだ。その餅を見れば、どんな人の食う餅か、多少は分らぬことはない。見せなさい」

そこで一個の餅を受けとり手にとって充分に調べた助六は、思わず顔がくずれるほど安心して、

「これは町の人の食う餅だ。むろん私の餅でもないし、近村の農家の餅でもない。なぜかというと、この餅は餅米のツブだらけで、粗製乱造の賃餅だ。自家用にこんな粗製乱造の餅をつくることはないものだ。私が犯人でないというレッキとした証拠を見せてあげるから、待っていなさい」

助六は自宅へ走って帰って、五ツ六ツ餅をとって戻ってきた。

「ごらんなさい。これが私の家の餅だ。この餅を同じように焼いてお見せするから、泥棒の餅とくらべてごらんなさい。中を割って、ツキぐあいを見れば一目でわかる。さ。手にとって、中を割ってごらんなさい。一方はツブだらけ、私のにはツブがなく、ひッぱればアメのようにのびる」

「一方は焼きたてだからのびる。冷えてしまえば、のびる筈がない」

「ツブを見てごらん」

「なに、冷えたからツブができたのだ」

「そんなバカな。じゃア私のも今に冷えるから、そのときツブがあるかどうか見てごらん」

「冷えたてはツブができない。コッちは一晩たってるからツブができたのだ」

「餅のことを知りもしないで、何を云うか」

「なんだと？　餅のことを知らないと？　知らない者に餅を見せて、なぜ証拠調べできるか。それでは証拠調べではなくて、皆を口先でだまして、証拠をごまかすコンタンであろう」

田舎の人というものは、論争の屁理窟の立て方に長じていて、それにまきこまれてしまうと正常の理窟は役に立たなくなってしまう。またその論争を聞く人々も自分の感情や意地にからんで手前流に判断するから、こうなると、助六に歩がない。一同はワアワアと立ち上って、

「そうだ。そうだ。杉の木は村の者を口でだますコンタンだ。自分だけ餅を知ってるようなことを云うが、そうは、いかねえぞ。オレは米をつくる百姓だ。五十八年も野良にでている百姓だぞ。餅のことぐらい知らないで、どうするか」

「そうだとも。オレは野良にでて六十三年になる。農作物のことなら、隅から隅まで知らないということがないぞ」

「理学の原理によれば、焼いた餅が冷めたくなると、ツブができるとされている。一晩すぎると、ちょうどツブができるな。しかしだな。ただ冷えただけでは、そうはいかないが、氷のはるような寒い晩に吹きさらしにされていると、特別そうなるものだ。カンテンと同じようなものだな。魚のニコゴリも理窟はそれに似ている。これは理学上の問題であるが、オレは昔三年間ばかりその方の研究をしたことがあって、そもそもカンテンは海からとれた植物を山中に運んで寒風にさらしてカンテンとする。海からとれた植物の名は何かと云えば、これをテングサという。このテングサを海からとる者はフシギにもこれが漁師ではなくて、それはアマという女である……」

大混乱のうちにすでに結論はついていて、助六は犯人ということに定まっていた。かように大河の流れるような強力な結論に対しては小なる個人の抗弁の余地はありッこない。敵には農学博士どころか理学者もおればまた天眼通(てんげんつう)や何が現れるか見当がつかないのである。

助六は悲憤の涙をのんでわが家へ帰り、その晩からどッと発熱して寝こんでしまった。

パチンコ開店

平吉の提案で村の有志が会合した。席上、平吉は沈痛な面持で立上り、

「杉の木も高熱を発して寝こんだそうであるが、自業自得とは云いながら、まことに気の毒なことである。彼を罰するには情に於て忍びがたいところであるが、彼がそもそもかかる悲運におちいって高熱を発するに至ったのも、即ちひとえにウスとキネを村内に持ちこんだがために祖先の霊のタタルところとなったがためである。即ち彼のウスとキネを焼却することは、祖先の霊をなぐさめて村の安泰をはかるためばかりではなくて、彼の生命を救うことにもなるのである。ここに我々は強力な村民の決議をもって、彼のウスとキネを焼却させたいと思うが、いかがであろうか」

「それはよい考えだ。昔から一村こぞッて餅を食べない習慣の村だから、一軒だけ餅をたべるというのは村のためによいことではない。村の者は同じ一ツの心でなければならないから、杉の木のウスとキネは焼いた方がよいな」

こういう決議がきまって、平吉が代表の先頭に立って、助六の病床を訪れ、

「お前もウスとキネのために御先祖様御一統のタタリをうけて、まことに気の毒だ。そのタタリを払うためにウスとキネを焼くことにきまったから、これからは心を入れかえて、みんなと仲よくやってもらいたい」

家族の者にウスとキネをださせ、これを河原へ運んで神官に清めてもらって灰にした。助六は観念したのか、一言も物を云わず、彼らの為すがまま見送ったのである。さて熱がさがって病床から起き上った助六は、家にいても面白くないので、朝食がすむと弁当もちで自転車

にのって町へでかける。彼はパチンコにこりはじめたのである。

家族の者は彼の心事に同情していたから、はじめは文句も云わず、彼の代りに野良へでて彼の分も働いていたが、毎日パチンコの損がかさんでキリがないので、誰もよい顔をしなくなった。彼の家も終戦このかた農村の不景気風に貯えというものはなくなって、余分にお金のある身分ではない。そこで長男が一家を代表して助六に説教して、

「オレだって今度のことは残念でたまらないし、お父さんが可哀そうだと思っているが、我々若い者の目から見ればお父さんが犯人でないのは判りきっているのだ。しかし、今度の騒ぎは我々にとっては村の年寄どもの茶番劇のようにしか思われないから、みんながお父さんに同情はしているが、バカバカしくッて、口だししたくもないのさ。しかし、若い者の同情も、お父さんがあんまりダラシなくパチンコにこッているから、ちかごろではだんだん軽蔑に変っているよ。だから、そろそろマジメに働きなさい。村の若い者はみんなお父さんの味方なんだ」

助六は濁った目を光らせた。

「味方がなんだ。同情なんて、クソくらえだ。オレの身代をオレがパチンコでつぶすのが悪いか。軽蔑したけりゃ勝手に軽蔑するがいいや」

「パチンコしたいのはお父さんばかりじゃないよ。村の若い者はみんなパチンコしたがっているが、それを我慢して働いてるんじゃないか。少しは若い者を見習ってもいいと思うな」

「イヤだ。オレは今まで働いた分をパチンコで遊ぶのだ」

「お父さんの働いた分はもうなくなったよ。うちの財産は野良に作った物だけになったんだから、もうお父さんのパチンコの金はないね。もっともお父さんが野良で働けば別だがね」

助六は目玉をむいたまま、ソッポを向いて、それに返事をしなかった。

それから五六日、助六は相変らず弁当持ちで朝から晩まで家をあけていたが、ある日突然人夫をよびこんで、庭の真ン中の自慢の杉の木を切ってしまったのである。助六はまず自分の手で杉の木にまいたシメナワを切った。もともと自分の手で神木に仕立てたのだから、シメナワを切っても神威を怖れるには当らないが、どういうわけか、それから彼はキリリとハチマキをしめて、六尺ぐらいの棒を握って、門の前にがんばったのである。

この知らせをきいて、長男や女房が野良から駈けつけてみると、キコリたちがエイエイと大木に切りこんでおり、門前には助六が六尺棒を握りしめて、女房子供もよせつけない。

「杉の木が倒れるまでは誰も門の中へ入れないぞ。あっちへ行っておれ」

「だって杉の木が倒れれば塀も倒れてしまうじゃないか。塀につづいて、土蔵や物置も危いかも知れない」

「それぐらいのことは、さしたることじゃない。雷が落ちて倒れた時のことを思えば、なんでもないことだ。落雷だったら、母屋の方へ倒れるかも知れないのだ。二度とインネンをつけると、この棒が物を云うぞ」

見ると助六の顔は妙にゆがんで目がつりあがっている。その目にはドロンドロンと変な焔が吹きあげていて、まったくいつ六尺棒が襲いかかるかはかりがたい殺気がこもっている。まるで発狂したような物凄さだ。村には助六を説得できるような人物もいないことだし、女房も長男も仕方なく、野良へ引き返した。見ているよりも、野良で働いている方が気が楽だったからである。そして杉の木は切り倒されてしまった。杉の木の根の方が三尺ほどと、頭の方が一間ほど切り落されて、あとの部分は買った人が数日がかりで運び去った。

切り落した根と頭の部分は助六のよんだ人足が運んで行った。そしてそれから十日ほどの後、助六は紋服に袴(はかま)、頭には山高をかぶって家をでたが、その夕方、大八車につきそって戻ってきた。その車にはシメナワをまわして御幣を立ててウスとキネが御神体のようにのッかっていたのである。

「これが先祖代々わが家に伝わった御神木の根の方と頭の方だ。以後これが当家の家宝であるから、火事があっても、これだけは守らなければならない。また、新年には、これで餅をついて賑やかに祝え」

ウスとキネを神棚の下にすえて、彼は家族に申し渡した。

「これからはオレも生れ変って働く。オレはオレで働くから、お前たちは今まで通り、野良で一生ケンメイ働くのだぞ」

彼自身は野良にはでなかった。大工を入れて、杉の木が倒れて塀のこわれた場所で、自ら指図してせッせと工事をはじめた。塀の修繕ができるものと思っていたところ、ある夕方戻ってみると、ウナギの寝床のような小屋ができあがっている。翌日は看板屋がきてペンキの看板を書き、また翌日には一台のトラックがパチンコの機械を運びこんだ。女房や長男が表の方へまわってみると、看板には「大当り神木軒」とあった。そこは往還に面しておらず、畑に面し、細い野良道の中途であった。つくづく呆れた長男が、

「表通りならいざ知らず、野良道にパチンコ屋をたてたッて景気がでるものか。第一、通行人が気持をそそられないじゃないか。モグラかカラスでもお客にするがいいや」

と冷笑したが、助六は落ちつき払って答えた。

「ここは御神木の倒れた場所だから、大当りうけあいだ。客も大当り、店は尚のこと大当り、神様の加護がある場所だ」

しかし店は繁昌しなかった。昔憲兵伍長だった男が彼のこの挙を評して、ヒットラーの策戦よりも意表をつくものだと云ったが、どうやら助六もヒットラーと同じように失敗した様子である。要するに餅のタタリだと云われている。

無毛談

——横山泰三にささぐ——

私のところには二人ねるだけのフトンしかないのである。だから、お客様を一人しかとめられない。

先日、酔っ払って、このことを忘れて、横山隆一、泰三の御兄弟を深夜の拙宅へ案内した。気がついた時は、もう、おそい。もっとも、兄弟だから、いいようなものだ。第一、こんなにバカバカしく仲のよい兄弟というものは天下無類で、それに二人合せたって一人前ぐらいの容積しかないのだから、よかろうというものだ。

カゼをひかせちゃ、こまるから、コタツをいれようと云うと、ダメなんだ、弟の奴、子供の時から寝相がわるく、なんでも蹴とばすから、火事になる、と兄貴が仰有(おっしゃ)る。

御兄弟、上衣をぬいで、ワイシャツをぬぐ。すると、ちゃんと、パジャマをきていらっしゃる。シキイをまたげば、いつ、どこへ泊るか分らないから、タシナミ、敬服すべきものがあった。

御兄弟、ベレをかぶっていらっしゃる。さて、おやすみという時にも、そろってベレをおとりにならぬ。これもタシナミの存するところで、御兄弟、若年にして、毛が薄い。

この心境は、悲痛である。私もよく分るのだ。なぜなら、私も亦(また)、若年にして、毛が薄かった。

横山兄弟のは額からハゲあがっている。この方はハゲ型としては上乗の方で、いくらか瞑想的情緒すらあるのだけれども、本人の目に見える弱点があり、漫画家の観察眼には、自尊心の許さぬところがあるのかも知れない。

私のハゲは脳天、マンナカから薄く徐々に円形をひろげるという見た目にカンバシカラヌ最下級品であるけれども、本人の目には見えないという強味がある。

私のハゲが発見されたのは、三十四か五ぐらいの時で、たしか大井広介がどこかの飲み屋で飲んでる最中見つけたように記憶している。このとき、私が怒髪天をついて、バカ言え、ハゲてるもんか、と云って怒った。それで後日まで笑い話になったけれども、これは怒るのが当り前というものだ。

私もちかごろは老眼の兆あらわれ、夜になると視覚が狂い、直視すると目が痛い。こうなると、そろそろ頭の方もハゲるかも知れないな、というような覚悟もつくに相違なく、ハゲを発見されたって、ああそうかと思うぐらいのところであろうが、三十四五の年齢というものは、自分とハゲを結びつけて考えるようなものじゃない。君はハゲたね、などと云われれば、バカ云え、と怒るにきまっているのである。

もう、ちかごろはハゲてもいいような年であるから、気にかからなくなったけれども、あのころはサンタンたるものであった。

若年にしてハゲると、オヤ、ハゲましたネ、と誰しも一度は言うものである。百人の知人があれば、百ぺん言われるもので、もう、バカ云え、とは言うわけに行かない。非常に卑屈になるもので、ニヤニヤするのもミジメであるし、ウム、ハゲタ、見事にハゲました、と云って肩をそびやかすのは、なお悲しい。要するに、どんな応対の仕様もない。どうやってみてもミジメで哀れであるから、いっそ怒るのが一番立派のようであるが、ハゲましたネ、と云われたるカドにより怒って絶交するというのも、あさましい話である。

男の方はまだいいのだが、アラ、おハゲになってるわネ、などと女の子に言われるのは、五臓六腑に、ひびく。だから、女の子のいる飲み屋へ行くと、

「キミ、キミ、僕はもうハゲました。ホラ、この通り」

挨拶の代りに頭をだしてみせる。アラ、ホント、ずいぶんハゲたのね。ウム、ハゲちゃった、アハハハハ、などとバカみたい。これを逆に女の方からやられると、ベソをかきそうな顔になる始末であるから、仕方がない。無事関門を通過して、ホッとしながら酒を飲みだす段どりとなる。

もう、ちかごろはハゲぐらいの問題じゃなく、もう、お年ねえ、などと決定的なことを言われるようになったから、ハゲもなんでもなくなってしまった。

はじめてハゲを見つけられた時は、合せ鏡などをして、自分のハゲをしらべてみたことも一度はあったが、まったく醜悪なものであるから、二度と再び見参に及んだことはなく、今ではどれぐらいのハゲになったか、もっぱら人まかせにしておくのである。

泰三画伯は近々御結婚あそばす筈(はず)で、新婚記念に名古屋医大へハゲ退治に出向く由、三十二歳ともあれば、ムリもない。

皮肉なもので、若い時には、ハゲましたのねえ、と頻りにやられたが、今ぐらいになると、もう誰もハゲのことなど言わない。私よりもズッとお年寄の方々が私を同類扱いするようになって、尾崎士郎先生などが、

「君、まだ、歯はぬけないかい?」

「歯がぬける?」

「ウン、そろそろ、ぬけるぜ。あんときは、いい医者へ行かなくっちゃアいけないよ。治療が長びいてネ。入れ歯をすると、餅にくッついて、いけないネエ。年だなア。君も、そろそろ、はじまるころだ」

私といくつも違わない年下の方が、こっちの方は、かたくなに私の方を同類から締めだす。同人雑誌の会などへ出ると、

「どうぞ。お年寄、こちら。床の間へ」

「おい、ふざけるな。君と、いくつ、違うんだ」

「いえ、わかってます。そんなに気になるもんですか。ふうむ」

と、急に敬語などを使って、区別を立ててみせる。卑怯である。三十九のくせに、三十代。バカ云え。なにも十で区切らなければならないという規則はない。二十五から三十五、四十五。

「アハハ。そんなのないよ」

なにが、ないことがあるものか。なんでも、ある。彼等はバカである。論理性がないのである。二十五で区切る。二十五から五十まで。みろ、みんな、一しょじゃないか。

然し、先日、街で三人の知りあいのパンパン嬢にあい、ゴハンたべさして、と云うので、食堂へ行く。パンパン嬢、お礼の寸志か、私の髪をくしけずってくれる。半年以上も床屋へ行かず、自分でハサミできってるという頭で、クシなど使うタメシのない頭だから、かんべんしてくれ、と云っても、嘘だと思ってとりあわない。三人で私の頭をオモチャにして、そして口うるさいガサツ娘が、三人ながら、ハゲのハの字も言わなかった。ハゲているのが当然というお見立てによるのであろうが、これは、深刻なものである。

名古屋医大へハゲ退治にでかけるという泰三画伯は、つまり、人生がまだ花であるというシルシであろう。オヤ、ハゲましたね、などと言われるうちは花なのである。毛が生えなくとも、悲しむべからず。

★

むかし、私の家にいた女中の話である。名はなんと云ったか、忘れたが、トン子さんとよんでおこう。二十一である。

何日何時、上野駅へつくというから、私が出迎えに行った。郷里の方から送ってよこすのだから、先方もこっちも身元がハッキリしているから、親などはついてこない。然し、顔を知らないから、目印を持たせてよこす。たいがい季節の花などを胸につけたりしてくるのを、私が改札にガンバッていて、見破って、つれてくるのである。

トン子さんの時は、たぶん冬で花がなかったのかも知れない。日の丸の旗を目印に持たせてよこすという通知であった。

日の丸をふってでてくる田舎娘にモシモシなどと言い寄るのはキマリが悪いから、私も迷惑していたが、先方は私以上に迷惑であったらしく、日の丸をクルクル棒にまいて、帯の間へ押しこんで、たった一寸ばかりフトコロから顔をだしているばかりであるから、危く見逃すところであった。

通りすぎるのを、追っかけて、フトコロの品物を見定めて、モシモシ、トン子さんですか、ときく、シャクレた顔をツンとソッポをむけて、そうだという意味を表現した。

私は前後四五人の女中を、こうして駅頭へ迎えたけれども、私がそれと目印を見破ってモシモシと話しかけると、ハイ、そうです、などと返事をする娘のいたタメシがない。うなずいたり、うなだれたり、するだけだ。それに、みんな言い合したように、待つ人のいることなど念頭にないように、ワキメもふらず、スタスタ歩いて改札を出て行くのである。トン子さんもワキメもふらずスタスタ通りすぎて行ったが、ツンとソッポをむいて、そうだという意味を表現したのは、この御一方だけであった。

日の丸をキリキリまいて、フトコロへ押しこんで、一寸だけのぞかせたタシナミと云い、ソッポをむいた気合いと云い、ただの田舎娘の意気じゃない。

トン子さんは不幸な娘であった。田舎の小学校の校長先生の娘であるが、母親が死んでママ母がきた。ママ母にたくさん子供ができて、ママ母と折合いが悪い。家出をしたこともある。ウチにいたくないので、女工になったこともある。然し、女工はお行儀が悪くなるから、と校長先生が心配して、うちの女中に、校長先生から頼みこんできたのだそうだ。

だから、いつもくるような田舎娘の女中と違って、いくらか都会風である。女工らしいところがある。目つきが鋭く、陰鬱であった。

シャクレた顔であった。小柄で、やせて、敏活そうであったが、無口である。然し、キテンはきく。仕事の要領がよくて、ジンソクである。ただ、誰にも無愛想であったが、水商売のウチとちがって、それで困るということもない。

そのころ、私と一しょに妹がいた。妹は平凡な家庭婦人の生れつきで、どういうわけだか、トン子さんが甚しく気に召したようである。

小学校の校長先生の娘で、ママ母に苦しんだ不幸な身の上ということなどが、先ず第一に極めて人情と好意にみちた受けいれ態勢をととのえさせていたものだろう。

私の目には、誰よりもイヤらしい女中に見える。ヒネクレている。無口で、人のヒミツをジッとうかがっているような、陰険で、なんとなく不潔な感じが漂っている。ママ母と折合いの悪いのは当然で、むしろママ母の方が泣かされたろうと思われるぐらいである。

世間知らずの妹は、そんな風には考えない。ママ母にいじめられて、ヒネクレ、陰険になり、無口になったと解釈する。無愛想はむしろ美徳だと考える。女中がチャラチャラ御用聞きなどと談笑するのを好まないのである。

私にくってかかって、

「兄さんは不幸な境遇が人の性格をゆがめることも知らないで、小説を書こうなんて、まちがいよ。あたたかい心がないのです。ろくな文学は書けませんよ」

妹は着物を買ってやったり、東京見物につれて歩いたり、お裁縫を教えたり、たいへんなゴヒイキである。

夜、膝つき合して裁縫している時などに、身の上をきいたりすると、シャクレ顔がデングリ返ったような深刻な思いつめた表情となって、ママ母にいじめられた数々を身もだえるように語りだす。ヒソヒソと秘密を打ちあけるようである。告白のせつなさだ。シャクレた底で目玉がピカピカひかる。因果物の娘の演技である、復讐の青大将が這いまわるという連鎖劇の気分である。

「お嬢さまの御恩は死んでも忘れません」

などと、告白のついでにヒソヒソと胸の思いをもらす要領であるから、お人好しの妹は鼻をヒクヒクさせて、

「私の恩は死んでも忘れないと言いましたよ。可哀そうな娘なのよ。愛情に飢えているのでしょう」

などと、大得意で、月給をあげてやる。

「あの子は男ぎらいなんでしょう。御用聞きが品物を届けにきても、有難うも言わなけりゃ、お愛想笑い一つしないのよ。品物を受けとると、ジャケンなぐらい、ピシャリッと戸をしめるのよ」

すべて女中というものは、家人の前で恋をささやく筈はない。チャラチャラと裏口で御用聞きと歓談する女中の方が腹蔵ないかも知れない。無口、陰険、因果物の演技に巧なトン子さんは、人の知らないところで何をしているか見当がつかないように思われるが、妹は自分の目に見ていることだけ信用できるタチで、思いこんでいるのである。

そのころ私は自分の恋にかかりきって、多忙をきわめ、ウワの空で暮していた。三日にあげず女の人から手紙がきて、私がまた郵便のくる時間になると落付かないから、妹は私を蔑んで、便所へ行くフリや、お水をのみにくるフリしなくっともいいでしょう、堂々と郵便箱のぞきなさいな、などと冷笑する。

トン子さんが郵便屋の影を認めると、スイとでて行って郵便箱からとってきて、妹に渡す。

妹がタシナミのない嬌声をあげて、

「来ましたよ、来ましたよ、お待ちかねの物」

けれども、時には、私が便所へ降りる途中に運よく郵便屋の通りすぎる影を認める時がある。私が玄関からでようとすると、出会い頭に、トン子がとびだして、スイと私をすりぬけてでる。

「いいよ。僕がとってくるから」

トン子さんは下駄を突ッかけかけて、敵意の目でジッと私の顔色をうかがう。穏やかならぬ目つきである。

私は立腹して、

「いいったら。僕がとってくる」

トン子さんは、とっさに蒼ざめ、キリキリ口をむすんで、顔をそむける。

「なんだって仏頂ヅラをするんだい。僕がとりに行くからいいよ、と云われたら、ハイと答えて、すむことじゃないか」

顔をそむけたまま、これをきいていて、肩に怒りをあらわしてプイと振りきるように郵便箱へ駈けだして行くのである。なんとも、興ざめ、相手にするのがアサマシイ思いであった。なんという強情、ヒネクレモノ、可愛げのない奴だろう、ブンナグッてやりたいような気持だが、天性、私は女の子をブツことのできないたちで、ネチネチブスブスと根にもっている。

ところが、トン子さんの根にもつこと、私以上に甚しい。

私の顔を見るとたん、ブスッと怒りッ面をして、顔をそむける。クルリとふりむいて、女中部屋へバタバタ駈けこみ、ピシャリと障子をしめてしまう。

　これが度かさなると、なんだか、私が口説いて追い廻して、逃げ廻られ、振られているような様子で、妹も不審な顔をしはじめてきたから、私も我慢ができなくなり、逃げこんでピシャリとしめた女中部屋の障子をあけて、

「キザなことは止せ。なんのために逃げ廻るんだ。まるで、オレが君を追い廻して、君に逃げ廻られてでもいるような様子だね。なんのために逃げるんだ。ワケを言ってみろ」

　ブスッとふくれて、返答しない。ぶつなり、殺すなり、勝手にしろ、という突きつめた最後の構えで、痴情裏切りの果とか、命にかけても身はまかされぬと示威する構えで、小娘のただの構えじゃない。こっちはワケが分らないから、ただワケを言ってみろ、とネジこんでいるだけのことだから、こんな極度の構えで応対されては、寒気がする。イマイマしいけれども、これ以上、どうすることもできない。

　あまりのことに、妹も半信半疑で、

「兄さん、ほんとに、何か、変なこと、したんじゃないの」

「バカぬかせ。あいつ、何か言ったのか」

「いいえ、問いつめてみても、返答しないんです」

「あたりまえだ。ありもしないこと、言える筈がないにきまってる」

「だって、益々変よ。ちかごろは、お風呂へはいるとき、内側からカギをかけるのよ。ねる

時も、女中部屋の障子にシンバリ棒をかけるんです。一方だけシンバリ棒をかけたって、一方の障子があくのに、バカな子ね。でも、そんな要心ただ事じゃないでしょう。そのくせ、じゃア、私のお部屋へ寝にいらっしゃいと云っても、来ないのよ」

「それみろ。あいつはヒネクレ根性の、悪党なんだ。あんな不潔な、可愛げのない奴、追いだしてしまえ」

けれども、妹はまだトン子さんに信用おいて、兄貴の方の疑いは、内々すてることができないのである。

私の方は相も変らず郵便の時間がくると、ソワソワ落付かない。おトンちゃんのことなど気兼ねしていられないから、便所へ立ったり、水をのみに行ったり。ある日、また、折よくその途中に郵便配達夫の影を認めた。

さっそく玄関から出ようとする、とたんにサッと飛びだしてきてヒラリと私をすりぬけたのは、申すまでもなくおトンちゃん、もう私なんか目もくれず、下駄をはこうとするから、

「コラッ！」

私は大喝して、夢中であった。逆上して、とびかかって、おトンちゃんの襟首をつかむ、然し、私は落付いていた。私は大男であり、先方は小柄の女だから、襟首をつかまえれば、それまでのことだと思ったからだ。

襟首を握った私の手は、とたんに宙をぶらぶらした。おトンちゃんは振りはらい、手の下

をくぐり、扉を蹴るようにあけて、ハダシで一直線に郵便箱へ走っていた。

ただごとではない。私は妹に云った。

「これは意地強情とか、ヒネクレ根性というだけじゃないよ。あいつ、男があるんだよ。男の便りを待ってるのだろう」

「じゃア、兄さんとおんなじじゃないの。ころあいのサヤアテでしょう。それにしても、熱病患者の兄さんが敗北するとは、おトンちゃんの情熱は凄いわね」

妹も、どうやら、おトンちゃんの恋人説を信じたようだ。

どんな人？　いくつ？　ショウバイは？　どこにいる人？　それとなくきいてみるが、返答しない。

「きっと、深いワケがあるのよ」

「なぜ」

「あの沈鬱、ただごとじゃないわ。だから、たとえば、その恋人は、刑務所かなんかに居るんじゃないかしら」

「ふうむ」

これも、一説である。

すると、妹は、もう、それにきめてしまった。名察に気をよくして、益々おトンちゃんをいたわり、ヒイキに、可愛がってやっていた。

★

私は五十日ほど旅行にでた。風流な旅行ではなかった。

帰ってみると、母と妹はそのままだが、近所の農家の娘が手伝いに来ており、おトンちゃんの姿がない。

「おトンちゃん、どうした」

ときくと、食事を途中にして、妹は急にサッと顔色を変え、苛々と癇癪の相をあらわし、プイと立って、どこかへ行ってしまった。

「十日ほど前、ヒマをだしたよ」

と、母が説明した。

不思議な噂が、その日、妹の耳にはいったのである。おトンちゃんが近所へ言いふらしているというのだ。あそこの兄さんは良い人だけれども、妹の方は鬼のような人だ。私を苦しめて、よろこんでいる。あんな鬼のような女の家にはいたくない。どこか、ほかに、つとめたい。

妹は驚いて、直に調査にかかった。近所を一々きいて廻ると、たしかに事実である。妹はまさしく鬼になって、戻ってきた。

妹はおトンちゃんを呼びつけて面詰した。

「これほど可愛がってあげているのに、恩を仇で返すとは、何事です」

その見幕の凄いこと、母は笑って私を見つめて、

「凄いの、なんの。驚いたよ。あんな、おとなしいのが、よくまア、あんなに、怒れたものだよ。不思議なものだね。呆れたね」

と、大感服しているのである。

今すぐ出て行きなさい、と云って、一分とユーヨを与えず、目の前で荷造りさせて、そくざに追放してしまった。アッという間のことで、おトンちゃんは終始一貫、返答ひとつしなかったそうだ。

なるほど、不思議な話だ。

妹が鬼のようだとは、たしかにワケが分らない。そのうえ、私は良い人だとくる。これ又、奇々怪々。

これを娘心の謎というか。私はよい気持である。だから、妹は私を見ると、ふくれるばかり、しばらくは全然話を交そうともしない。

しばらく日数がすぎて、妹の気持もまぎれたころだ。

世間話のうちに、ふと、おトンちゃんのことを思いだして、

「あの子、おかしいのよ」

「なにが」

「あの子はね、新聞や雑誌の広告を見て、いろんな毛はえ薬を買っていたのよ。奈良だの、大阪だの、姫路だの、岡山だのと、方々のね。小包がくるでしょう。すぐ隠して持ち去るでしょう。あんまり様子が変だから、あの子の留守にお部屋を調べてみたのです。荷物の底へ、同じような毛はえ薬がたくさん隠してあるでしょう」

妹は、たまらなくなって、腹をかかえて笑いころげてしまった。

つまり、おトンちゃんは、あるべきところに毛がなかったのである。

残酷にも毛はえ薬の秘密をあばいた妹をどんなに憎んだか、おトンちゃんの踏みつぶされた逆上自卑は悲痛である。

タシナミなく腹をかかえてゲタゲタ笑う妹であるから、おトンちゃんと毛はえ薬を前にして、その時もゲタゲタ笑いくずれたに相違ない。

「あの子の根性のヒネクレ方は例外よ。陰険といったって、あれほどの陰険さがあるかしら。あれほど可愛がってあげているのに、恩を仇で返すなんて」

と、妹は、そのときも、こう附けたして悲憤の涙を流さんばかりであったから、おトンちゃんの悲痛な心事に、今もって、思い至っていないのである。鬼だと云うであろう。云わずには、いられぬであろう。妹の世間知らずは、度しがたい。

おトンちゃんへの悪感情を私は一度に失っていた。

私の頭がハゲていると分ってのちのサンタンたる思いのうちで、私は時々おトンちゃんのシャクレ顔を思いだしたものである。これは男の若ハゲなどとは比較を絶する悲痛な呪いであったろう。

お奈良さま

お奈良さまと云っても奈良の大仏さまのことではない。奈良という漢字を当てるのがそもそもよろしくないのであるが、こればかりは奈良の字を当てたいという当人の悲願であるから、その悲願まで無視するのは情において忍びがたいのである。

お奈良さまはさる寺の住職であるが、どういうわけか生れつきオナラが多かった。別に胃腸が人と変っているわけではないらしく到って壮健でまるまるとふとってござるが、生れた時から絶えずオナラをしたそうで、眠っている時でもオナラは眠らない。目をさましている時ほどしょッちゅうというわけではないが、大きなイビキと大きなオナラを同時に発するというのはあまり凡人に見かけられないフルマイだと云われている。彼の言明によると、十分間オナラを沈黙せしめる作業よりも、一分間に一ツずつ一時間オナラを連発せしめる作業の方が楽だということである。

坊さんは職業としてお経をよむ。ところがこの読経というものは極楽との通話であるから魂が天界を漂うせいかオナラの滑りがよくなってどこに当るということもなくスラスラとつらなりでるオモムキがある。例月例年の命日の読経などはさしつかえないが、葬式やお通夜の場合は泣きの涙でいる人も多いのだから大音を発しすぎてはグアイがわるいようであるが、オナラの戸締りに力をこめてお経を読むわけにいかないので、自然あきらめるようになった。ちかごろでは心境も円熟したから、泣きの涙の人々を慰めてあげるような意味において心おきなくオナラをたれることができるようになった。

さすがに若年未熟のころは檀家の門をくぐる時にも胸騒がしく、人々が彼のことをオナラサマと陰で云ってるものだから、仕方なしに檀家の玄関に立った時に自分の方から「ハイ、今日は。オナラサマでございます」と名乗りをあげて乗りこむような苦心をした。さすがに憮然として人知れずわが身の定めに暗涙をのんだような静夜もあって、せめてその文字だけはお奈良さまをあてたいと身を切られるような切なさで祈りを重ねた年月もあった。

こういう彼のことで、いろいろと特別のモノイリがかさむ。というのは、檀家全部が彼のお奈良を快く認めてくれたわけではないから、告別式やお通夜に大音の発生を心痛せられるような檀家もあって、そのような時には導師たる自分の後に必要以上に多人数の従僧を何列かに侍らせてトーチカをつくって防音する。彼の宗旨は幸いに木魚カネその他楽器を多く用いて読経するから多人数の読経の場合は楽の音とコーラスによって完全な防音を行うことができる。この必要以上の坊主の入費は彼自身がもたなければならない。また、告別式とちがってお通夜の読経は多人数で乗りこむわけにいかないし、楽器も木魚ぐらいしか用いられず、ナマのホトケも泣きの涙の人々も彼に寄り添うように接近しているのだから、防音の手段は望みがたい。したがって、よほど好意的な檀家以外は代理でお通夜しなければならないから、この場合にはミイリがへる。モノイリがかさんでミイリがへるのだから心境円熟にいたるまでには長の悲しい年月があったわけだ。

春山唐七家の老母は甚だ彼に好意的であった。この隠居の亡くなった主人の命日の日、読

経がすんで食事をいただいたあとで、隠居の病室へよばれた。隠居は七年ごし中風でねていたのである。彼が隠居の枕元へ坐ると、

「…………」

隠居が何か云った。この隠居は顔も半分ひきつッていて、その言葉がよく聞きとれない。彼が耳を顔へ近づけてきき直すと、

「私ももう長いことはございませんのでね。近々お奈良さまにお経もオナラもあげていただくようになりますよ」

隠居はこう云ったのである。枕元の一方に坐していた春山唐七にはそれを聞きわけることができたが、彼は隠居の言葉には馴れていなかったから、またしても聞きのがしてしまった。それで、

「ハイ。御隠居さま。まことにすみません。もう一度きかせて下さい」

と云った。そこで隠居は大きな声でハッキリ云うための用意として胸に手を合わせて肩で息をして力をノドにこめようとした時に、お奈良さまはその方面に全力集中して聞き耳たてたばかりに例の戸締りが完全に開放されたらしく、実に実に大きなオナラをたれた。よほど戸締りが開放されきったらしく、風足は延びに延びて港の霧笛のように長く鳴った。

するとと隠居は胸に合わせた手をモジャモジャとすりうごかして胸をこするようにした。そしてロをむすんでポッカリ目玉をあいたが、その次には目玉を閉じてロの方をあいたのであ

る。それが最期であった。隠居は息をひきとったのである。

「御隠居さま。御隠居さま。もし、御隠居さま」

連呼して隠居の返事をうながしていたお奈良さまは、ようやく異常に気がついた。脈をとってみると、ない。

「ヤ……」

彼は蒼ざめて思わず膝をたてたが、やがて腰を落して、顔色を失って沈みこんだ。声もでなかった。その一瞬に、彼は思ったのだ。自分が隠居を殺した、と。すくなくとも自分のオナラが隠居の死期を早めたと感じたのである。

ところが彼と向いあって、彼に代ってジイッと隠居の脈をしらべていた唐七は、その死を確認して静かに手を放し、手を合わせてホトケに一礼し、さて彼に向って、

「ヤ、ありがたいオナラによって隠居は大往生をとげました。大往生、大成仏。このように美しい臨終は見たことも聞いたこともない。これもみんなお奈良さまのオナラのおかげだ。ありがとうございました」

とマゴコロを顔にあらわしてニコニコと礼を云ったのである。

こういうわけでお奈良さまは意外にも面目をほどこし、お通夜や葬儀の席では口から口へその徳が語り伝えられて一発ごとにオナラが人々に歎賞されるような思いがけなく晴れがましい数日をすごすことができた。

ところが唐七の妻女ソメ子だけが甚しく不キゲンであった。彼女はＰＴＡの副会長もしているし、お金にこまる身分ではないが茶道の教室をひらいて近所の娘たちに教えており、大そう礼儀をやかましく云う人である。かねて唐七が粗野なところがあるために見かねるような気持があったところへ、このたびオナラ成仏の功徳をたたえてみだりにハシャギすぎたフゼイがあるので堪りかねてしまった。隠居の葬式を境にして夫婦不仲になり、はげしい論戦が交されるにいたり、娘たちもソメ子について、唐七の旗色はわるかった。ために葬式が終ると春山家のお奈良さまに対する扱いは打って変って悪くなり、唐七は距てられてか姿を見せることが少くなった。そのあげくソメ子はお奈良さまにこう申し渡したのである。

「このたびの葬式では晴れがましくオナラを打ちあげて賑わして下さいまして、めでたく祝っていただきましたが、私はどういうものかお通夜や告別式はシミジミとした気分が好きなタチでしてね。初七日以後は私の流儀でシミジミとホトケをしのばせていただくことにいたしますから、読経の席ではオナラをつつしんで下さいませ。さもなければ他の坊さんに代っていただきますから」

手きびしくトドメをさした。しかし、言葉のトドメは彼の心臓を刺したけれども、例の戸締りにトドメのカンヌキをさすわけにいかなかった。そこで身にあまる歎賞の嵐のあとで、はからざる悲境に立つことになり、これが彼の命とりのガンとなった。

★

お奈良さまの末ッ子に花子という中学校二年生があった。ところが春山唐七の長女を糸子と云って、花子とは同級生である。

春山糸子は理論と弁論に長じ、討論会の花形として小学時代から高名があった。小学校では新学年を迎えるに当って受持教師に変動がある。そのとき「あの雄弁家のクラスは」と云って彼女が五年六年のころには各先生がその受持になることを避けたがる傾向があったほどである。母のソメ子にまさるウルサ型として怖れられていた。

中学校二年の糸子は押しも押されもしない言論界の猛者(もさ)であった。学内の言論を牛耳るばかりでなく、町内婦人会や街頭に於ても発言することを好み、彼女の向うところ常に敵方に難色が見られた。

この糸子がソメ子にまさるお奈良さまギライであった。葬儀の直後、葬場から一室へ駈けこんで無念の涙にむせんだほどで、野人のかかる悪風は世を毒するものというような怒りにもえた。ソメ子の怒りも実は糸子にシゲキされた傾きがあったのである。

そもそも彼女には禁酒論や廃妾論などと並んで売僧(まいす)亡国論とか宗教改革論などというものがすでにあったのだから、祖母の葬儀を汚したオナラへの怒りは大きかった。その時までは糸子と花子は親友というほどではないが仲のよい友達であった。葬儀の翌日登校した糸子は同級生の面前で花子へ絶交を云い渡したうえ、

「その父の罪によって子たるあなたへ絶交するのは理に合しないかも知れませんが、この場合、理ではなく、すすんで情をとることにしたのです。祖母の孫たるの情において、あなたの顔を見ることにすらも堪えがたい思いです。肌にアワを生じる思いです」

なぞと雄弁をふるった。そんなわけで花子は寺へ泣いて帰った。

お奈良さまもソメ子にトドメをさされて戻ってきたところであった。自分のトドメだけなら円熟した心境でなんとなく処理もできるところであったが、花子の悲哀は思わぬ伏兵であるから気がテンドーした。娘を慰める言葉もなく途方にくれていると、例の物だけはこの際でもむしろ時を得顔に高々と発してくる。四ツ五ツまるまるとした音のよいのがつづけさまに鳴りとどろいたから、花子はワッと泣き叫んで自室へ駈けこみ、よよと泣き伏してしまった。

「はてさて、こまったことになったわい。オナラというものは万人におかしがられるばかりで人を泣かせるものではないように思っていたが、因果なことになった。しかし娘の身になれば無理もない」

花子には悲しい思いをさせたくないから、お奈良さまも意を決し、放課の時刻を見はからい、学校の門前で校門を出てくる糸子を呼びとめて対話した。

「このたびは御尊家の葬儀を汚してまことに恐縮の至りでしたが、あれに限って娘には罪がないのでなにとぞ今まで通りつきあってやっていただきたいとお願いにまかりでましたが……」

「そのことはすでに花子さんに説明しておきましたが、申すまでもなく花子さんに罪はありません。しかし人間は一面感情の動物ですから、理論的にはどうあろうとも、感情的に堪えがたいことがあるものです。花子さんを見ただけであなたの不潔さが目にうかんで肌にアワを生じる思いです。絶交はやむをえないと思います」

「どういうことになったら絶交を許していただけるでしょうか」

「あなたが人格品性において僧侶たるにふさわしい高潔なものへの変貌を如実に示して下されば問題は自然に解決します」

「ところが、まことに申しづらいことですが、あの方のことは拙僧の生れながらの持病でしてな。人格品性のいかんにかかわらず、拙僧といたしてはこれをどうするということもできかねる次第で」

「それがあなたの卑劣さです。私たちには礼儀が必要です。自己の悪を抑え慎しむことが原則的に必要なのです。それを為しえない者は野蛮人です。あなたはオナラぐらいという考えかも知れませんが、文化人の考え方はオナラをはずかしいものとしているのです。オナラぐらいという考え方が特に許せないのです。一歩すすめて糞便でしたら、あなたも人前ではなさらないでしょう。あなたのオナラは軽犯罪法の解釈いかんによっては当然処罰さるべきことで、すくなくとも文化人の立場からでは犯罪者たるをまぬかれません。現今のダラクした世相に乗じ、たとえばストリップと同じように法の処罰をまぬかれているにすぎないのです。特に自らオナラサマと称してオナラを売り物にするなぞとは許しがたい低脳、厚顔無恥、ケダモノそのものです。いえ、ケダモノにも劣るものです。なぜならケダモノはオナラをしてもオナラを売り物にはしません。あなたは僧侶という厳粛な職務にありながら、死者や悲歎の遺族の目の前においてオナラを売り物にして……」

「すみませんことでした」

とお奈良さまは急いで逃げた。というのは、自責の念にかられて聞くに堪えがたかったからではなくて、オナラが出かかってきたからであった。ここでオナラを発しては娘の絶交は永遠に解いてもらう見込みがないから、取り急いであやまると、そそくさと近所の路地へかけこんだ。引込み線の電柱にぶつかるようにすがりついて、たてつづけに用をたしたところ、不幸にもその電柱の下には小さな犬小屋があった。その犬小屋には小さくて臆病だが自宅の前でだけはメッポー勇み肌のテリヤの雑種が住んでいたから、思いがけない闖入者(ちんにゅうしゃ)に慌てふためいて、お奈良さまの足にかみついたのである。法衣のスソがボロボロになり、お奈良さまは足に負傷した。必死に争っているところへ犬の主家の婦人が現れて犬を押えてくれて、

「おケガなさいましたか」

「いえ、身からでたサビで、拙僧がわるかったのです。路地をまちがえてとびこみましてな。ちょッと急いでいたもので、イヤハヤ、まことに失礼を」

まるで自分が犬にかみついたように赤面してシドロモドロにあやまってこの路地からも逃げださなければならなかった。さしたる負傷ではなかったが、犬の咬傷は治りがおそく、また、かなりの鈍痛をともなうもので、その晩はちょッと発熱して悪夢にいくたびとなくうなされた。

★

初七日から四十九日までのオツトメの日には代理の高徳をさしむけてホトケの冥福を祈ってもらったが、ホトケには特別の愛顧をうけ、またはしなくもその臨終に立ち会った因縁もあるしするから、代理まかせにしておくだけでは気持がすまなかった。さりとて人の集る法事の席へはでられないから、平日をえらび、糸子も学校へ行ったあとの午前中を見はからって、読経におもむいた。

「御愛顧の大恩もあり、また浅からぬ因縁もあるホトケの法要にオツトメにも参じませず心苦しくは存じておりましたが、重ねて不調法をはたらいてはと心痛いたしましてな。で、まア、本日はお人払いの上、心おきなく読経させていただきたいと存じまして参上いたしましたような次第で」

「お人払いとおッしゃいましても、ごらんのように隣り座敷には茶道のお稽古にお集りのお嬢さん方がおいでですし、唐紙を距てただけの隣室ですものねえ」

仏壇は茶の間にある。こまったことには、その仏壇は隣り座敷に最も接近したところにあるから始末がわるい。見ると茶の間の一隅に蓄音機があるから、

「これはよい物がありました。ワタクシ蓄音機を膝元へよせまして、これをかけながら読経いたしましょう。ジャズのようなうるさいレコードをかけますれば不調法も隣りまではひびきますまい。お経の声も消されるかも知れませんが、気は心と申しますからホトケは了解して下さると思います」

「隣室では皆さん心静かに茶道を学んでいらッしゃるのですよ。唐紙を距ててジャズをジャンジャン鳴らされてたまるものですか。まア、まア、なんという心ない坊さんでしょうね」

ソメ子は眉をつりあげて怒ってしまった。そのとき幸いにも居合せた唐七が、

「せっかくおいで下さったのだから、それではこうしましょう。奥の私の居間へホトケの位牌や遺骨を運びまして、そこで存分に冥福を祈っていただきましょう。さア、おいで下さい」

お奈良さまを自分の居間へ案内して、遺骨や位牌を運んだ。

「本日はホトケのためのお志、まことにありがたく存じます。ホトケの最後の言葉が、近々あの世へ参りますからお奈良さまにお経もオナラもあげていただきますよ、というのだから、

本日はさだめしホトケも喜んでいることでしょう。ここはずッと離れておりますから、どうぞ心おきなく」

「そうおッしゃッていただくと、ありがたいやら面目ないやら。あなた様にはいつも厚いお言葉をかけていただきまして、まことにありがたく身にしみておりまする。ブウ。ブウ。ブウ。これは甚だ不調法を」

「イヤ。お心おきなく。ホトケがよろこんでおります。私もちょッと、ブウ。ブウ。ブウ」

「オヤ。ただいまのは私でしたでしょうか。まことに、ハヤ」

「ただいまのは私です。私もいくぶんのオナラのケがありましてな。また、ブウ。ブウ。ブウ。これも私」

「これはお見それいたしました」

「実は今回のことについては私にも原因があるのです。お奈良さまほどではありませんが、私もかねてオナラのケがあるところから、人前ではやりませんが、家では気兼ねなくやっておりました。これが家内の気に入らなかったのですな。お奈良さまの場合はこれは別格ですが、私どものオナラは人がいやがるような時にとかく催しやすいもので、食事中なぞは特に催すことが多い。長年家内は眉をひそめておりましたが、私といたしましてもわが家でだけは気兼ねなくオナラぐらいはさせてほしいということを主張して先日まではそれで通してきました。ところが隠居の葬式以来お奈良さま同様に私もオナラの差し止めをくいまして、自分の部屋に自分一人でいる時のほかにはわが家といえどもオナラをしてはならぬというきびしい宣告をうけたのです。実は家内はこの宣告をしたいのがかねての望みでして、時機を見ているうちにお奈良さまの事件が起った。そこでお奈良さまを口実にして実は私のオナラを差し止めるのが何よりのネライだったのです」

「そう云っていただくと涙がでるほどうれしくはございますが、万事は拙僧の不徳の致すところで」

「あなたは家内の本性を御存知ないからまだお分りにはなりますまいが、夫婦の関係というものは強いようで脆いものですな。たかがオナラぐらいと思っていると大マチガイで、家内がオナラを憎むのはオナラでなくて実は私だということに気づかなかったのです。夫婦の真の愛情というものは言葉で表現できないもので、目で見合う、心と心が一瞬に通じあい、とけあう。それと同じように、手でぶちあったり、たがいにオナラをもらして笑いあったりする。オナラなぞは打ちあう手と同じように本当は夫婦の愛情の道具なんです。オナラをもらしあってこそ本当の夫婦だ。ところがウチの家内は私の前でオナラをもらしたことがない。実にこれは怖しい女です。私はその怖しさを知ることがおそすぎまして、これはつまり家内が慎しみ深い女で高い教養があるからと考えたからで、おろかにもオナラをしたことのない家内を誇りに思うような気持でおったのです。はからずも今回オナラの差し止めを食うに至ってにわかに悟ったのですが、亭主のオナラを憎むとは亭主を憎むことなんですよ。夫婦の愛情というものは、人前でやれないことを夫婦だけで味わう世界で、肉体の関係なぞは生理的な要求にもとづくもので愛情の表現としては本能的なもの、下のものですが、オナラを交してニッコリするなぞというのはこれは愛情の表現としては高級の方です。他人同士の交遊として香をたいて楽しむ世界なぞよりも夫婦がオナラを交して心をあたためる世界が高級で奥深い。なんとも言いがたいほど奥深く静かなイタワリと愛惜です。実に無限の愛惜です。盲人が妻や良人の心の奥を手でさぐりあうような静かな無限の愛惜です。夫婦のオナラとはこういうものです。オナラを愛し合わない夫婦は本当の夫妻ではないのです。要するに妻は私を愛したことがなかったのですよ」

　唐七は暗然としてうつむいた。まことに悲痛な様ではあるが、お奈良さまは彼の説く妙諦がまだ充分には味得できなかった。なぜならお奈良さまの一生はあまりにもオナラに恥の多い一生で、唐七のように逞しくオナラを美化する考え方には馴れがたかったからである。

　なるほどお奈良さまのお寺ではその女房も花子も遠慮がちではあるがオナラをもらしあっている。そう悪いものではないが、さまで賞味するほどのことではないような気分だ。奥深いと云えば女がそッともらすオナラそのものがなんとなく奥深いフゼイであるが、無限の愛惜をこめて女房のオナラを心にだきしめた覚えもない。

　お奈良さまが何よりもその悲痛さに同感したのは、唐七が女房子供にオナラの差し止めをくったということだ。お奈良さまもソメ子にトドメを刺されたけれども、自分の女房子供にオナラの差し止めをくってはおらぬ。自分が差し止めをくったらどうであろうかと考えると胸がつぶれる思いだ。なんという気の毒な人よ。春山唐七。その人こそは悲劇中の悲劇的な人だ。お奈良さまは思わずすすりあげて、

「なんとも、おいたわしい。年がいもなく涙を催しまして、ブウ、ブウ、ブウ、まことに不調法。拙僧なぞはシアワセでございますな。ところきらわず不調法をして歩きまして、身のシアワセ、また身の拙なさがよく分りました」

お奈良さまは涙をふいて、ホトケに読経して寺へ戻った。

その晩からお奈良さまは深刻に考えたのである。自宅においてすらもオナラの差し止めをくっている人物がいるというのに、ところきらわずオナラをたれるワガママは許しがたいと心に深く思うところがあったからである。彼は女房をよびよせて、

「実はな。これこれで唐七どのがオナラを差し止められたときいて私ももらい泣きをしてきました。そこでつくづく考えたのは自宅でオナラもできない人がいるというのに、お通夜の席でオナラを発するワガママは我ながら我慢ができない。糸子さんが怒るのはもっともだ。僧侶という厳粛な身でありながら泣きの涙の遺族の前でオナラをたれて羞じないようではケ

ダモノに劣ると云われたが、十三の少女の言葉ながらも正しいことが身にしみて分ったのだ。

さて、そこで、なんとしても人前ではオナラをもらさぬようにしたいが、食べ物の選び方でどうにかならぬかな」

「私と結婚した晩もそんなことをおッしゃいましたが、ダメだったではありませんか。オナラは食べ物のせいではありませんよ。もともと風の音ですから空気を吸ってるだけでもオナラが出ましょうし、その方が出がよいかも知れませんよ。あきらめた方がよろしいでしょう。皆さんも理解しておいでですから」

「イヤ、その理解がつらい。その理解に甘えてはケダモノにも劣るということが身にしみたのだ。とにかく、つとめてみることにしよう」

その翌日から幾分ずつ節食して一歩外へでると万人を敵に見立てて寸時もオナラの油断を怠らぬように努力した。腹がキリキリ痛んでくる。口からオナラが出そうになる。アブラ汗が額ににじむ。足が宙に浮く。たまりかねると、人も犬もいないような路地にかくれて存分にもらす。結局もらすのだから変りがないようなものではあるが、日ましに顔色がすぐれなくなり、やせてきて、本当に食慾がなくなってきた。なんとなく力がぬけて、生アクビがでてしようがない。するとオナラも一しょにでてそれは昔と変り目が見えないのに、皮がたるんで痩せが目立つようになった。女房が心配して、

「どうかなさったのですか。めっきり元気がありませんね」

「別にどうということもないが、外出先で例のオナラの方に気を配っているのでな」

「それは気がつきませんでした。そんな無理をなさってはいけませんよ」

「イヤ。無理をしているわけではない。結局はもらしているから昔に変りはないはずだが」

「イエ。気をつめていらッしゃるのがいけないのです。それに五分でも十分でもオナラを我慢するというのは大毒ですよ。今日からはもう我慢はよして下さい」

「それがな、どういうものか、ちかごろでは習慣になって、オナラが一定の量にたまるまで自然にでないようになった。自宅にいてもそうだ。ノドまでつまってきたころになって、苦しまぎれにグッと呑み下すようにすると、にわかに通じがついたようにオナラがでてくるアンバイになった。もうすこしで目がまわって倒れるような時になって通じがつく」

「こまりましたねえ。お医者さまに見ていただいたら」

「とても医薬では治るまい。これも一生ところきらわずオナラをたれた罰だな。私のオナラはこれでよいが、お前のオナラをきかせてみてくれ」

「なぜですか」

「唐七どのが言ったのでな。夫婦の交しあうオナラは香をきくよりも奥深い夫婦の愛惜がこもっているということだ」

「そうですねえ。奥深いかどうかは知りませんが。私はあなたのオナラをきくのが好きですよ。オナラをしない人は男のような気がしなくなりましたよ。妙なものですねえ」

「それが無限の愛惜かな」

「そうかも知れませんね。どっちかと云えば、私はあなたの言葉よりもオナラの方が好きでした。言葉ッてものは、とかくいろいろ意味がありすぎて、あなたの言葉でも憎いやら口惜しいやらバカらしいやらで、親しみがもてないですね。そうかと思えば、見えすいたウソをつくし。オナラにはそんなところがありませんのでね」

「なるほど。それだ。ウム。私たちは幸福だったな。本当の夫婦だった。ウム。ム」

お奈良さまは胸をかきむしった。アブラ汗が額からしたたり流れている。目を白黒したが、抱きかかえる女房の腕の中へあおむけにころがった。そして、そのまま息をひきとってしまったのである。

解説

七北数人

安吾ファンの間で「ファルス」といえば、ほとんど安吾の代名詞みたいなものだが、一般には知らない人のほうが多い、ちょっと厄介な単語である。

けれども語義はカンタン、仏和辞書で「farce」を引けば「笑劇。茶番。悪ふざけ」などと出てくる。子供でも笑える単純なドタバタギャグのことだ。安吾自身が日本でのファルス作品として例に挙げたのが、落語や狂言、滑稽本などであり、「乱痴気騒ぎに終始するところの文学」と説明している。

じゃ、それは「喜劇」とどう違うのかと問われると、これまた厄介なことになるので、カンタンに片づけてしまおう。実は（こっそり言うが）あんまり違いはない。「喜劇」には往々にして人情ドラマのプロットが仕込んであって思わずホロリとさせられたり、社会制度や政治などへの皮肉や諷刺がこめられていてムムムと唸らせられたりする。でも、チャップリンの長篇映画だって、寅さんだって、爆笑が湧き起こるシーンは大体「ファルス」で出来ている。悪ふざけやドタバタが意味もなく可笑しくて、子供と一緒になって笑うのだ。

安吾が「ファルス」にこだわったのは、皮肉や諷刺が大嫌いだったからだ。もっと単純に笑いたい。おバカで滑稽な笑い話、途方もないホラ話、そういうものも文学の一ジャンルとして認めるべきではないか、と安吾は主張し、実践した。

つまり、この種の作品においては、読んで笑えるか否かが最大の評価ポイントになる。

ゲラゲラ笑える。クスッと笑う。プッと噴き出す。ニヤリと笑う。本書ではそんな安吾作品を選りすぐって集めてみた。

驚くべきことに、半数以上の作品がいままで一度も単行本化されていないか、生前に一度単行本になったきり、以後は全集でしか読めなかったものばかり。状況から推して当然のことながら、安吾のファルス作品だけを集めた刊本は、本書が初となる。

「一般には、笑いは泪（なみだ）より内容の低いものとせられ、当今は、喜劇（コメディ）というものが泪の裏打ちによってのみ危く抹殺を免かれている位いであるから、道化（ファルス）の如き代物（しろもの）は、芸術の埒外（らちがい）へ、投げ捨てられているのが普通である」（「FARCEに就て」）

安吾がデビュー当時に記した嘆きは、いまに至るまで続いているようだ。

「総理大臣が貰った手紙の話」は、とにかく笑える作品の筆頭に挙げられる。泥棒合法化を泥棒みずから総理大臣に進言するヘンテコなストーリー。妄想に妄想をかさね、世の中が泥棒だらけになると、いかに健全かつハッピーな世界になるか、とくとくと説かれている。その語り口が絶妙なので、不思議な説得力にひきこまれて、泥棒合法化も悪くないなと思えてくる。太宰治の「畜犬談」さながらの名調子だが、「畜犬談」は一九三九年十月『文学者』に発表、「総理大臣——」はその翌月、同じ雑誌に発表された。太宰作品の発表とほぼ同時に安吾の原稿が手渡された計算で、内容と文体が似通ったのは偶然のようだ。

「天才になりそこなった男の話」と「ラムネ氏のこと」は軽いエッセイ・スタイルの小品。言葉のつかい方がファルス風で、突飛なテーマやユーモラスな表現がぴったりハマっている。クセになる味わい。

「盗まれた手紙の話」は、「総理大臣――」以上に奇想天外な手紙から始まる傑作。予知能力があると自称する精神病患者と、株屋のニセモノによる虚々実々の駆け引き……さて、真実はいかに、という一種のミステリーである。こちらの笑いはニヤリ系だが、嚙み合っているのか、まるで見当外れなのか、全くわからない奇妙な会話のなかに、可笑しさと恐ろしさがないまぜになった、底知れない〝闇〟が感じられる。現代の小説と混じっても、ニューウェイブ小説として飛び抜けたものがあるのではないだろうか。


一九三一年、奇ッ怪なファルス小説「風博士」が牧野信一の絶讃をうけ、華々しい文壇デビューを飾った安吾は、エッセイ「FARCEに就て」も発表し、いままでにない「ファルス作家」として文壇に認知された。「風博士」は大げさな語り口が楽しいトンデモ本のような小説で、安吾の代表作に数えられる。ただし、その内容を説明するのはほとんど不可能なほどシュールで珍妙なホラ話なので、安吾作品全体の中でもとりわけ異色な感じがある。ファルス集には外せないが、ファルスの代表選手ではないように思う。

翌年の「村のひと騒ぎ」のほうが、より安吾らしいファルス作品といえるだろう。婚礼と葬式が同日に重なった村で、とにかく酒にありつきたい村人たちのアノ手コノ手の奮闘ぶりが実にアホらしくて笑ってしまう。少しく不謹慎な題材、軽快なテンポ、落語に似た語り口、どれをとっても後の安吾作品の原型と呼べるものだ。もっとも、これもわざと大仰な文体をつくっているので、ちょっとマニア向けかもしれない。

これを書いて以後、安吾はおよそ六年間、ほとんどファルス小説を書かなかった。青年の苦悩や神経症的な不安を文学に昇華したいと、気が狂いそうな努力を続け、一九三八年に書きおろし刊行された長篇「吹雪物語」がその集大成となった。

その間、ファルスを書かないファルス作家だったが、本コレクション〈伝奇篇〉収録の「閑山」を皮切りに、「総理大臣が貰った手紙の話」や「盗まれた手紙の話」など、続々とファルスの傑作をうみだすことになる。安吾の中にブームのようなものがあるのか、ファルスを書く時期にはいくつかのカタマリがあって、この一九三九年から四二年頃までの四年間がひとつの黄金期であった（本書収録作の発表年月は巻末に列記）。

以下、「古都」から「剣術の極意を語る」までが戦中の作品になる。

「古都」および「孤独閑談」は、「吹雪物語」執筆のため京都で過ごした体験を描く私小説的な作品。けれども「私」の内面はそれほど描かれず、京都のケッタイな人々の観察記録みたいになっている。露路のどんづまりにある仕出し屋。そこで開いた碁会所に集まってくる人たちは、皆ひとクセあって偏屈、子供っぽくて、ときどき意地悪だ。でも、安吾の目はとても温かく彼らを見守っていて、自然体の描写がそのまま愉快なファルスに仕上がっている。

もともと隣人や友人たちをユーモラスに誇張して描くのが得意だったから、その方面で安吾が文章を書くと、「天才になりそこなった男の話」のようなエッセイ風の作品も、ファルス小説の風合いを帯びた。

「大井広介という男」などは、語られる大井が（たぶんその実物が）奇怪すぎて、事実そのままがホラ話の連続となり、バカ笑い系のファルスになる。

「居酒屋の聖人」などもその類で、茨城県取手に住んだ時期の呑んべえ観察記録が、ギャグのつるべうちと化している。村の二人の「オワイ屋」が大げんかの末、糞尿をまきちらすエピソードなど、晩年の傑作「保久呂天皇」（次巻〈ハードボイルド篇〉所収）につながる怖さもにじむ。

「剣術の極意を語る」は、安吾自身の脳内がユニーク。宮本武蔵よろしく、一般には卑怯とみられて嫌われるような必勝の戦法をみずから編みだす話。ここでも、留守の我が家に泥棒が住み込んでいたり、出てくる人間たちがみな普通でないところがいい。

「新伊勢物語」はちょっと遡って戦前の作品だが、二〇一四年に小林真二氏によって発掘されるまで埋もれていた愛すべき掌篇。最新版全集に未収録の作品である。ストーリーは「文学のふるさと」（〈伝奇篇〉所収）に出てくる「伊勢物語」第六段——女が鬼に食われて終わる話を翻案したものと考えられる。といっても、本物の鬼は出てこない。狂おしい恋心が「鬼」の目つきとなって出てしまった青年の、滑稽なフラレ話だ。最後に、それこそ邪悪で切ないオチが付いていて、苦い笑いを誘う。

後半の収録作はすべて、流行作家となって以降の戦後作品。ここから暫く、恋愛がらみの話になる。

「握った手」はライトノベル風の軽妙な青春小説だが、「好きな子の手を握る」ことだけに執着する青年のフェティッシュな欲望がユニークで、ちょっと気持ち悪い。明るいようで暗く、コミカルだがリアル。「新伊勢物語」とは十四年のへだたりがあるが、話の骨格はよく似ている。後悔先に立たず。ファルスの主人公には概してハッピーエンドは訪れず、ひとりぼっちでほろ苦い笑いを笑うしかない。

「母の上京」はなんと、男色の話になる。ちょっと露悪的な漁色家の青年が、ひょんなことから女形の友人とアブナイ関係になだれ込んでいく。後半のスピーディーな展開が、ハジケまくっていて実に楽しい。

「出家物語」は、凄まじい毒舌で主人公が罵倒されまくるシーンから始まる強烈な作品。

出てくる人間が皆どこか壊れた感じで、予測のつかない面白さがある。「堕落論」の小説化ともいうべき、天性の娼婦の物語でもあり、これも隠れた傑作といえるだろう。「目立たない人」のヒロインは、本能のままに生きるケダモノのような怪力女。かよわい青年が、痛めつけられながら彼女を崇拝しつづけるところに、ファルスの妙味がある。〈伝奇篇〉の「花天狗流開祖」や「女剣士」、古くは「禅僧」など、安吾は昔から傑女が大好きで、そういう女を描くとき、どす黒い悪魔的なエネルギーが作品内に充満して苦しいほどだった。けれども女たちには、どこかすがすがしくて「崇拝」したくなるような、不思議な存在感がある。鬼女の地獄絵図とみえた「禅僧」も、見方を変えればファルスだった。悲しいほど懸命で、徹底的にいたぶられ遊ばれる滑稽さ、ぶざまさ、でもやっぱり愛欲へのあまりの一途さに泣き笑いしてしまう。まさにファルスの主人公に間違いない。

恋愛がらみの話はここで終わり、軽いエッセイを一本。「西荻随筆」と題されているが、これもやはりファルス小説の趣があり、ヘンテコな世界にまぎれこんでしまったような奇妙な味がある。

安吾の戦後作品はどれも、多かれ少なかれファルスの要素を含んでいるが、戦前の突き抜けたホラ話のたぐいとは異質のものになっていった。ムラ社会のしたたかなエゴイズムにツッコミを入れるのは初期から変わらないが、もう少し黒い、どろりとした情念が加わってくる。

一九四七年の「金銭無情」（〈ハードボイルド篇〉所収）あたりからだろう。ファルスでありながら、情念と情念がぶつかり合い、陰謀と策略の激しい闘争が繰り広げられる。翌年の「出家物語」にもそうした要素があったが、まだいくらかソフトだった。

一九五二年の「幽霊」において、その方向性が定まった感がある。バイキン撲滅教祖の凄まじい女傑をはじめ、出てくる人間がみな、どこか異常で執拗、欲にまみれて悪罵し合う。人間の卑屈さ、いやらしさ、あくどさ、チンケなプライド……マイナス面ばかりを前面に出し、膿みを搾るように登場人物たちを追い込んでいく。あまりに空恐ろしいので、つい笑ってしまう。笑うしかなくなる凄さが、この作品の力だ。

これ以降、一九五五年二月に没するまでの二年数カ月が、安吾のファルス黄金期、もう一つの峰となる。特に、本書に四作を採った一九五四年に傑作・怪作が多い。

「餅のタタリ」は、初期の「村のひと騒ぎ」をほうふつとさせるムラ社会の笑い話。無理が通れば道理が引っ込む、とはまさにコレで、「証拠より論」なる小見出しも笑える。この先どれほどの狂気に染まるかによって、ファルスにとどまるか、サスペンスやハードボイルドに変貌するかが決まる。同年の「保久呂天皇」と同趣向で、そちらはハードボイルド作品として次巻に採った。

できる。

「無毛談」は少し前の作で、エッセイのように始まるが、きちんとオチのついた落語のような小説。ハゲ談義にくすくす笑いながら読んでいくと、最後にしんみりさせられる構成は間然するところがない。こうした作に安吾の本質的なあたたかさを感じることができる。

「お奈良さま」は〈ファルス篇〉のラストを飾るにふさわしいオナラのバカ話。最初のファルス黄金期の開幕を告げた「閑山」も、オナラを我慢する僧（実は化け狸）の話だったので、見事に呼応した形だ。シンプルに、常に明るく前向きに——笑いの効用はさまざまあるが、堅苦しい厳粛な言葉より、心の栄養分は何倍も上だろう。

「私はあなたの言葉よりもオナラの方が好きでした」

安吾終生のファルス讃歌がこの一言にこめられている。

本巻収録作の発表年月および発表紙誌は以下のとおりである。

総理大臣が貰った手紙の話（一九三九年十一月『文学者』）
天才になりそこなった男の話（一九三五年二月『東洋大学新聞』）
ラムネ氏のこと（一九四一年十一月『都新聞』）
盗まれた手紙の話（一九四〇年六月『文化評論』）
風博士（一九三一年六月『青い馬』）
村のひと騒ぎ（一九三二年十月『三田文学』）
古都（一九四二年一月『現代文学』）
孤独閑談（一九四二年六月筆、短篇集『真珠』に書き下ろし収録）
大井広介という男（一九四二年八月『現代文学』）
居酒屋の聖人（一九四二年九月『日本学芸新聞』）
剣術の極意を語る（一九四二年十一月『現代文学』）
新伊勢物語（一九四〇年十月『若草』）
握った手（一九五四年四月『小説新潮』）
母の上京（一九四七年一月『人間』）
出家物語（一九四八年一月『オール讀物』）

目立たない人　（一九五四年二月『小説新潮』）
西荻随筆　（一九四九年三月『文學界』）
幽霊　（一九五二年八月『別冊文藝春秋』）
餅のタタリ　（一九五四年一月『講談倶楽部』）
無毛談　（一九四八年五月『オール讀物』）
お奈良さま　（一九五四年七月『別冊小説新潮』）

本書は、『坂口安吾全集』（一九九八～二〇〇〇年 筑摩書房刊）収録作品を底本とし、全集未収録の「新伊勢物語」のみ初出誌を底本としました。

旧仮名づかいで書かれたものは、新仮名づかいに改め、難読と思われる語句には、編集部が適宜、振り仮名をつけました。

本文中には、今日の観点からみると差別的、不適切な表現がありますが、作品の発表当時の時代的背景、作品自体の持つ文学性、また著者がすでに故人であるという事情を鑑み、底本の通りとしました。

（編集部）

坂口安吾エンタメコレクション〈ファルス篇〉

盗まれた手紙の話

二〇一九年　四月一五日　初版第一刷　発行

著者　坂口安吾
編者　七北数人
発行者　伊藤良則
発行所　株式会社　春陽堂書店
〒一〇三—〇〇二七
東京都中央区日本橋三—四—一六
電話　〇三—三二七一—〇〇五一
装丁　上野かおる
印刷・製本　恵友印刷株式会社

乱丁本・落丁本はお取替えいたします。

ISBN978-4-394-90348-2 C0093